LISA QUENTIN

Eine gute Ehe

GOLDMANN

Die folgende Geschichte spielt vorwiegend in den 1950er- und 1960er-Jahren. Die in einigen Szenen verwendete Sprache kann diskriminierend wirken. Ähnlichkeiten mit realen Personen sind rein zufällig.

Für meine Kinder

Erster Teil

1. Kapitel

Ungarn, 1946

Anikó war sechs Jahre alt, als sie ihr Zuhause verlor und lernte, dass sie an dem Ort, den sie für ihre Heimat hielt, nur zu Gast war. An diesem trüben Herbstmorgen hüpfte sie lustlos über die Pfützen, in denen sich graue Wolkentürme spiegelten. Bei jedem Sprung bauschte sich das Tuch, das sie über ihren schmalen Schultern trug. Es war ein kurzer Besuch in der Schule gewesen. Diesmal hatten Erzsébet und Szigfrid gefehlt, der Platz neben Anikó, auf dem eigentlich ihre beste Freundin Hanneliese saß, blieb schon seit zwei Wochen leer. Wenn Anikó sich im Klassenraum umschaute, sah sie jetzt zu viele Holzbänke für zu wenige Kinder.

Die verbleibenden Schüler hatten artig auf die Lehrerin gewartet, dabei saß Frau Friedinger normalerweise immer schon im Klassenzimmer und plauderte gerne mit den Kindern, bevor der Unterricht begann – fragte, wie es den Großeltern ginge, ob die Ernte in diesem Jahr gut ausgefallen sei und ob die Mutter wieder ihre berühmten Krapfen für das Dorffest vorbereiten würde.

Doch an diesem Morgen kam sie nicht, und es blieb ganz still im Klassenraum. Anikó starrte vor sich auf den Holztisch, an dem schon so viele Kinder vor ihr gesessen und gelernt hatten, darunter auch ihr Vater als kleiner Junge, ihre Onkel, Tanten, Cousins und Cousinen, und fuhr die Holzmaserung mit dem Zeigefinger nach. An einer Stelle war das Holz ganz rau, und es gelang ihr, eine kleine Faser herauszukratzen. Als die Kirchturmuhr zur halben Stunde schlug, wusste sie, dass es sinnlos war, noch länger zu warten. Die Lehrerin war weg. Wortlos stand Anikó auf und ging.

Wenn sie den Blick jetzt von den Wolkenpfützen hob, konnte sie schon den Hof sehen, der sich in die kleine Senke zwischen den Feldern schmiegte wie in eine liebevolle Umarmung. Seit fünf Generationen lebten die Szájers hier. Sie besaßen Land zum Getreideanbau, mit Obstbäumen und Viehwirtschaft. Das prächtige Langhaus mit Küche, Kammern, Wirtschaftsräumen und dem säulengestützten Laubengang war vom Großvater errichtet worden, das Baujahr und seine Initialen zierten den Giebel. Bis vorletzten Winter hatten die Großeltern zusammen mit Anikó und ihren Eltern dort gelebt, dann waren sie kurz nacheinander gestorben.

Ein Segen, würde ihr Vater später sagen.

Es waren nur noch wenige Meter bis zu ihrem Hof, da hörte Anikó den Hund. Sein verzweifeltes Bellen, ein Heulen, das durch Mark und Bein ging. Immer, wenn wieder ein Zug das Dorf verließ, rannte der Hund kläffend neben den Waggons her. Er bellte und japste bis zur Erschöpfung. Irgendwann kam er mit gesenktem Kopf und langer Zunge zurückgetrottet, um zu schauen, wer noch da war.

Anikó hielt sich die Ohren zu und summte eine kleine

Melodie, wollte den Hund nicht hören und nicht wissen, wer diesmal gegangen war.

Es war so gemein. Der Krieg war endlich vorbei, und nun könnte alles wieder gut werden, alles so, wie es früher gewesen war. Sie wollte mit Hanneliese über die Stoppelfelder laufen und Papierdrachen steigen lassen, mit ihren Cousins im Heulager toben, und beim Bethlehemspiel in diesem Jahr hätte sie ganz gewiss die Maria sein dürfen. Doch als im Spätsommer die Uniformierten in den Ort gekommen waren und ein Plakat an die alte Eiche auf dem Dorfplatz geschlagen hatten, war ihr klar geworden, dass nichts je wieder so sein würde wie früher.

»Sonderbefehl«, hatte auf dem Plakat gestanden. Alle, die deutschen Ursprungs seien und bei der Volkszählung vor fünf Jahren angegeben hätten, Deutsch sei ihre Nationalität oder Muttersprache, müssten das Land binnen acht Wochen verlassen. In wessen Adern deutsches Blut floss, trug Mitschuld am bestialischen Krieg der Nationalsozialisten, sei in Ungarn nicht mehr geduldet und müsse zurück nach Deutschland gehen. Fünfzig Kilo Reisegepäck pro Person waren erlaubt, alles andere musste zurückgelassen werden und fiel in den Besitz der ungarischen Regierung. Nichtausführung des Befehls würde mit schärfsten Strafen verfolgt werden, einschließlich Waffengebrauch.

Und weil erst keiner reagierte – wer folgt schon widerstandslos einem flatternden Stück Papier und lässt dafür Haus, Heimat, Grund und Boden zurück? –, hatten die Soldaten einige Wochen später an die Türen derjenigen gehämmert, die unverzüglich gehen sollten. Die Nachbarn, die die deutsche Zeitung abonniert hatten. Der Schuster, der sich freiwillig als Soldat bei der SS gemeldet hatte. Der Bauer, der das größte Stück Land besaß. Seitdem lebten alle in Angst, dass es bald auch an ihrer Tür klopfen würde. Jedes Geräusch wurde zur Gefahr, jede Bewegung auf der Straße eine dunkle Vorahnung.

Nach und nach zogen ihre Freunde und Verwandten in stummen, geduckten Karawanen zum Bahnhof. Im Gepäck befanden sich die wenigen Habseligkeiten, die sie mitnehmen durften. Ihre Handwagen und Karren ließen sie einfach vor dem Bahnhof stehen. Zurück blieb ein Geisterdorf. Die Fenster des Nachbarhofs schlugen im Wind, die Kühe schrien, weil niemand sie molk.

Am Abend zuvor war der Vater in die Ställe gegangen.

Anikó hatte Schüsse gehört.

Dann Stille.

Anikó betrat das Langhaus durch die Hoftür, die immer offen stand. Sie fand ihre Mutter in der Küche, Ibolya hob den Blick vom großen Topf, in dem sie gerade rührte, musterte ihre Tochter nur für einen Wimpernschlag und wusste Bescheid. »Komm her, mein Kind.« Sie legte den Löffel beiseite und zog Anikó zu sich heran, die drückte ihr Gesicht an den warmen, weichen Bauch der Mutter und schluchzte in ihre Schürze.

»Wo ist Papa?«, fragte Anikó schließlich, nachdem sie sich beruhigt hatte.

»Die Saat ausbringen. Keiner da, der ihm helfen könnte. Er wird noch eine Weile brauchen.« Ibolya widmete sich wieder dem Sud, der im Topf brodelte, gab getrocknete Kräuter und geschnittenes Gemüse dazu.

Anikó setzte sich auf den kleinen, dreibeinigen Schemel neben den Ofen, kippelte von einer Seite zur anderen und überlegte, was sie mit diesem Tag noch anfangen könnte. Vielleicht die trächtige Katze suchen und nachschauen, wie es ihr ging? Ihr Bauch wölbte sich jetzt schon so stark, dass es nicht mehr lange dauern würde, bis die kleinen Kitten zur Welt kamen. Wenn sich die Katze von Anikó streicheln ließ, fühlte sie manchmal kleine Bewegungen in ihrem Bauch, an ein Säckchen Murmeln erinnerte sie das. Anikó überlegte gerade, ob es ihr wohl gelänge, zu ertasten, wie viele Kätzchen es werden würden, da hämmerte es dreimal kräftig an die Tür.

Sofort sah Anikó zur Mutter, die wie erstarrt am Herd stand.

»Aufmachen«, rief ein Mann.

Und Ibolya ließ den Löffel fallen.

2. Kapitel

Deutschland, 1960

Noch am Tag vor ihrer Hochzeit besucht Margarete, wie Anikó jetzt heißt, eine Vorlesung. Sie sitzt im Audimax auf einem der harten Holzstühle und macht sich auf der kleinen Schreibfläche Notizen zur Geschichte der Neueren Deutschen Literatur. Bis zum letzten Wort des Professors schreibt sie mit, fängt jede Silbe auf, nichts darf vergeudet werden. Sie braucht das Wissen für die Abschlussprüfung, wenn sie erst zurück ist, fehlen nur noch wenige Scheine.

Der Gong ertönt, aber Margarete lässt sich nicht vom Aufstehen, Reden, Lachen, Räumen der anderen stören und vertieft sich in die letzten Zeilen.

»Nun komm schon«, ruft Gitte, die es in der tosenden Menge Hunderter Studenten schon bis zur Treppe geschafft hat. »Oder willst du hier festwachsen?«

Margarete seufzt und dreht die Kappe auf den Füller. Dann verstaut sie ihre Unterlagen ordentlich in ihrer Umhängetasche. Sie ist die Letzte, die die große Treppe herunterkommt, aufrecht und nachdenklich, den Kopf noch voller Gedanken an das gerade Gehörte. Wie sie das alles vermissen wird. Und unglaublich, dass sie ab morgen ein völlig anderes Leben führt.

Draußen nimmt Margarete Umarmungen und gute Wünsche entgegen. Es ist ein ungemütlicher Tag im Februar, grau und stürmisch. Die jungen Frauen stehen dicht beisammen, Margarete muss ihren Hut festhalten, der Wind rüttelt an ihren Worten. »Bis bald, ihr Lieben«, ruft sie ihren Kommilitoninnen entgegen.

»Du wirst uns fehlen«, sagt Christa. »Wer erklärt uns denn jetzt Philosophie?«

»Und ich muss bei den Vorlesungen wieder selbst mitschreiben. Du weißt, wie unleserlich meine Handschrift ist, wie kannst du mir das nur antun?« Gitte verzieht theatralisch das Gesicht.

»Wir sind doch alle nur neidisch.« Edith umarmt sie. »Einen wie Lenz hätte jede von uns genommen.«

Die anderen haben Lenz ein paarmal getroffen, als er Margarete von der Hochschule abholte. Oft hatte er Blumen dabei, und immer war er freundlich und sah umwerfend aus. Sie wissen, dass er als Arzt im Krankenhaus arbeitet und schon jetzt gut verdient. Dass er zehn Jahre älter ist als Margarete, stört niemanden, im Gegenteil, Margarete hat ausgesorgt.

»Und ihr seid so ein schönes Paar«, ergänzt Christa. »Wie aus der Reklame.«

Margarete lächelt verlegen, doch der Stolz pocht in ihrer Brust. Ja, sie sind ein schönes Paar. Beide hochgewachsen, schlank und feingliedrig. Sie dunkel, er hell und strahlend.

Für Edith und Christa wird es Zeit zu gehen, noch eine letzte Umarmung, dann sind sie weg. Nur Gitte will sich noch nicht trennen.

»Es ist ja nicht für lang«, tröstet Margarete sie und fügt flüsternd hinzu: »Sobald das Kind ein bisschen älter ist, bin ich wieder hier.«

Gitte ist die Einzige, die den brombeergroßen Grund für die frühe Hochzeit kennt.

»Ich habe noch keine zurückkommen sehen«, erwidert sie missmutig.

»Natürlich komme ich zurück. Wir haben doch einen Plan.«

»Die Pädagogik revolutionieren.« So niedergeschlagen, wie Gitte es jetzt sagt, klingt es lächerlich. Aber genau das ist es, was Margarete antreibt. Den Nachkriegsmief aus den Schulen kehren, den Alten zeigen, dass es auch anders geht. Mit Zuwendung, Liebe und Vertrauen statt Schlägen und Strafen.

Seit Margarete dreizehn war, hatte sie Nachhilfeschüler, die sie über Jahre begleitete. Und die besten Resultate erzielte sie durch Geduld und Kreativität. Jedes Kind lernt anders. Es ist doch irrwitzig, anzunehmen, dass eine Methode für alle funktioniert.

»Du hältst die Stellung für mich«, sagt sie zu Gitte. »In zwei, spätestens drei Semestern bin ich zurück. Und wer weiß, vielleicht kann ich mehr Kurse belegen, und dann werden wir kurz nacheinander Junglehrerinnen und sehen uns im Seminar.«

Möglich ist es, Margarete weiß, wie schnell sie lernen kann. Und sie hat ja auch ihre Eltern. Ihre Mutter wird auf das Kind aufpassen, wenn Margarete Vorlesungen und Seminare besucht. Und wenn es alt genug ist, kann es in den Kindergarten gehen, während sie unterrichtet. Immer vormittags, das passt. Natürlich hat sie es als Frau eines Arztes nicht nötig, zu arbeiten. Aber Lenz ist kein Mann, der verlangt, dass seine Frau zu Hause bleibt. Wenn Margarete ihm von ihren pädagogischen Entdeckungen erzählt, hört er interessiert zu. Er stellt ihr Fragen, manchmal hat er sogar selbst Ideen.

Dass sie Lehrerin wird, steht fest. Sie studiert doch nicht nur um des Studierens willen. Sie wird eine gute Lehrerin werden, eine, die ihre Schüler ernst nimmt, immer ein offenes Ohr für ihre Sorgen und Nöte hat. Eine mit pädagogischem Geschick und hervorragender Fachkenntnis. Ab morgen ist sie Frau Dr. Kron, wie das klingt, Frau Dr. Kron! Im Kollegium wird man sie respektieren, auch ältere Lehrerinnen werden sie um Rat fragen. Margarete sieht es genau vor sich: Wie sie morgens das Haus verlässt mit ihrem kleinen Sohn an der Hand – insgeheim hofft sie auf einen Jungen –, sie trägt ein hübsches Kostüm, er weiße Kniestrümpfe. An der Pforte des Kindergartens verabschiedet sie ihn mit einem Küsschen, lächelnd grüßt sie die anderen Mütter, die nur Hausfrauen sind, ihr neidvolles Tuscheln ignoriert sie. Dass eine Frau beides haben kann, eine Familie und einen Beruf, der ihr Erfüllung bringt, davon ist sie überzeugt.

»Komm mich bald besuchen, Gitti«.

»Mal schauen.«

»Ich kann dir auch bei deiner Seminararbeit helfen. Bestimmt habe ich Zeit dafür.«

»Vielleicht.«

»Gitti, nun gib dir einen Ruck, ich bin doch nicht aus der Welt.«

»Aus meiner schon«, sagt Gitte, umarmt sie noch einmal fest und tritt dann einen Schritt zurück. »Jetzt geh, Reisende soll man nicht aufhalten.«

Margarete schickt ihr noch einen Luftkuss, bevor sie sich auf den Weg macht. Sie muss sich sputen, wenn sie die Straßenbahn erwischen will. Nach einigen Schritten dreht sie sich noch einmal um, aber Gitte ist schon verschwunden, untergetaucht zwischen den vielen Menschen vor dem Audimax. Dass sie so pessimistisch sein muss, dafür gibt es wirklich keinen Grund. Aber so ist Gitte eben, sie hält nicht viel von der Ehe, von Männern allgemein und Konventionen überhaupt.

Aber Margarete wird ihr beweisen, dass sie falschliegt. Bei Lenz und ihr ist es anders. Sie wird zurückkehren, und all ihre Träume werden sich erfüllen. Zwar stimmt die Reihenfolge nicht, sie hatte erst studieren und als Lehrerin arbeiten, dann heiraten, ein schönes Haus beziehen und anschließend ein Kind bekommen wollen. Aber so ist es eben nun, eine kleine Pirouette des Schicksals auf einem sonst festgelegten, gradlinigen Weg.

3. Kapitel

Als Margarete noch Anikó war, träumte sie von einer Hochzeit in der kleinen Feldsteinkirche, vor dem hölzernen Altar und dem Triptychon, das Maria und die Heiligen zeigt. Unter deren sanftmütigen Blicken wurden seit jeher alle Taufen, Hochzeiten und Beerdigungen der Szájers gefeiert. Es sollte eine Hochzeit in Tracht sein, mit Gottes Segen und einem rauschenden Fest. Tagelang würden die Vorbereitungen andauern, das ganze Dorf war eingeladen, sie würden all die alten Bräuche zelebrieren, um Mitternacht gäbe es Wirscht und Sulz, die Kapelle würde »Schön ist die Jugend« spielen, und es würde getanzt bis zum Morgengrauen.

Doch nun reicht es nicht einmal mehr für eine Verlobung, schnellstmöglich muss die Trauung vollzogen werden, bevor sich Margaretes Bauch verräterisch wölbt. Sie versucht, es mit Fassung zu nehmen, sagt sich, dass Verlobungen aus der Mode kommen. Eine Mitgift hätte sie ohnehin nicht zu erwarten, bei ihren Eltern reicht das Geld kaum fürs Nötigste. Und sie darf nicht vermessen sein. Lenz heiratet sie, das ist erst mal alles, worauf es ankommt. Selbst dass er Protestant ist, gerät zur Nebensache.

Es ist ein gewöhnlicher Dienstag im Februar, der Himmel trägt ein wässriges Grau, hinter dem sich die Vormittagssonne nur erahnen lässt. Passanten in dicken Mänteln eilen vorbei, nur schnell ins Warme, die feuchte Kälte zieht in die Knochen.

Es ist vereinbart, dass sich die kleine Hochzeitsgesellschaft direkt vor dem neu gebauten Behördenhaus trifft, in dem auch das Standesamt untergebracht ist. Sechs Etagen Beton, zwei Nuancen dunkler als der Himmel, reihenweise Fenster. Davor ein gut besuchter Parkplatz, ausgebreitet wie ein bunter Flickenteppich.

Wo bleibt er nur? Margarete sieht sich um, ihr Herz ist ein Klumpen aus Furcht. Er wird sie doch nicht im letzten Moment sitzen lassen? Auch ihre Eltern sind stumm und zittrig vor Aufregung, nur ihre Tracht hält sie zusammen. Sie tragen ihre schönsten Sachen, der Vater den dunklen Doppelreiher, an dessen Saum er ohne Unterlass nestelt. Die Mutter den Rock aus festem dunkelblauem Stoff mit weißem Muster, der weit und ausladend schwingt. Das dicke schwarze Kopftuch. Über der Bluse ein weiteres Tuch, über dem Rock eine Schürze. Diese vielen Schichten dunkler Stoff, acht Meter sind nötig für die Röcke, und immer diese Tücher, niemand trägt hier noch Tücher.

Margarete ist der Aufzug ihrer Eltern peinlich. Sie hätte mit ihnen besprechen sollen, was sie anziehen. Doch als sie von zu Hause aufbrachen, war es zu spät, ihre Garderobe noch zu ändern.

Sie selbst hat sich für ein schlichtes beigefarbenes Kostüm mit Hahnentrittmuster entschieden, das ihrer Figur schmeichelt. Sie hat es zwar extra für die Hochzeit gekauft, wird es später aber auch zum Unterrichten anziehen können. Darüber einen dünnen Mantel, in dem sie jetzt entsetzlich friert.

Als Lenz' Wagen endlich auf den Parkplatz einschert und er aussteigt in seinem feinen dunklen Anzug und einem Strahlen im Gesicht, das nur ihr gehört, schließt sie für einen Moment erleichtert die Augen.

Begleitet wird Lenz von seinem Bruder Boje, der Margarete und ihre Eltern mit einem knappen »Moin« begrüßt. Margarete ist erstaunt über den kräftigen, wortkargen Mann, der sich sichtlich unwohl fühlt in seinem Anzug. Sie hat sich Lenz' Bruder ganz anders vorgestellt.

»Entschuldige, mein Liebling, es gab eine Baustelle«, erklärt sich Lenz und küsst sie flüchtig auf die Wange.

»Ich dachte schon, du kommst nicht.« Es soll lustig klingen, doch ihr Lächeln verrutscht.

»Was hast du nur für eine schlechte Meinung von deinem Ehemann!« Mit gespieltem Entsetzen schüttelt er den Kopf und küsst sie erneut. Dann wendet er sich an ihre Eltern und begrüßt sie freundlich. »Was für eine schöne Stickerei«, lobt er das Tuch ihrer Mutter. »Selbst gemacht?«

Ibolya nickt und lächelt stolz, Margarete atmet aus.

Mit dem Aufzug fahren sie in den zweiten Stock. In der Kabine ist es eng, Lenz und Boje scherzen ausgelassen, Margarete und ihre Eltern bleiben stumm. Erneut mustert sie Boje. Er ist groß und grob, die Brüder sind sich überhaupt nicht ähnlich, außerdem hat sie ihn sich nicht so jung vorgestellt. Wie alt mag er sein? Achtzehn oder neunzehn? Und bewirtschaftet schon allein einen ganzen Hof?

Sie gehen den Flur entlang, der Teppich unter ihren Füßen dämpft die Geräusche ihrer Absätze, bald haben sie das Zimmer erreicht. Lenz klopft an, und dann geht alles ganz schnell: Sie nehmen auf den beiden Stühlen gegenüber dem Standesbeamten Platz, Boje steht hinter Lenz, ihre Eltern hinter Margarete, und die nächsten Minuten, in denen der Standesbeamte über die Ehe, ihre Pflichten und Rechte referiert, verlieren sich im Raum. Margarete fühlt sich schwindelig.

Dann fragt er: »Frau Anikó Milliza Seier, möchten Sie den hier anwesenden Lenz Kron, geboren am 14. April 1930 in Marne, zu Ihrem Ehemann nehmen?«, und Lenz drückt sachte ihre Hand.

Erst am Tag zuvor hat sie ihm ihren ungarischen Namen gebeichtet. Und davon erzählt, wie sie zu Margarete wurde. Lange hat sie gezögert, weil sie seine Reaktion fürchtete. Würde er sich betrogen und getäuscht fühlen, weil sie keine echte Margarete ist?

»Und wenn du Rumpelstilzchen heißen würdest, es wäre mir gleich«, meinte Lenz dann aber und strich ihr eine Haarsträhne aus dem Gesicht.

Margarete sagt ja, doch weil sie mit ihren zwanzig Jahren noch nicht großjährig ist, muss der Vater auf der Urkunde unterschreiben. Er versteht den Standesbeamten nicht, und sie muss übersetzen. Dann sagt auch Lenz Ja zu Margarete, Boje reicht die Ringe, und Lenz steckt ihr den schmalen goldenen Ehering an den Finger, den schon seine Mutter trug. Als Margarete sieht, dass er einen Brillanten hat einarbeiten lassen, bleibt ihr die Luft weg. Für einen Moment bleibt die Zeit stehen, und Margaretes Gedanken rasen hinterher, sie kommt an diesem Augenblick an und kann endlich einen klaren Gedanken fassen. Der Stein muss mindestens zwei Monatsgehälter gekostet haben. Und ist ein funkelndes Versprechen an das Leben, das sie ab jetzt gemeinsam führen werden.

Lenz selbst wird keinen Ring tragen, das haben sie vorher besprochen. Den passenden Ring seines Vaters gibt es nicht mehr, verschollen, zusammen mit dem Vater im Krieg geblieben. Und ein neuer Ring würde sich nicht lohnen, im Krankenhaus müsste er ihn ja doch nur ständig abnehmen. Dafür ist Margaretes Ehering umso schöner. Sie ist jetzt eine Frau, der kostbarer Schmuck geschenkt wird.

Danach gehen sie im Ratskeller essen, ein Restaurant, das Lenz ausgesucht hat und in dem er offensichtlich bekannt ist.

»Guten Tag, Herr Dr. Kron«, begrüßt sie ein Kellner in makelloser Livree am Eingang. Dann nickt er lächelnd in Margaretes Richtung. »Und *Frau* Dr. Kron. Herzlichen Glückwunsch zur Vermählung. Bitte folgen Sie mir.« Er führt sie zu ihrem Tisch, der mit roten Rosen und silbernen Kerzenleuchtern geschmückt ist. Frau Dr. Kron, es ist passiert! Das ist jetzt tatsächlich sie.

Kaum dass sie Platz genommen haben, werden fünf Sektflöten mit prickelndem Champagner gebracht, und Lenz erhebt das Glas: »Auf meine wunderschöne Ehefrau!«, sagt er mit so lauter Stimme, dass sich die Gäste an den anderen Tischen nach ihnen umsehen. Dann beugt er sich zu ihr und küsst sie leidenschaftlich, Applaus ertönt, es ist Margarete ein wenig unangenehm, verstohlen blickt sie zu ihren Eltern. Ein solches Spektakel gehört sich nicht.

Doch Ibolya und Georg vertiefen sich in die Getränkekarte, flüsternd übersetzt der Vater für die Mutter, am Ende bestellen sie dann aber doch nur ein Bier und eine Weinschorle.

Zum Essen gibt es Rinderbraten, Kartoffeln und Rotkraut, als Nachspeise Obsttorteletts mit Schlagrahm. Margarete isst in winzigen Bissen. Der Anblick des zerfaserten Fleisches auf ihrem Teller verursacht ihr ein flaues Gefühl im Magen.

Vielleicht ist es die Schwangerschaft, das Mieder, das ihren Bauch schön flach halten soll, oder doch Bojes anzügliche Schoten über den Bräutigam, die Margarete auf den Magen schlagen? Lenz' Bruder ist schon beim dritten Bier und poltert eine Anekdote nach der nächsten über den Tisch:

Lenz, der schon als kleiner Junger lieber mit Mädchen spielte.

Lenz, der jugendliche Charmeur, der den Mädchen in Marne den Kopf verdrehte.

Lenz, der Schwerenöter, der mit der Nachbarsmagd regelmäßig im Heuschober verschwand.

Die Geschichten drängen aus ihm heraus, als wäre Boje erleichtert, all die Fehltritte seines Bruders endlich zum Besten geben zu können. Nun, da er in festen Händen ist.

Lenz sagt nichts dazu, lächelt nur, doch unter dem Tisch sucht seine Hand wieder die ihre. Sie konzentriert sich auf die kleinen Kreise, die Lenz' Daumen auf ihren Handrücken malt, will diese ganzen Geschichten nicht hören und hofft, dass ihre Eltern Bojes Plattdeutsch nicht verstehen.

Um sich abzulenken, sucht sie nach dem Wort, das Boje beschreibt. Impertinent! Ein klasse Wort, sie hält sich daran fest. Lateinisch impertinens, nicht dazugehörig. Das passt doch ganz wunderbar.

Lenz wählt eine andere Taktik, will den redseligen Bruder offensichtlich auf andere Themen lenken.

Wie viele Schweine?, fragt Lenz. Welches Futter? Wie war die Ernte im letzten Jahr?

Margarete wusste nicht, dass er so interessiert an landwirtschaftlichen Dingen ist. Vom Hof in Marne in Dithmarschen hat er ihr erzählt. Vom platten Land, das ins Meer übergeht und am fernen, fernen Horizont mit dem blassblauen Himmel verschmilzt. Vom Blöken der Schafe, das überall zu hören ist. Von Alma, seiner Lieblingskuh, auf der er als Kind geritten ist. Von seiner Mutter, die im letzten Jahr beim Melken vom Schemel fiel und nicht mehr aufstand. Und natürlich auch von Boje, seinem jüngsten Bruder, der auf dem Hof geblieben ist und ihn mithilfe der Nachbarn nun allein führt.

Neu ist für Margarete die Begeisterung ihres frisch angetrauten Ehemanns, die nun im Gespräch mit Boje aufflammt. Die Hingabe, die Versiertheit, die sie sonst nur bei ihm hört, wenn er von medizinischen Themen spricht.

»Wenn du mol bi uns blieben wär's«, sagt Boje.

Lenz winkt ab. »Nee, lass man. Ich habe genug Kooschiet an mien Hands hat. Dat langt für ein Leben.«

Doch da ist ein leises Zögern in seiner Antwort, und für einen kurzen Moment sieht Margarete sich schon im Klassenraum einer kleinen Dorfschule. Auf einer weiten statt grünen Weide. Mit ihrem Kind zwischen Strohballen tobend. Mit einem Tuch in den Haaren im Kuhstall. Dann wäre es so, wie sie es sich früher immer erträumt hat.

Später hebt Lenz Margarete über die Schwelle seiner Wohnung, die ab jetzt ihre gemeinsame Wohnung ist. Den Koffer mit ihren Sachen stößt er mit dem Fuß voran, lässt ihn dann achtlos liegen und steigt darüber. Er trägt seine Ehefrau durch den dunklen Flur, statt Lampen hängen starre Kabel von den Decken.

Lenz hat die Wohnung vor zwei Wochen angemietet, noch sind die beiden Zimmer spärlich möbliert, bis auf ein Bett und einen Tisch mit zwei Stühlen gibt es nichts in diesen kahlen Räumen. Die Wohnung liegt mitten in der Stadt an einer geschäftigen Straße, die Wände wackeln, wenn unten eine Straßenbahn vorbeifährt.

Lenz lässt Margarete sachte aufs Bett fallen. Dann fällt er wie verhungert über sie her. Hastig öffnet er die Knöpfe ihres Jacketts und schiebt seine Hand unter ihren Rock. Alle Berührungen kommen gleichzeitig, alles an ihm ist fordernd und laut, ein schrilles Orchester.

Erst wenn er zum Höhepunkt gekommen ist, wird er für ein paar Minuten ruhig. Das, was ihn so rastlos macht, fällt von ihm ab, und für wenige Minuten ist er wirklich bei ihr. Nie ist sie ihm näher als in diesen Momenten.

Nun liegt sie auf seiner Brust und hört das kräftige Pumpen seines Herzens. »Wie schade, dass deine Eltern die Hochzeit nicht mehr erleben konnten«, sagt sie. »Ich hätte sie gerne kennengelernt.«

»Meine Mutter vielleicht. Bei meinem Vater hast du nichts verpasst.«

»Nein?«

»Er war ein Hundertfünfzigprozentiger. Hat meine Brüder und mich zu Disziplin und Härte erziehen wollen. Richtig verdroschen hat er uns. Als er sich mit Kriegsausbruch freiwillig gemeldet hat, war ich froh, dass er weg war. Nur drei Monate später der Heldentod.«

»Das tut mir leid.« Sie richtet sich auf, um seine Miene zu lesen. Doch er starrt nur ausdruckslos an die Decke.

»Dass meine beiden älteren Brüder nicht aus dem Krieg zurückgekommen sind, war schlimmer.« Lenz erzählt vom Geräusch der Bomber, die donnernd über den Hof flogen. Vom Aufblitzen der Detonationen in der Ferne. Er erzählt von den Schreien der Tiere. Und den Schreien der Mutter, als ein Mann auf den Hof kam, kaum war der älteste Sohn gefallen. Irgendein Kerl, der gehört hatte, dass dort auf dem großen Hof eine Frau allein mit ihrem kleinen Sohn lebte.

Den Schreien des winzigen Boje, der neun Monate später geboren wurde.

Wie danach auf dem Schrank in der Diele die Schrotflinte lag. Immer geladen. Immer schussbereit. Wegen der Krähen auf den Feldern. Und den fremden Männern in den Betten.

Irgendwann hatten sie nichts mehr zu essen, keine Tiere mehr, keine Vorräte. Mit bloßen Händen grub die Mutter den kleinen Acker hinter dem Haus um, weil keine Geräte geblieben waren, hielt nächtelang Wache, damit niemand die Kartoffeln stahl.

Lenz war zwölf Jahre alt, und seine Aufgabe bestand darin, den kleinen Bruder warm zu halten. Er fürchtete sich vor dem leeren, kalten Haus. Wenn nun wieder einer kam? Der Junge lauschte den Geräuschen der Nacht, schlief nicht, wachte.

Dabei beobachtete er Boje, der fest eingewickelt neben ihm im Bett der Mutter lag, und untersuchte, ob man ihm das Böse anmerkte, aus dem er gemacht worden war. Er zwickte ihn in seine kleinen, dicken Beine und fragte sich, warum es so lange dauerte, bis er zu schreien begann. Er stellte fest, dass das Baby wild strampelte, wenn er ihm die Decke über den Kopf zog. Lotete die Grenze aus, bis zu der er ihn an einem Fuß in der Luft halten konnte, bis er sich übergab.

»Hat er mir nicht übel genommen, meine kleinen Experimente«, sagt Lenz, und Margarete wird ganz bang bei seinen Geschichten. Mit seinen eigenen Kindern würde er doch wohl fürsorglicher umgehen?

»Und willst du irgendwann zurück nach Marne?«, fragt sie, um schnell das Thema zu wechseln.

»Zu den Dithmarscher Kohlköpfen?« Er lacht. »Niemals.«

»Vermisst du deine Heimat nicht?«

»Es gibt kein langweiligeres Leben als auf dem platten Land.«

»Du könntest dort aber doch auch als Arzt arbeiten.«

»In einem winzigen Landkrankenhaus, wo Blinddarmoperationen meine spannendsten Fälle wären? Nein, hier habe ich alles, was ich brauche.« Er küsst ihren Scheitel und seufzt. »Das alte Leben habe ich hinter mir gelassen.«

Vor der Hochzeit kannte sie nur das Besondere mit ihm. Sie aßen in Restaurants, waren im Kino und im Theater. Nun ist es aufregend, ihn im Alltag kennenzulernen: sein Gesicht gleich nach dem Aufwachen, wenn seine Augen noch ganz klein sind. Seine Konzentration, mit der er sich rasiert, oder wie er penibel darauf achtet, dass das Besteck symmetrisch zur Tischkante ausgerichtet ist. All diese kleinen Besonderheiten, die ihn ausmachen.

Ihre Aufgabe als verheiratete Frau ist es nun, die dunkle, leere Wohnung in ein Zuhause zu verwandeln. Und diese Aufgabe versöhnt sie mit der ungeplanten Schwangerschaft, schließlich träumt Margarete, seit sie in Deutschland angekommen ist, von einem echten Zuhause. Hier wird sie mit ihrer Familie glücklich sein, sagt sie sich, hier wird Lenz nach anstrengenden Diensten Ruhe finden, sie werden es warm haben und schön, ihr Kind wird in Geborgenheit aufwachsen.

Sie besorgt Illustrierte, um sich Tipps zu holen. Dabei lernt sie, wie herausfordernd die Einrichtung einer Wohnung ist. Man kann unglaublich viel falsch machen, wenn man unbesonnen und uninformiert vorgeht.

Sie nimmt Bleistift und Lineal und unterstreicht das Wichtigste in den Artikeln. Auf Anraten der Zeitschriften kauft sie vom Haushaltsgeld, das Lenz ihr überlässt, einen modernen Tisch und Stühle mit dünnen Beinen und bunten Resopalplatten. Lampen, die wie träge Tropfen über dem Esstisch schweben. Ein Fernsehgerät. Stoffe, Kissen und Teppiche. Grün, Braun und Orange. Weiches und Warmes, das die Wohnung gemütlich macht.

Sie wirtschaftet sparsam, trotzdem rinnt ihr das Geld nur so durch die Finger. Lenz soll nicht denken, dass sie verschwenderisch ist. In den kleinen Heftchen erfährt sie auch, wie sie noch effektiver sparen kann, zum Beispiel, indem sie Speisereste geschickt verwertet. Der Fischpudding mit

Makkaroni gelingt ihr ganz ausgezeichnet, und Lenz lobt ihren Einfallsreichtum.

Außerdem informiert sie sich über praktische Haushaltshelfer und bereitet sich auf ihre Aufgaben als Mutter vor. Sie liest, wie wichtig es ist, über Babys Entwicklung Buch zu führen, und macht die Gymnastikübungen, mit denen sie am zweiten Tag nach der Entbindung beginnen soll, vorsichtshalber schon jetzt. Besonders interessant findet sie die Rubrik »Wie ER es sieht«. Darin wird monatlich ein Thema aus Männersicht erläutert. Es ist enttäuschend für den Mann, wenn seine Frau nach Feierabend schlechte Laune hat, und befremdlich, wenn er sieht, dass die Väter in Frankreich den Kinderwagen schieben.

Margarete macht sich Notizen, Ablaufpläne und Listen. Das Wichtigste wiederholt sie Dutzende Male wie früher die Vokabellisten. Wenn sie Neues probiert, hält sie die Ergebnisse in kleinen Berichten fest, damit sie später analysieren kann, warum etwas nicht klappt.

Letztendlich sind es auch nur Aufgaben. Und Aufgaben lassen sich lösen.

Die antiquierte Haushaltsführung ihrer Mutter dient nicht als Vorbild, Ibolya wäscht die Wäsche noch immer wie in Ungarn im Zuber unten im Hof. Viele Liter Wasser müssen dafür im Kessel erhitzt werden, die Wäsche wird gekocht und mit einem großen Holzstab mühsam bewegt. Dann wird Wäschestück für Wäschestück auf dem Waschbrett geschrubbt, vom Wringen sind ihre Hände ganz rissig. Rücken und Arme schmerzen, der Kopf wird heiß von der elenden Plackerei in der dampfenden Hitze. Kein Vergleich zu jetzt: Margarete gibt die Wäsche und Waschmittel in die Maschine, Tür zu, Knopf an, und in zwei Stunden ist alles erledigt. Unglaublich!

Wenn Ibolya sie jetzt besuchen kommt, dann meist unter dem Vorwand, zu viel gekocht zu haben, mit der Bitte, ob sie ihr nicht etwas abnehmen will. Sie fährt ihre Töpfe und Schüsseln mit Gulyás und Lecsó im Handwagen durch die halbe Stadt und sieht sich dann jedes Mal aufs Neue mit großen Augen in der Wohnung um, bestaunt all die Dinge, die Margarete gekauft hat.

»Anikó«, sagt sie kopfschüttelnd, »was bist du verschwenderisch, so haben wir dich nicht erzogen. Wir hätten doch noch einen Tisch gehabt, und dein Onkel Tomasz hätte dir drei Küchenstühle geben können, sie passen sogar zusammen und stehen bei ihm nur auf dem Speicher rum. Es muss doch nicht immer alles neu sein.«

»Ach, Mama, das hat nichts mit Verschwendung zu tun. Ich richte einen Hausstand ein, und mein Mann will es schön haben, wenn er von der Arbeit nach Hause kommt, und nicht auf Onkel Tomasz' wackligen Küchenstühlen sitzen.«

Aber das kann Ibolya nicht verstehen. Noch immer lebt sie, als wäre sie hier nur auf der Durchreise. Margarete hingegen ist angekommen.

4. Kapitel

Mit klopfendem Herzen steht Margarete vor dem Audimax. Dumpf klingt die Stimme des Professors hinter der dicken Holztür. Es sind nur noch wenige Minuten bis zum Ende der Vorlesung, gleich werden Hunderte Studenten aus dem großen Hörsaal strömen. Margarete liebt diesen Geräuschteppich, das Gemurmel unzähliger Stimmen.

Sie wartet schon eine Weile, hat die Aushänge der angebotenen Seminare für das neue Semester gelesen. Die Inhalte klingen verheißungsvoll. Das alte Kribbeln ist noch da. Wie immer, wenn sie zu Beginn des Semesters vor den neuen, ihr unbekannten Themen steht, würde sie sich am liebsten überall einschreiben. Es gibt noch so unfassbar viel zu entdecken.

Nur Geduld, sagt sie sich. Es ist ja noch nicht vorbei. Sie wird das alles noch erforschen und lernen können. Nur eben später. Jetzt erst mal das Kind. Eins nach dem anderen.

Sie möchte Gitte treffen und ihr von den letzten Wochen erzählen. Sie hat sich ein paar unterhaltsame Anekdoten zurechtgelegt, mit der sie Gitte überraschen kann. Sie will ihr erzählen, wie sich die Bewegungen des Kindes in ihrem Bauch anfühlen – zart und kitzelnd. Und wie ihr die Haushaltsführung immer besser gelingt. Wie großzügig Lenz ist, dass er ihr von seinem Ersparten eine Küchenmaschine und sogar einen Staubsauger gekauft hat, damit sie es leichter hat. Wie die Waschmaschine bei der ersten Benutzung durch die Küche tanzte, weil der Boden uneben war, sie panisch den Aus-Knopf suchte und schließlich den Stecker zog. Wie sie es endlich geschafft hat, ein vernünftiges Soufflé herzustellen, von ihren vielen misslungenen Versuchen will sie Gitte erzählen und dass sie vermutlich zeitlebens keine Eierspeisen mehr sehen kann, weil sie all die zusammengefallenen Soufflés aus Frust in sich hineinstopfte.

Kein einziges Mal hat Gitte sie bislang besucht. Ihr keinen Brief geschrieben. Hat nichts mehr von sich hören lassen. Dabei sind sie doch eigentlich gut befreundet.

Gleich am ersten Tag an der Pädagogischen Hochschule haben sie sich kennengelernt, in diesem kleinen kastenförmigen Anhängsel der echten Universität. Hier wurden nur die Volksschullehrer ausgebildet, drüben an der altehrwürdigen Universität die richtigen Akademiker.

Margarete stand in der langen Schlange vor dem Einschreibungstisch in der Aula, wie ausgestellt kam sie sich vor, gut sichtbar für alle Studenten und Dozenten, die schon mal einen Blick auf die neuen Erstsemester werfen konnten. Zwischen den ganzen duftigen Haaren, den pastellfarbenen Kostümen und Perlenohrringen, dem ausgelassenen Geplapper und Gekicher hatte Margarete sich wieder einmal völlig fehl am Platz gefühlt. Zwar trug auch sie ein mintgrünes Kleid mit weißer Paspel, dazu eine passende Jacke und hübsche Schuhe. Ihre Haare hatte sie mühevoll geglättet, toupiert und hochgesteckt, es gab wirklich nichts auszusetzen an ihrem Äußeren, aber wie sehr sie sich auch anstrengt, nie gelingt es ihr, wie die anderen auszusehen –

ihre Augen sind immer zu dunkel, die Haare zu dicht, ihre Haut weniger rosig.

Angespannt hatte Margarete gewartet und gehofft, dass die Prozedur bald vorüber sein würde, man sie schnell auf dieser Liste da vorne abhakte und sie dann untertauchen konnte in irgendeiner Ecke, sich verstecken hinter einem Buch.

»Na, dieser Rock ist ja zum Piepen!«, hörte sie die Studentin, die direkt hinter ihr stand. »Sieht aus wie ein Lampenschirm, wenn du mich fragst«, raunte sie.

Margarete musste schmunzeln, tatsächlich trug das Fräulein vor ihr in der Schlange einen dunkelroten, weit ausgestellten und plissierten Rock, der stark an eine Deckenlampe erinnerte.

»Und bekommt die nichts zu essen?«, kommentierte die Stimme hinter ihr murmelnd weiter. »Was für ein Hungerhaken!«

Margarete drehte sich um, wollte nun doch sehen, wer solche bissigen Kommentare von sich gab.

Die junge Frau war eine auffällige Erscheinung: Sie trug Hosen, ihre Haare unerhört kurz, und zwei tiefe Grübchen rahmten ihr Lächeln. »Stimmt doch, oder?«, fragte sie jetzt Margarete. »Die bricht noch in der Mitte durch. Dass Frauen so dünn sein müssen! Das kann doch nicht gesund sein.«

Margarete hatte sich auf die Lippen gebissen, konnte sich ein kleines Nicken aber nicht verkneifen.

Nachdem sie es endlich in der Schlange nach vorne geschafft hatten, setzte sich Gitte bei der darauffolgenden Einführungsvorlesung ganz selbstverständlich neben sie.

Und fortan waren die beiden nur noch gemeinsam auf dem Campus zu sehen. Die große Ruhige und die kleine Quirlige mit den kurzen Haaren. Ein ungleiches Paar, ähnlich waren sie sich nur in ihrer Andersartigkeit.

Der Gong ertönt, und nur Sekunden später strömen die Studenten aus dem Audimax. Margarete flüchtet sich zur Seite, stellt sich auf die Zehenspitzen und versucht, Gitte in der Menge zu finden. Als sie sie endlich erspäht, macht sie mit lauten Rufen und Winken auf sich aufmerksam.

»Was willst du denn hier?« Erstaunt kommt ihre Freundin auf sie zu.

»Dich besuchen!«

»Himmel, du bist ja richtig dick geworden!« Sie zeigt auf Margaretes Bauch.

»Ich kann es schon spüren. Mittlerweile ist es so groß wie eine Birne.«

Margarete erzählt von Lenz und dem tanzenden Vollwaschautomaten und auch vom Fischpudding. Doch Gitte scheint sich nicht besonders für die Geschichten zu interessieren. Vielleicht kann sie Margarete aber auch nur nicht richtig verstehen, so laut ist es im Vorraum des Audimax.

»Wollen wir in ein Café gehen?«

»Kann nicht. Muss gleich zu einer Lerngruppe.«

Eine Studentin in einem unerhört kurzen Rock kommt zu Gitte und spricht mit ihr. Margarete kann ihre Worte nicht verstehen. Wohl aber sieht sie, wie zugewandt und freundlich Gitte auf einmal ist. In ihren Gesten und ihrer Mimik blitzt die alte Begeisterung durch, ihr Elan, dieses

Funkeln, das Gitte so besonders macht – das sie offensichtlich nicht mehr mit Margarete teilen will.

»Ich muss dann mal«, sagt Gitte und umarmt Margarete flüchtig.

»Du kannst mich ja mal bes…« Doch da hat Gitte sich schon umgedreht, bei der anderen untergehakt und ist mit ihr davonmarschiert.

Auf dem Heimweg kämpft Margarete gegen die Tränen an. Wie fremd ihr die Freundin war. Hat sie etwas Falsches gesagt oder getan? Oder hat Margarete sie einfach in einem schlechten Moment erwischt?

Zu Hause empfängt sie nichts als Stille.

Lenz hat Tagesschicht, aber versprochen, zum Mittagessen zu Hause vorbeizuschauen. »Und dann erzählst du mir von deinem Besuch in der Hochschule«, hat er am Morgen gesagt. »Dass du mir aber nicht dortbleibst und dich zwischen deinen Büchern versteckst, ja?«

Er weiß, wie gerne sie zur Pädagogischen Hochschule gegangen ist. Während die Zeit an der Universität für ihn nur ein notwendiges Übel war, er wollte immer schon operieren, hätte Margarete sich vorstellen können, noch jahrelang zu studieren.

Sie legt ihre Schürze um und macht sich daran, das vorbereitete Gemüse anzubraten, dann schneidet sie das Fleisch in feine Streifen. Die Kartoffeln hat sie schon am Morgen geschält, sie müssen nur noch in Salzwasser gekocht werden. Den Pudding zum Nachtisch hat sie bereits gestern vorbereitet.

Sie verbringt weniger Zeit mit Lenz, als sie angenommen

hat. Seine Schichten im Krankenhaus sind lang und wechseln häufig. Überstunden sind eher Regel als Ausnahme, oft muss er ganze Wochenenden durcharbeiten. Und wenn er nach Hause kommt, ist er so müde, dass er sofort im Bett verschwindet. Manchmal hat Margarete den ganzen Tag mit niemandem gesprochen, außer der paar Worte beim Einkaufen.

So ist es eben, er arbeitet hart, sagt sie sich.

Du darfst dich nicht beschweren.

Er muss sich beweisen, das ist wichtig für seine Karriere.

Und gerade weil die Zeit mit ihm so rar und kostbar ist, macht sie alles möglich, um mit ihm zusammen zu sein. Abends zögert sie das Zubettgehen hinaus, in der Hoffnung, ihn noch zu treffen. Und mittags hält sie das Essen für ihn warm, falls er es doch für einen kurzen Abstecher nach Hause schafft.

Sie ist zuversichtlich, dass er kommen wird. Er weiß, wie aufgeregt sie wegen des Besuchs an der Hochschule war, und wird sicherlich hören wollen, wie es ihr ergangen ist.

Das Essen gerät zur Punktlandung. Um zwölf Uhr ist es servierbereit. Flink schlüpft sie aus der Schürze, unter der Woche sind es die geblümten, die ihre Mutter ihr näht, am Wochenende die ordentlich weißen mit den Rüschen. Dann huscht sie noch einmal ins Badezimmer, richtet ihre Haare und tupft einen Tropfen Parfüm hinter die Ohren. Sie überlegt sich, was sie ihm erzählen kann, was ihn amüsieren wird.

Aus dem Wohnzimmerfenster blickt sie auf die Straße. Die Minuten verstreichen, ihr Blick sucht ihren Mann zwischen den unbekannten Passanten auf der Straße, die Ungeduld wächst.

Wenn er später kommt, kann er nicht länger bleiben. Und irgendwann würde es sich nicht mehr für ihn lohnen. Mit jeder Minute steigt Margaretes Anspannung. Und nach einer Dreiviertelstunde weiß sie: Er wird nicht kommen. Es ist die immer gleiche Spirale aus Vorfreude, Hoffen, Bangen und Enttäuschung.

Sie wird wieder allein sein, lustlos in ihrem Essen herumstochern, es dann in den Kühlschrank stellen. Der Nachmittag liegt öde und ereignislos vor ihr. Natürlich gäbe es viel zu tun, die Ratgeber sind voller Vorschläge, aber sie fühlt sich zu träge. Die Schwangerschaft erschöpft sie schon jetzt. Wohin soll das nur führen? Wo doch noch Monate vor ihr liegen.

Dann hat sie eine Idee.

Und noch bevor ihre Zweifel sie einholen, packt sie das Essen in einen Henkelmann und macht sich auf den Weg ins Krankenhaus.

Eine frisch verheiratete Ehefrau, die ihrem Mann das Mittagessen bringt. Nichts spricht dagegen. Er wird sich freuen, sie erwartet ja auch gar nicht viel, seinen überraschten Blick, sein Lächeln, einen schnellen Kuss vielleicht. Mit klopfendem Herzen meldet sie sich am Empfang, sie war noch nie allein hier.

»Ach, wie schade«, sagt der freundliche Mann hinter dem Empfangstresen. »Ihr Mann hat das Gebäude vor einer halben Stunde verlassen. Da haben Sie ihn verpasst.«

Margaretes Herz macht einen Satz. War er doch noch

auf dem Weg nach Hause? Sind sie auf der Straße womöglich aneinander vorbeigeeilt?

Auf dem Rückweg sucht sie die Gehsteige nach ihm ab. Aber nichts, keine Spur von ihm. Wird er in der Wohnung sein und auf sie warten? Sich fragen, warum sie nicht zu Hause ist? Was für eine schlechte Idee dieser überstürzte Besuch gewesen ist. So viel Verwirrung!

Doch er ist nicht in der Wohnung, und nichts deutet darauf hin, dass er während ihrer Abwesenheit hier war. Fahrig versucht Margarete, die Wäsche zu bügeln, sich irgendwie abzulenken. Aber heute will ihr einfach gar nichts gelingen, später hat sie ein paar große Falten in Lenz' Hemden gebügelt. Wohin war er unterwegs? Wieso ist er nicht nach Hause gekommen? Und wenn ihm nun etwas passiert ist?

Auch am Abend kommt er nicht. Wieder hat sie ihm etwas gekocht, das nun abgedeckt im Kühlschrank wartet. Es ist nicht das erste Mal, dass sie ihn einen ganzen Tag nicht zu Gesicht bekommt. Doch noch nie war da dieses schwelende Gefühl des Unheils, das sie in den Schlaf begleitet und ihre Träume bestimmt.

Am nächsten Morgen, immer steht sie vor ihm auf, um sich herzurichten, Kaffee zu kochen und ihm das Frühstück vorzubereiten, erzählt er ausgiebig von den Patienten, die er behandeln musste, ohne Unterbrechung, den ganzen Tag, keine Pause. Nach ihrem Ausflug zur Hochschule fragt er nicht. Doch er berührt sie viel, lächelt sie an, streicht ihr durchs Haar.

»Keine Pause?«, fragt sie.

»Dein Mann ist ein gefragter Chirurg, Gretchen.« Er zieht sie auf seinen Schoß. »Stell dir vor, übermorgen darf ich meine erste Metastasenresektion vornehmen. Also nicht nur als Assistenz, sondern als Operateur.«

»Das ist wunderbar.« Sie lässt sich von ihm küssen und verscheucht alle dunklen Gedanken. Ganz bestimmt hat sich der Mann vom Empfang getäuscht. Lenz hat das Krankenhaus gar nicht verlassen. Er hat gearbeitet. Sie sollte ihm glauben. Sie muss.

Und als er sich abends im Bett, nachdem er wieder spät von der Arbeit kommt, endlos über ihr abmüht, sagt sie sich: *Es liegt nur an deinem dicken Bauch.*

Und als sie drei Tage später die Wäsche macht und einen Lippenstiftfleck auf seinem Hemd entdeckt, mahnt sie sich streng: *Du darfst deinem Mann nicht misstrauen. Bestimmt ist es dein eigener Lippenstift.*

Und selbst als sie meint, einen fremden Geruch an ihm wahrzunehmen, beschließt sie zu vergessen, zu übersehen, zu leugnen.

Es ist nichts.

Alles ist gut.

Bald bekommt sie ein Baby. Sie ist empfindlich. Das ist auf die veränderte Beschaffenheit der Körpersäfte zurückzuführen. Es heißt, dass dieser Zustand rein körperliche Ursachen hat, dass er vorübergeht.

Es kann noch immer ganz anders sein.

Zufälle.

Sie irrt sich.

Sie führen eine gute Ehe.

5. Kapitel

Sie hätten warten müssen bis zur Hochzeit. Doch Lenz hatte versichert, er würde aufpassen, und Margarete hatte ihm vertraut, immerhin war er Mediziner und ein Mann mit Manieren.

Am Ende ist es ihr Fehler. Ihr Verschulden. Ihr dummer Körper, der sofort ein Kind produzieren wollte. Er hätte von ihr verlangen können, es wegmachen zu lassen. Was tragisch wäre, aber überwindbar. Viel schlimmer: Er hätte sie hinhalten können und dann fallen lassen. Sie wäre allein mit dem Kind, und all das, was sie für sich erträumt hatte, würde ihr verwehrt bleiben. Das Studium, der Beruf, ihr ganzes Leben. Welcher Mann würde sie denn dann noch nehmen?

Und nicht auszumalen, was ein uneheliches Enkelkind für ihre Eltern bedeuten würde. Der Priester würde sie der Messe verweisen, die Nachbarn würden sie meiden.

Ihrer aller Schicksal lag in seinen Händen.

Sie hatte es ihm Ende Januar gesagt. An seinem freien Tag hatten sie sich zu einem Spaziergang durch den Stadtpark verabredet. Sie musste, die Zeit drängte. Doch der strahlend blaue Himmel, die vielen Spaziergänger, die ihre fahlen Gesichter in die Sonne hielten und genüsslich kleine weiße Wolken in die Kälte atmeten, das alles passte so gar nicht zu dem, was sie ihm zu verkünden hatte. Sie fand eine schattige, mit Raureif überzogene Parkbank, die von einer Kirschlorbeerhecke eingefasst wurde, und bat ihn, sich einen Moment zu setzen.

»Hier?«

»Ja, bitte.«

Mit dem Ärmel seines Mantels wischte er über das eisige, raue Holz, konnte aber nichts ausrichten. »Wir werden nass.«

»Das macht nichts.«

»Unsere Mäntel werden durchweichen, sodass wir später mit nassen Hinterteilen herumlaufen. Wie Paviane werden wir aussehen.«

Sie musste schmunzeln, dabei sollte er jetzt keine Späße machen. Es war ernst, und ihr schossen Tränen in die Augen.

»Aber was hast du denn? So schlecht war der Witz nun auch wieder nicht.«

»Das ist es nicht.«

»Komm, setz dich auf meinen Schoß.« Er nahm auf der kalten Bank Platz und zog sie zu sich heran.

Zitternd vor Angst und Kälte berichtete Margarete ihm, was sie vermutete. Ohne die passenden Worte zu finden für das, was ihrem Körper gerade passierte. Sie stammelte und stolperte über die Beschreibung dessen, was sie gemacht hatten und was daraus resultierte. Sie konnte es sich selbst nicht erklären, kannte die Zusammenhänge nicht. Und erst als sie ein vertrauensvolles Gespräch mit ihrer Freundin Gitte geführt hatte, dämmerte es ihr. Sie hätte vor Scham im Boden versinken können.

Während sie Lenz all das nun beichtete, sah sie an ihm vorbei auf die Blätter der Hecke, haftete ihren Blick an die filigranen Stäbchen und Spitzen aus Eis.

Dann war alles gesagt.

Irgendwo hupte ein Auto.

Eine Frau lachte.

Und er holte Luft.

»Aber Gretchen, das ist doch wunderbar. Dann lass uns heiraten. Wir werden eine Familie.«

Ihre Erleichterung war grenzenlos. Sie schmiegte sich an ihn, sog seinen betörenden Duft ein und entspannte die vor Angst steifen Muskeln und Gedanken.

»Dat du min Leevsten büst«, flüsterte er und küsste ihren Nacken, dieses winzige Stück Haut, das nicht von Mütze und Schal bedeckt war. »Dat du wull weest.«

Die Worte gehörten zu einem Lied, das er ihr später noch oft vorsingen sollte, oder vorsummen, diese Melodie, die sie für immer mit ihm verbinden würde. Ein plattdeutsches Liebeslied über ein heimliches Stelldichein, nur in tiefer Nacht finden die Liebenden zueinander. Niemand darf es wissen, und mit dem Krähen des Hahns im Morgengrauen ist der Mann auch schon wieder verschwunden.

Warum?, schoss es ihr durch den Kopf. *Warum willst du mich heiraten? Du könntest jede haben. Warum ausgerechnet das Mädchen aus der Paprika-Siedlung?*

Aber sie fragte ihn nicht. Zu groß war das Glück des Augenblicks. Sie würden eine Familie sein – Vater, Mutter und ein Kind, dessen winziges Herz schon begonnen hatte, in ihrem Bauch zu schlagen.

Die Schwangerschaft verläuft nach Lehrbuch, alle sind zufrieden. Margarete ist keine zimperliche Schwangere, warum auch, eine Schwangerschaft ist schließlich keine Krankheit. Erst als der Geburtstermin näher rückt, muss sie sich hin und wieder eingestehen, dass es nicht mehr so geht wie früher. Wenn ihr die Wohnung im dritten Stock an manchen Tagen nach dem Einkaufen unerreichbar vorkommt, ihr Rücken am Abend unsäglich schmerzt und sie sich im Bett nicht mehr ohne Anstrengung von einer Seite zur anderen drehen kann. Dann hofft sie, dass es bald geschafft ist.

Lenz sagt, das Krankenhaus sei zur Entbindung sicherer. Er kenne die Kollegen, könne Margarete auch außerhalb der Besuchszeiten sehen, und falls es Komplikationen geben sollte, sind Margarete und das Kind dort besser aufgehoben.

Ibolya ist anderer Meinung, wochenlang redet sie auf Margarete ein, beschwört sie, das Kind nicht im Krankenhaus zu bekommen, wo es vor Keimen und Bakterien nur so wimmelt und noch immer viel zu viele Frauen an Kindbettfieber sterben.

Margarete selbst graut es davor, nach der Geburt eine Woche mit drei anderen Wöchnerinnen das Zimmer zu teilen. Doch die Aussicht, Lenz häufiger zu sehen, ist verlockend.

Und als schließlich die Wehen einsetzen, nimmt sie ihre Tasche und geht zu Fuß ins Krankenhaus. Erst ist sie unsicher, ob nun wirklich die Geburt beginnt, schon seit Wochen hat sie Kontraktionen, es können auch wieder nur Vorwehen sein. Doch als sie die Hälfte der Strecke geschafft hat, wird sie von einer Wehe überrollt, die sie innehalten und sich an einer Hauswand abstützen lässt. Himmel, was für Schmerzen! Als es vorüber ist, weiß sie es ganz sicher: Ihr Kind hat sich auf den Weg gemacht und wird schon bald, an einem schwülheißen Augusttag im Jahr 1960, das Licht der Welt erblicken.

Margarete hat sich über die Phasen der Geburt gut informiert, nicht noch einmal sollte es ihr passieren, dass sie sich von der Biologie so übermannen lässt. Doch kaum ist sie im Kreißsaal, ist ihr Wissen wie weggefegt. Sie wird auf den Gebärstuhl gesetzt, dann ist da nur noch dieser unsägliche Schmerz, sie ist ein einziges Pulsieren, es ist ein Sog, ein Wahn, eine Urgewalt, die in ihrem Körper wütet. Und gerade als sie sicher ist, es nicht mehr zu ertragen, ist es geschafft, und der erste Laut ihres Kindes ist zu hören.

»Ein Mädchen, herzlichen Glückwunsch, nun sind Sie Mutter.« Die Hebamme nickt ihr aufmunternd zu, und Margarete lässt sich zurück an die Lehne sinken.

Kein Junge, ist ihr erster Gedanke.

»Ein schönes Kind«, hört sie die Hebamme zur Schwester sagen. »Fast acht Pfund. Und das Dunkle der Mutter kommt noch gar nicht durch.«

Margarete wechselt vom Stuhl ins Bett, sie wird gewaschen, das Kind wird gewaschen, es bekommt Augentropfen, dann darf sie es sehen. Augenblicklich ist sie verzaubert. Wie winzig sie ist, diese kleinen Fingerchen mit Fingernägeln nicht größer als Stecknadelköpfe. Haare wie Seide, das Gesicht noch ganz faltig, doch ihre Augen sind schon geöffnet, und ihr Blick verankert sich tief in Margaretes Herzen.

Als Lenz kurze Zeit später kommt, nimmt er seine in ein weißes Deckchen gewickelte Tochter zärtlich entgegen. »Sie ist wunderschön. Ich bin so stolz auf dich, Gretchen. Das hast du großartig gemacht.« Seine Augen glitzern verräterisch. Dieser abgeklärte Mediziner, hat ihn das Wunder des Lebens also auch erwischt.

»Rutsch mal.« Er legt sich zu ihr aufs Bett. Die Schwester atmet scharf ein, wegen der Keime ist das Bett der Wöchnerin streng sauber zu halten, sagt aber nichts, schließlich ist Lenz ein Arzt in diesem Haus.

Margarete schmiegt sich an ihn, legt ihren Kopf an seine Brust, atmet seinen Duft und sieht ihr kleines Töchterchen in seinen Armen schlafen.

Größer kann Glück nicht sein.

»Bleibt es bei Karen?«, fragt sie leise.

Er nickt.

Karen, nicht *Karin* wie so viele Mädchen. *Karen* von *carus*, lateinisch für lieb und teuer. Außerdem ist *Karen* weltgewandter, haben sie auf einem gemeinsamen Spaziergang vor einigen Wochen beschlossen. Ihrer Tochter sollen alle Türen offenstehen.

Kaum ist Lenz gegangen, zeigt ihr die Hebamme, wie sie ihr die Brust geben soll. Augenblicklich fängt das kleine Mädchen an zu saugen. Die Stillschwestern, die ihr das Kind von nun an fünfmal am Tag bringen, loben Margaretes Milch, die üppig und sahnig fließt und Karen selig schlummern lässt. Es gibt keinen Grund für künstliche Nahrung, ihr Körper nährt ihr Kind. Alles ist so, wie es sein soll.

»Eine alte Seele«, sagt die Hebamme einmal, als sie ihr die schlafende Karen aus den Armen nimmt, um sie zurück ins Säuglingszimmer zu bringen. »Da haben Sie Glück, dieses Kind wird Ihnen keine Sorgen bereiten.«

Die Woche im Krankenhaus vergeht schnell. Gegen alle Befürchtungen genießt Margarete es, von den Schwestern umsorgt zu werden, die sich sehr um Reinlichkeit und Hygiene der Wöchnerinnen bemühen. Täglich wird die Bettwäsche gewechselt, Blumen werden über Nacht aus dem Zimmer gebracht, und die Frauen müssen sich zweimal am Tag waschen, der Wochenfluss ist gefährlich für das Neugeborene und kann schlimme Infektionen auslösen. Sie folgt den Anweisungen genau und merkt sich alles für die Zeit zu Hause.

Die Gesellschaft der anderen Frauen im Krankensaal ist nicht so unangenehm wie erwartet. Im Gegenteil, Margarete lauscht interessiert ihren Unterhaltungen und versucht, sich vorzustellen, was die anderen für Leben führen. Mit den täglichen Besuchern, die für ein paar Stunden an den Betten sitzen und sich leise unterhalten, vervollständigt sich das Bild. Da ist ein Mann, der beklagt sich immer, dass er die beiden älteren Kinder versorgen muss. Eine frischgebackene Großmutter, die alles besser weiß und ihre Tochter ständig zurechtweist. Und eine Frau, die überhaupt keinen Besuch bekommt. Manchmal hört man sie leise weinen.

Lenz kommt ein-, zweimal am Tag vorbei, seltener als sie gehofft hatte, aber doch viel häufiger als die anderen Männer. Und fast immer hat er eine Kleinigkeit für Margarete dabei: Blumen, aus dem Automaten vor dem Krankenhaus, eine Zeitschrift, die er am Kiosk für sie besorgt hat, oder eine Tafel Schokolade.

Als er sie aus dem Krankenhaus abholt und seine Familie nach Hause bringt, wartet ein Blumenstrauß auf dem Küchentisch, daneben eine schlichte weiße Karte: »Für meine tapfere Frau. In Liebe, Lenz.«

Den Nachmittag verbringen sie zu dritt, essen Streuselkuchen, den ihre Eltern vorbeigebracht haben, bewundern Karens winziges Näschen, das kleine Grübchen an ihrem Kinn, lauschen ihrem zufriedenen Seufzen, wenn sie sich satt und schläfrig von Margaretes Brust abwendet.

Am Abend besteht Lenz darauf, für sie zu kochen. Er fragt nach ihrem Lieblingsessen, und weil sie nicht will, dass er sich blamiert, bittet sie nur um ein paar gebratene Eier.

»Wird gemacht, Mylady.« Er deutet eine Verbeugung an, verschwindet in der Küche, und nach einigem Rumoren und leisen Fluchen präsentiert er ihr einen ganz passablen Abendbrotteller mit Spiegelei, aufgeschnittenen Tomaten, Gurken und etwas Petersilie zur Dekoration. Er muss einkaufen gewesen sein, während sie im Krankenhaus war.

Als sie am Abend einschläft, mit ihrem liebevollen, fürsorglichen Ehemann neben sich und ihrer bezaubernden, gesunden Tochter im Gitterbett an der gegenüberliegenden Wand, schickt sie ein Stoßgebet gen Himmel: Möge sie niemals aus diesem Traum erwachen.

Am nächsten Morgen bricht Lenz zur Arbeit auf, lässt einen Kuss und das Versprechen auf einen frühen Feierabend da. »Ich liebe euch, ihr wunderbaren Frauen!«, ruft er zum Abschied durchs Treppenhaus und schickt noch einen Luftkuss hinterher.

Margarete denkt an die Nachbarin aus dem ersten Stock, eine garstige alte Frau, die keine Gelegenheit auslässt, sich über die anderen Mieter zu beschweren. Doch dann wischt Lenz' Überschwänglichkeit ihre Besorgnis fort. Sie hört die Tür unten ins Schloss fallen und geht zum Fenster im Wohnzimmer, um ihm hinterherzuwinken, doch er dreht sich nicht noch mal um.

Als er aus ihrem Blickfeld verschwunden ist, fällt ihr wieder auf, wie still es in der Wohnung ist. Sie öffnet die Fenster, und die Geräusche der Stadt erinnern daran, dass es noch eine Welt da draußen gibt. Sie überlegt, einkaufen zu gehen, fühlt sich aber noch zu schwach. Also beginnt sie, die Wäsche der letzten Tage zu waschen. Es ist eine Menge angefallen, während sie im Krankenhaus war, Lenz hat kaum noch saubere Hemden im Schrank. Doch das Gerät ist furchtbar laut, die ganze Zeit muss Margarete befürchten, das schlafende Kind zu wecken. Schließlich stellt sie sie wieder aus, setzt sich ins Wohnzimmer, blättert in den Zeitschriften und wirft immer mal wieder einen Blick in die Wiege. Dann legt sie sich auf den Teppich und beginnt mit den Übungen, die ihren Bauch wieder flach und schön machen sollen. Er sieht scheußlich aus, wie ein Sack aus Haut und Fett hängt er an ihr herunter. Doch sie beruhigt sich, dass es ja nicht immer so bleiben wird. Mit den Übungen ist sie sicherlich schnell wieder in Form.

Anschließend überlegt sie, ihre Unterlagen aus dem Studium durchzugehen, verwirft den Gedanken aber wieder. Karen könnte jeden Moment aufwachen, dann wäre es mit der Konzentration vorbei.

Gegen Mittag kommen ihre Eltern vorbei, um das Kind

zu bewundern. Margarete bittet ihre Mutter, ein paar Kleinigkeiten für sie einzukaufen, damit sie das Haus nicht verlassen muss. Dann nutzt sie die Zeit, in der ihre Eltern um die Wiege mit dem schlafenden Mädchen stehen, um einen Hackbraten mit Rosenkohl und Kartoffeln vorzubereiten, die Wäsche fertig zu waschen und auf den Trockenboden zu bringen. Lenz soll sehen, dass sie etwas geleistet hat, wenn er später von der Arbeit kommt.

Am frühen Abend bittet sie ihre Eltern zu gehen, damit ihr Mann nach einem anstrengenden Tag in der Klinik ein wenig Ruhe bekommt.

Sie deckt den Tisch, bereitet noch flink ein Erdbeerschäumchen zu, stellt Weinbrand und Zigaretten bereit, zieht Karen einen frischen Strampelanzug an, fährt ihren Lippenstift nach und richtet sich das Haar.

Dann wartet sie.

Das Essen wird kalt.

Sie wartet.

Lenz kommt nicht.

Irgendwann ist sie so hungrig, dass sie sich eine kleine Kartoffel aus dem Topf nimmt und sie im Ganzen in den Mund schiebt.

Wo bleibt er? Heute, an ihrem ersten gemeinsamen Tag als Familie.

Es vergeht eine weitere Stunde, und jede Minute fühlt sich an wie ein Verrat. *Sei still*, mahnt sie sich, *er hat einen Beruf mit viel Verantwortung. So ist das eben.*

Schließlich isst sie allein im Wohnzimmer, einen kleinen Teller auf den Knien balancierend. Der Braten ist trocken, die Kartoffeln sind kalt.

Karen wird wach. Margarete wickelt sie und gibt ihr die Brust. Als das Mädchen wieder schläft, macht sie den Abwasch, stellt das Essen in den Kühlschrank.

Spät in der Nacht legt sich Lenz zu Margarete ins Bett, entschuldigt sich flüsternd, es habe einen Notfall gegeben, bei dem er unbedingt zugegen sein musste, er ist untröstlich.

Margarete stellt sich schlafend.

Der Duft eines weichen, fruchtigen Parfüms umgibt ihren Mann wie eine böse Ahnung.

Sie hatte gehofft, dass sich mit Karens Geburt all ihre Vermutungen als Hirngespinste erweisen würden. Doch nichts hat sich geändert. Im Gegenteil, es ist noch schlimmer geworden. Nun kommt er nicht nur später als versprochen nach Hause, sondern muss auch plötzlich weg, obwohl er keinen Dienst hat.

Noch immer beteuert er ihr seine Liebe, überrascht sie mit kleinen Geschenken und Aufmerksamkeiten. Ist hingerissen von Karen, lobt Margarete dafür, wie hervorragend sie ihre neue Rolle als Mutter ausfüllt. Immer will er den Kinderwagen schieben, wenn sie gemeinsam spazieren gehen, und am Wochenende spielt er morgens sogar manchmal mit dem Kind, damit Margarete noch etwas schlafen kann. Margarete kennt keinen anderen Mann, der sich so liebevoll um seine Familie kümmert.

Vielleicht bildet sie sich alles nur ein?

Vielleicht ist sie von wahnhafter Eifersucht besessen?

Vielleicht ist sie das Problem, nicht er?

Karen ist zwölf Wochen alt, da hält Margarete die Ungewissheit nicht mehr aus. Als Lenz an einem nebeligen Sonntagnachmittag im November sagt, er müsse noch einmal ins Krankenhaus, zieht sie Karen und sich in Windeseile an, kaum hat er das Haus verlassen. Unten legt sie den Säugling in den Kinderwagen und schiebt ihn schnell nach draußen. Gerade noch sieht sie ihren Mann um die nächste Straßenecke biegen, beschleunigt und folgt ihm in sicherem Abstand.

Jetzt bist du wahnsinnig, Anikó, jetzt ist es passiert.

Aber sie kann nicht mehr umkehren, kann nicht mehr langsamer werden, muss endlich wissen, was ihr Mann treibt, wenn er sich davonstiehlt.

Sie sieht, wie Lenz in einem Café verschwindet. Margarete wechselt die Straßenseite, geht ein paar Schritte weiter, angestrengt versucht sie, etwas durch die Spiegelungen der Fensterscheibe zu erkennen.

Erst schemenhaft, dann ist sie sich sicher: Es ist die vertraute Silhouette ihres Mannes, die sich dort gerade über eine üppige, blond gelockte Frau beugt und sie galant auf die Wange küsst. Doch mehr noch als dieser Kuss sind es die Gesten der Unbekannten, die Margarete die letzte Gewissheit geben. Wie sie kokettierend den Kopf in den Nacken legt und lacht. Wie sie sich Lenz entgegenbeugt, als er am Tisch Platz nimmt. Alles an den Bewegungen dieser Frau verrät Margarete, dass ihre schlimmsten Befürchtungen wahr geworden sind. Ihr Mann betrügt sie. Betrügt sie mit dieser Frau.

Schnell dreht sie sich um und eilt zur Wohnung zurück. Sie hätte ihm niemals folgen dürfen.

Kaum ist sie zu Hause angekommen, beginnt Karen zu weinen. Margarete kann es sich nicht erklären, nimmt sie an die Brust, obwohl es eigentlich noch gar nicht an der Zeit ist, wickelt sie und stellt sicher, dass sie warm genug angezogen ist, aber das Kind lässt sich nicht beruhigen. Margarete trägt sie durch die Wohnung, singt und wiegt sie, aber sie hört einfach nicht auf, über eine Stunde geht das jetzt schon so, und da passiert es zum ersten Mal. Sie schreit ihre Tochter an. Dass sie endlich ruhig sein solle, was sie denn von ihr wolle, warum sie es Margarete denn so schwer machen müsse. Wütend legt Margarete sie in die Wiege und geht ins Schlafzimmer, schmeißt die Tür hinter sich ins Schloss.

Herr im Himmel, was tue ich hier?, durchfährt es sie augenblicklich. *Ich schreie meine drei Monate alte Tochter an?*

Eilig geht sie zurück zu Karen, die sie erschrocken ansieht, nur noch leise wimmert.

»Entschuldige, mein Engel. Entschuldige.« Sie nimmt sie hoch, überhäuft sie mit Küssen, drückt ihr Gesicht an die weiche Wange ihrer Tochter. »Verzeih mir.«

Lenz kommt erst spät am Abend nach Hause. Margarete stellt sich schlafend, er schmiegt sich im Bett an sie und flüstert, dass er sie liebt. Alles in ihr droht zu zerspringen, ein Schluchzen steckt in ihrer Kehle, das sich kaum zurückdrängen lässt. Ein Schluchzen, das sie verraten und alles ändern würde. Wenn sie ihm sagen würde, dass sie ihn gesehen hat, im Café mit der anderen Frau, würde er es zugeben oder weiter lügen?

Sie weiß nicht, was schlimmer wäre. Wenn er es zugibt, würde er sie verlassen? Was würde dann aus ihr werden? Und Karen? Wenn er weiter lügen würde, könnte sie es ertragen? Sie drückt den Schluchzer mit aller Kraft zurück, verharrt vollkommen still.

Was hat sie falsch gemacht? Was hat sie übersehen oder vergessen? Wo hätte sie besser aufpassen müssen? Wieso ist ihr das passiert?

Bald schon hört sie seine entspannten Atemzüge, den wohlverdienten Schlaf eines erschöpften Mannes. Sie liegt wach, starrt in die schemenhafte Dunkelheit des Schlafzimmers, und der Schmerz macht sie schwindelig.

Am nächsten Morgen kommt ihre Mutter vorbei, sie hat Fánk gebacken, ungarische Krapfen, die Margarete kaum runterbekommt. Sie sitzen in der Küche, Ibolya wiegt Karen im Arm, flüstert ihr ungarische Koseworte zu, beugt sich immer wieder ganz dicht an das Gesicht des schlafenden Säuglings.

Margarete sitzt am Küchentisch gegenüber, ihre Tränen tropfen in die Tasse gezuckerten Schwarztees.

Erst als sie aufschluchzt, blickt ihre Mutter sie an. »Aber Anikó, warum weinst du denn?«, fragt sie auf Ungarisch.

»Er betrügt mich«, antwortet Margarete auf Deutsch.

Ibolya beißt in einen Krapfen, ihre Lippen glänzen fettig. Dann hebt sie die Schultern und antwortet: »So sind die Männer. Aber schau dir an, was er dir geschenkt hat. Er wird dich nicht verlassen, für dich ist gesorgt.« Wieder küsst sie Karen.

»Das reicht.« Wütend nimmt Margarete ihrer Mutter das

Kind aus den Armen. Was soll denn diese Affenliebe, das gehört sich nicht. Sie legt Karen in den Stubenwagen und streicht energisch die Falten aus dem weißen Deckchen.

6. Kapitel

Ungarn, 1946

Der Uniformierte, der an die Tür von Anikós Familie gehämmert hatte, stellte Ibolya vor die Wahl: »Sie gehen mit ihrem deutschen Mann nach Deutschland oder verlassen ihn.«

Ibolya war Ungarin, zu Hause sprachen sie Ungarisch. Nur deshalb hatten sie so lange bleiben dürfen. In den Stuben der anderen wurde Ungarndeutsch gesprochen, ein alter Dialekt, der sich über die Generationen in Ungarn verselbstständigt und mit dem Hochdeutschen nur noch wenig Ähnlichkeit hatte. Anikó beherrschte beide Sprachen, das Ungarische der Mutter, das sie auch in der Schule lernten, und das Ungarndeutsche des Dorfes, das sie mit ihrem Vater, den Tanten, Onkeln, Cousinen und Cousins sprach. Doch das war bisher nicht wichtig gewesen. Sie gehörten alle zusammen. Und nun riss man sie auseinander.

Ihre Mutter hatte sie geschickt, den Vater vom Feld zu holen. Anikó rannte so schnell, dass ihre Füße kaum den Boden berührten, und als sie endlich auf der weiten Fläche südlich des Dorfes ankam, auf dem der Vater mit großen Schritten das Feld abmaß und die Saat in gleichmäßigen Bögen durch die Luft fliegen ließ, musste sie sich auf ihre Knie abstützen und rang nach Luft.

»Apa!«, rief sie. »Vater!« Doch er war zu weit weg, entfernte sich immer weiter, auch ihr aufgeregtes Winken konnte nichts ausrichten.

Ihr blieb nichts übrig, als ihm hinterher über das Feld zu laufen.

»Apa!«, rief sie wieder, und endlich drehte er sich um.

»Anikó! Mein Mädchen! Wie schön, kommst du, deinem alten Vater zu helfen? Ich habe es gleich geschafft.«

»Nein, ich …« Sie rang nach Luft.

»Du weißt noch, wie es geht? Erinnerst du dich an letztes Jahr? Zusammen mit Onkel Engelbert und Cousin Olaf hatten wir die Saat in Windeseile ausgebracht. Und du hast eine ganze Bahn allein geschafft. Auf den Schwung kommt es an, weißt du noch? Es muss aus dem Handgelenk kommen, und nicht zu viel Saat auf einmal, willst du es versuchen?«

»Du musst nach Hause kommen. Apa, sie schicken uns fort.«

Nur für einen kurzen Augenblick veränderte sich etwas in seinem Gesicht. Ein kurzer Schmerz, dann war er wieder György – ihr großer, starker Vater, der gutherzigste und tatkräftigste Mensch, den sie sich vorstellen konnte.

»Nun denn.« Er ließ seinen Blick über das Feld schweifen. »Aber diese Bahn werden wir wohl noch beenden. So viel Zeit muss sein. Willst du es tun?«

Anikó nickte. Sie griff in den Korb, den er mit einem Schulterriemen vor dem Bauch trug. Die Samen kitzelten an ihren Fingerspitzen. György stellte sich hinter sie und führte ihre Hand, bis sie den Schwung raushatte.

»So wird's gemacht, mein Kind. Genau so«, lobte er sie,

und sie schritten den Rest des Feldes ab. »Du wirst mal eine großartige Bäuerin werden.«

Als sie zurück auf den Hof kamen, fanden sie Ibolya in großer Aufregung. Hektisch lief sie von der Truhe im Schlafzimmer zum großen Eichenschrank in der Stube, von der Kommode in Anikós Zimmer zum Regal in der Küche. Nur eine Kiste Besitz durften sie mitnehmen, wie sollte man sich nur entscheiden? Und wie wissen, was wichtig sein würde und was verzichtbar? Anikó bettelte um ihre Bücher, die Mutter ließ dafür das gute Geschirr in den Schränken. Alles musste ganz schnell gehen, schon am nächsten Tag sollten sie das Dorf verlassen.

Als sich Anikó an diesem Abend ins Bett legte, hörte sie das laute Wehklagen der Mutter durch die Gemäuer des Hauses. Der Vater versuchte, sie zu beruhigen. »Nicht für lang« – »bald zurück« – »nur Mut« – bei ihm klang es wie ein Ausflug, ein kleines Abenteuer, das sie gemeinsam erleben würden.

Anikó schloss die Augen und träumte sich in dieses Deutschland, das sie nur aus den Erzählungen der anderen kannte. Dichte Nadelwälder sah sie vor sich, kleine, efeuberankte Backsteinhäuschen, moosbewachsene Felsen. Urig, grün und gemütlich stellte sie sich dieses Deutschland vor. Und schon bald verlor sie sich in einem Traum über einen verwunschenen Urwald.

Am nächsten Morgen mussten sie in aller Frühe aufstehen. Als sie ihren Leiterwagen durch das stille Dorf zogen, begann es gerade erst zu dämmern, und es war eiskalt.

Am Bahnhof warteten vier Uniformierte auf sie, mit einem Nicken nahm man ihre Ankunft zur Kenntnis. Sie waren jung, hatten die Kragen ihrer Uniformen hochgeschlagen, rauchten und sahen so aus, als hätten sie tagelang nicht geschlafen.

György grüßte freundlich, und Anikó schob ihre kalte Hand in die des Vaters. Wenn sie nur zusammenblieben, würde alles gut werden.

Auf dem Bahnsteig warteten weitere Familien aus der Umgebung. Flüsternd unterhielten sich die Erwachsenen, die Kinder blieben an der Seite ihrer Eltern. Anikó dachte an die Katze. In aller Früh hatten ihre Eltern noch einmal alle Kühe gemolken und dann auf die Weide gebracht. Anikó hatte dem Kätzchen ein großes Schälchen Milch in den Stall gestellt. Den Rest in der großen Milchkanne hatten sie aufs Gemüsebeet gekippt, ein hervorragender Dünger war das, hatte ihr Vater ihr erklärt.

Was würde nun aus den Tieren werden? Den Kühen? Dem Kätzchen? Den Hühnern? Würden sich die Uniformierten gut um sie kümmern?

Anikó überlegte, ob ihr Vater es den Männern sicherheitshalber noch einmal sagen sollte, da hörten sie in der Ferne das Schnaufen der Eisenbahn, sie näherte sich schnell und kam schon im nächsten Moment quietschend und ächzend auf dem kleinen Bahnhof zum Stehen.

»Tavaszra eleegyünk, szüretre vissza jövünk!«, hatte jemand, der früher gehen musste, auf einen Waggon geschrieben – »Im Frühjahr gehen wir, zum Herbst kommen wir.«

Der Frost an den Scheiben strafte sie Lügen.

Es waren Viehwaggons, die sie samt ihrem Gepäck bezogen. Schon beim Öffnen der Tür war der Waggon so voll mit Menschen, dass Anikó sich unmöglich vorstellen konnte, wie sie dort auch noch Platz finden sollten. Doch man rückte zusammen, grüßte sich leise, und Anikó konnte mit ihren Eltern einen guten Platz im hinteren Teil des Waggons ergattern. Vorne gab es ein Loch im Holzboden, dort entrichteten die Leute während der langen Reise ihre Notdurft.

Ohne Unterbrechung waren sie mehrere Tage unterwegs. Wie viele, konnte Anikó im Nachhinein nicht sagen. Sie saß eng an ihre Mutter geschmiegt. Meist schlief oder döste sie, und das Dröhnen und Rattern der Räder begleitete sie in ihre Träume.

Irgendwann sagte einer der Mitreisenden, nun seien sie in Deutschland, und Anikó drückte ihre Nase gegen die Holzverkleidung des Waggons. Doch was sie durch die fingerbreiten Ritzen sah, war so ganz anders als in ihrer Vorstellung. Nichts als Trümmer, Elend, Armut.

Als der Zug mit einem letzten langen Seufzen zum Stehen kam, sie aussteigen durften und Anikó endlich wieder festen Boden unter den Füßen hatte, waren sie nicht willkommen.

»Schau, da sind die Zigeuner«, bekamen sie von den Menschen am Bahnhof zu hören. »Geht dahin zurück, wo ihr herkommt«, rief einer. »Hier gibt es nichts für euch.«

7. Kapitel

1961

Karen ist zehn Monate alt, da ist Margarete wieder schwanger. Sie spürt es schon wenige Tage nach der Empfängnis, fühlt sich gereizt und dünnhäutig, ihre Brüste sind empfindlich, und sobald sie Karen zum Mittagsschlaf hinlegt, schläft sie selbst auf dem Sofa ein – sitzend mit dem Nähzeug in der Hand.

Dann bleibt ihre Periode aus, und sie weiß es sicher.

Erst durchfährt sie der alte Schreck, auch dieses Kind war nicht geplant, wohl in Kauf genommen, aber nicht wirklich erwartet oder gar herbeigesehnt. Doch als sie es Lenz sagt, ist seine Freude ansteckend: Noch ein Kind, das ist doch eine wunderbare Neuigkeit!

Und auch ihre Eltern gratulieren. Sie lieben Karen und können sich kein größeres Glück vorstellen als noch so einen kleinen, pausbäckigen Engel.

Je länger Margarete über das neue Kind nachdenkt, umso sicherer ist sie, dass es der richtige Zeitpunkt ist. Warum auch nicht? Sie spricht mit niemandem darüber, man könnte ja denken, sie sei faul, aber die Tage mit Karen sind oft lang und eintönig, die immer gleichen Spiele und Abläufe ermüden Margarete.

Und noch ein Grund spricht für dieses Kind: Je mehr Leben sich zu Hause abspielt, umso schwieriger wird es Lenz fallen, seine Liebschaft zu pflegen.

Margarete hofft nicht mehr, dass er seine Affäre aufgeben wird, so regelmäßig, wie er sich davonschleicht. Sie ist ein Seismograph, auf Lenz geeicht. Jede noch so kleine Veränderung seines Verhaltens registriert sie. Sie interpretiert das, was er sagt, und das, was er verschweigt. Er ist genauso zugewandt wie immer. Beteuert seine Liebe. Lobt ihr Aussehen, das Essen, die Wohnung. Selbst Karens Fortschritte schreibt er ihr zu.

Es sind Nuancen, die den Unterschied machen. Feinheiten, kaum zu erkennen. Margaretes Sinne sind aufs Äußerste geschärft. Ein Hauch des fremden Parfüms am Hemdkragen ihres Ehemanns reicht aus, um sich der Existenz der anderen zu vergewissern. Lenz' Kuss, der eine Sekunde zu früh endet. Sein Blick, der Margarete nur streift, statt auf ihr zu ruhen. Ein Lächeln, das nur von den Mundwinkeln kommt.

Und dann bekommt es wieder Karen ab, die liebe, kleine Karen, ihr Baby, ihr Engel, ihr Liebling, ihr Schatz. Wenn sie Milch verschüttet, die Blumenvase umfällt, sie sich die Finger am Herd verbrennt, obwohl Margarete ihr vorher dreimal gesagt hat, dass sie ihn nicht anfassen darf.

Jedes Mal schämt sich Margarete bis ins Unermessliche, wenn sie wieder aus der Haut gefahren ist und ihr Kind angeschrien hat. Was ist sie nur für ein Mensch, wer schreit denn ein Baby an? Abnormal ist das, beschämend. Sie kann nur hoffen, dass Karen noch so klein ist, dass sie die Verfehlungen der Mutter schnell vergisst.

An einem Dienstag im November platzt Lenz unangekündigt zur Mittagszeit in die Wohnung. Margarete hat Karen gerade gefüttert, nun ist es Zeit für den Mittagsschlaf.

Überrascht sieht sie ihren Mann an, sofort ahnt sie, dass etwas Großes im Gange ist. Er glüht förmlich, als er sagt: »Du musst mitkommen, ich habe ein Geschenk für dich.«

»Jetzt? Wieso? Was ist denn los?«

»Das siehst du, wenn wir dort sind. Komm.« Er nimmt ihre Hand und zieht sie zur Tür.

»Warte. Karen.«

»Kann sie nicht kurz hierbleiben? Sie schläft doch.«

»Nein.« Andere Mütter lassen ihre Babys allein zu Hause, wenn sie für eine Besorgung kurz das Haus verlassen müssen. Was soll ihnen schon passieren, wenn sie mit Bettgeschirr an die Gitterstäbe geschnallt werden? Aber Margarete gefällt die Vorstellung nicht, dass Karen wach wird, weint und niemand kommt. Sie zieht das Mädchen schnell an, nimmt es auf den Arm und hofft, dass es trotzdem schlafen wird, der Nachmittag wird sonst anstrengend.

»Zu Fuß?«, fragt sie.

»Mit dem Wagen. Komm endlich, nun mach schon.«

Lenz fährt durch die wintergraue Stadt. Die Abgase der Autos hängen als weiße Wolken in der Luft, die Bäume haben ihre Blätter längst verloren, wie Gerippe recken sich die Äste in den faden Himmel.

Sie kommen in die Vorstadt, eine Gegend, die Margarete nicht kennt. Die Häuser werden weniger und kleiner. Einfamilienhäuser, die luftig stehen, getrennt werden von niedrigen Zäunen. Dann Felder, ein Wäldchen. Karen ist tatsächlich eingeschlafen und wird ihr schwer auf dem Arm.

Die Stadt liegt schon einige Kilometer hinter ihnen, als sie eine weitere Ortschaft durchfahren. Die Häuser sind penibel um den kleinen Marktplatz angeordnet, gleich hoch, gleich breit, nur die Farbe der Fassaden unterscheidet sich. In Reih und Glied parken die Autos am Rand des Platzes, in symmetrischen Pyramiden ist das Obst vor dem Gemüseladen gestapelt.

Sie passieren den Markt, Margarete entdeckt ein italienisches Restaurant, einen Bäcker, einen Metzger, eine Sparkasse. Dann geht es durch eine Wohngegend und schließlich einen nicht enden wollenden Berg hinauf. Nicht steil, aber beständig geht es aufwärts. Rechts fallen graue Äcker den Hang hinab, links wächst meterhohes Gestrüpp.

Oben angekommen, erwartet sie eine weitere Siedlung. Hier sind die Häuser groß und modern, die Vorgärten gepflegt. Die Menschen müssen vermögend sein, man sieht es sofort. Sie biegen rechts ab, Lenz drosselt das Tempo. Vor einem Haus, das baugleich zu sechs anderen in der Straße ist, bleiben sie stehen.

»Und jetzt?«, fragt Margarete.

»Wir sind da.« Er steigt aus und strahlt. »Komm.«

Vorsichtig folgt Margarete ihm, hält Karen eng an sich geschmiegt.

Mit federnden Schritten geht Lenz die drei Stufen zum Haus hoch, lässt seine Hand über den angrenzenden Buchsbaum streifen. Zu Margaretes Überraschung zieht er einen Schlüssel aus der Hosentasche und öffnet die Tür. »Willkommen zu Hause!« Er grinst und betritt das Haus.

»Was? Wie?« Aus der offenen Diele schlägt ihnen kühle, muffige Luft entgegen. Sie blickt an Lenz vorbei, in einen weitläufigen Flur, von dem aus sich eine Treppe ins Souterrain windet. Gegenüber grenzt ein großes Zimmer mit einer Fensterfront in Richtung Garten an, vermutlich das Wohnzimmer.

Lenz geht voran ins Souterrain, dort gibt es vier kleinere Zimmer, mit Blick in den Garten. Außerdem befinden sich auf dieser Etage ein kleines Bad, eine Waschküche, ein Vorratsraum sowie ein größerer Raum mit einer Terrasse davor. »Das wird mein Arbeitszimmer«, erklärt Lenz. »Komm, wir gehen wieder nach oben, ich zeig dir deine Küche.« Im Vorübergehen küsst er sie auf die Wange.

»Unglaublich!«, entfährt es ihr. Die Küche ist riesig. Cremefarbene Unterschränke und Hängeschränke, ein großer Kühlschrank und ein elektrischer Herd. Dazu eine Durchreiche ins Esszimmer. Der Linoleumboden in einem zarten Mint. Die Einrichtung wirkt hell und freundlich, ein Versprechen an die Hausfrau, dass alles ganz einfach sein wird. Hinter dem Wohnzimmer mit großem Blumenfenster, das sie beim Reinkommen schon entdeckt hat, befindet sich das Elternschlafzimmer mit einem riesigen Einbauschrank, ein Badezimmer grenzt direkt an. Ein großer Balkon verbindet Schlafzimmer, Wohn- und Esszimmer. Und sogar einen Telefonanschluss gibt es hier.

»Was sagst du?«, fragt Lenz. »Gefällt es dir?« Er strahlt.

»Es ist …« Margarete sucht nach dem richtigen Wort. *Einschüchternd. Fremd. Riesig.* Entscheidet sich schließlich für: »Groß.«

»Das ist es«, antwortet er stolz. »Hier können wir noch

zwei Kinder bekommen. Ich sehe es vor mir: wie sie im Garten spielen, wie wir auf dem Balkon Kaffee trinken. Endlich haben wir genug Platz.« Er breitet die Arme aus. »Und das Beste: Es gehört uns. Ich habe vor einer Stunde den Kaufvertrag unterschrieben.«

Karen wird wach und sieht sich mit großen Augen um.

»Das Haus stammt ursprünglich von einem Patienten, der vor zwei Wochen gestorben ist, die Familie konnte den Neubau nicht halten. Ich habe mit der Bank verhandelt, den Angehörigen ein Angebot unterbreitet, und sie haben angenommen.« Er klingt so stolz, dass es Margarete schwerfällt, sich nicht mitreißen zu lassen von seiner Begeisterung.

»Es ist eine gute Siedlung. Lehrer, Ärzte, Professoren. Die Schule liegt unten im Ort, es gibt einen Sportverein und alle Geschäfte, die man zum täglichen Leben braucht.« Er küsst sie stürmisch. »Liebling, es hätte nicht besser für uns laufen können.«

»Aber hättest du mich nicht fragen können? Hätten wir das nicht gemeinsam …«

»Es gefällt dir nicht?«

»Doch, das schon. Aber ich hätte gern …«

»Es musste schnell gehen, solche Objekte sind begehrt. Komm schon, Gretchen, verdirb es uns jetzt nicht.« Er nimmt ihr Karen aus dem Arm. »Hier wirst du groß werden, mein Püppchen. Ist das nicht wunderbar?« Er küsst sie, dann wirbelt er sie herum, das Mädchen quietscht vor Vergnügen. »Nur deine Mutti hat wieder was zu meckern.« Er zwinkert Margarete zu.

»Habe ich gar nicht, das Haus ist schön.«

»Na also.« Nun küsst er auch Margarete. »Und jetzt komm, ich muss zurück ins Krankenhaus.«

So plötzlich wie die Besichtigung begonnen hat, endet sie. Im Eiltempo fahren sie zurück in die Stadt, den Berg hinab, durch den blank geputzten Ort, übers Feld und durch den Wald, bis in die Vorstadt, in der Margaretes Orientierung langsam wieder einsetzt.

Lenz lässt sie vor dem Haus raus. »Du kannst schon mal anfangen zu packen.« Beim Wegfahren lehnt er sich noch aus dem Fenster und ruft: »Das wird großartig!«

Fassungslos sieht Margarete ihm hinterher.

»Hast du gehört, Karen, das wird großartig. Dein Vati hat vielleicht Nerven.«

So ein riesiges Haus. Was wird das gekostet haben? Unglaublich. Größer und moderner, als sie es sich je hätte träumen lassen. Sie kennt niemanden, der so etwas besitzt. Ihre Eltern werden stolz sein.

Es gibt wirklich keinen Grund, undankbar zu sein, Anikó, keinen einzigen.

8. Kapitel

Lenz beauftragt eine Spedition für den Umzug. Alles geht jetzt sehr schnell, und das, was gerade noch Margaretes Zuhause war, löst sich auf. Halb gepackte Umzugskisten türmen sich im Flur, aus den nackten Wänden staksen Nägel, an denen vor Kurzem noch sorgsam arrangierte Bilder hingen, alles verliert seinen Platz. Margarete sagt sich, dass es eine Verbesserung ist. Dass ihr nichts genommen, sondern etwas geschenkt wird.

Nachdem der Umzug geschafft ist, stellt sie sich nach und nach bei den neuen Nachbarn vor – und fühlt sich wie eine Hochstaplerin. Sie wartet nur darauf, dass jemand etwas über ihre dunklen Haare und Augen sagt. Oder fragt, woher sie denn komme. *Eigentlich* komme.

Doch nichts dergleichen passiert. Einige Frauen trifft sie auf der Straße, bei anderen klingelt sie direkt.

Oh, der Mann ist Chirurg, wie interessant.

Und das kleine Mädchen heißt Karen, wie entzückend.

Willkommen in der Nachbarschaft.

Wenn sie mal etwas brauche, solle sie einfach nur klingeln, sich mit etwas Mehl aushelfen oder einem Ei, das mache man wirklich gerne. Man lege hier großen Wert auf ein gutes Miteinander.

Alle sind freundlich und so hübsch – die Frauen tragen pastellfarbene Kostüme, die ihren schlanken Silhouetten schmeicheln, die blonden Haare liegen in großen Wellen, sie sind dezent geschminkt, der Schmuck trägt nicht auf.

Vor allem die Nachbarin von schräg links gegenüber macht Eindruck auf Margarete. Patricia Brühns sieht aus wie einem Magazin entsprungen, ihr Mann ebenso. Immer trägt er Anzug und Krawatte, am Samstagnachmittag hat Margarete ihn sogar in dieser Aufmachung den Rasen mähen sehen.

Während sich Margarete mit den Erwachsenen unterhält, warten die Kinder artig, niemals unterbrechen sie das Gespräch der Eltern. Auch Karen sitzt wohlerzogen in ihrem Wagen mit einer bunten Schleife in dem feinen, hellen Haar.

Ihre Eltern besuchen sie nur noch selten. Für Ibolya ist es zu umständlich, wenn Georg sie nicht fahren kann, weil er arbeiten muss. Sie müsste den Autobus nehmen und zweimal umsteigen, wenn sie zu Margarete will. Ihre Gesellschaft fehlt Margarete, manchmal ist es einsam in so einem großen Haus, und Karen, so lieb und süß sie ist, kann ein Gespräch mit Erwachsenen nicht ersetzen. Andererseits ist es gut, dass Ibolya nicht mehr zu Fuß kommen kann. Mit ihren klimpernden Töpfen im Handwagen, ihren Röcken, Tüchern und Schürzen würde sie in dieser gesitteten Nachbarschaft unangenehm auffallen.

Nur das Haus direkt gegenüber ist anders. Wenn Margarete an der Spüle lehnt, kann sie in die Küche und das dahinterliegende Esszimmer drüben blicken. Die Fenster bleiben oft dunkel, und manchmal sind sie mitten in der Nacht erleuchtet. Keine Kinder, soweit Margarete das beurteilen kann, und der Mann ist häufig weg. Anders als die anderen Frauen fährt die Nachbarin nicht mit dem Autobus in den Ort zum Einkaufen, sondern immer mit dem Auto. Sie fährt selbst! Lenz rümpft die Nase, wenn er sie in ihrer gelben Ente die Straße entlangbrausen sieht. »Ich bekomme immer Angst, wenn ich eine Frau am Steuer sehe«, sagt er und lacht.

Außerdem raucht Frau Wellstein auf der Straße, und als Margarete bei ihr klingelt, um sich vorzustellen, trägt sie am späten Vormittag noch immer ihren Morgenmantel.

Margarete denkt erst, sie sei krank, und entschuldigt sich für die Störung. Doch der Nachbarin scheint ihr Aussehen überhaupt nicht peinlich zu sein, sie bittet Margarete sogar hinein.

»Das ist sehr freundlich von Ihnen, aber ich muss wieder rüber. Meine Tochter muss gleich ihren Mittagsschlaf halten.«

»Schade. Dann komm doch ein anderes Mal.«

Margarete ist irritiert, dass die andere sie einfach so duzt.

Frau Wellstein mustert Karen. »Sie sieht dir gar nicht ähnlich, kommt wohl eher nach dem Vater. Und da ist schon das Nächste?« Sie zeigt auf Margaretes runden Bauch.

»Im Frühjahr, ein bisschen Zeit ist noch.«

»Also, wenn du Hilfe brauchst, sag Bescheid. Ich könnte aufpassen.«

Margarete bedankt sich und verabschiedet sich rasch. Sie kennen sich doch gar nicht. Da wird sie ihr doch nicht ihr Kind überlassen. Es mag ja nett gemeint gewesen sein, aber auch sehr forsch. Und dieser Kommentar über Karens Aussehen. In Zukunft wird sie einen Bogen um diese Frau machen.

Das große, leere Haus soll ein Zuhause werden. Erneut studiert sie aufmerksam die Zeitschriften, und abends, wenn sie von ihren Besorgungen in der Stadt zurückkommt und mit Karen im Wagen die Straße entlangläuft, wirft sie neugierige Blicke in die hell erleuchteten Fenster der anderen Häuser. Wie gemütlich es dort aussieht und doch so ordentlich. Das ist die hohe Kunst, nur ihr will es diesmal einfach nicht gelingen. Das, was ihr in der Wohnung und frühen Ehe leichtfiel, ist in diesem riesigen Haus ein geradezu lächerliches Unterfangen. So viele Räume gäbe es zu füllen, so viele Wände zu dekorieren und Böden mit Teppichen auszulegen.

Sie konzentriert sich zunächst auf die Kinderzimmer, Karen und ihr Geschwisterchen sollen es schön haben, und es darf ihnen an nichts fehlen. Im Spielwarengeschäft kennt man Margarete bereits. Wöchentlich besucht sie es auf der Suche nach neuen Sachen für die Kinder. Ihr Blick streift über Gesellschaftsspiele und Instrumente, ihre Fingerspitzen ertasten flauschige Kuscheltierfelle und seidiges Puppenhaar. Sie vertieft sich in die Auswahl der Kinderbücher, entscheidet sich für die, die fröhlich und freundlich sind, ohne Moral und Sitte. Das werden ihre Kinder schon noch früh genug zu hören bekommen. Wenn sie ihnen vorliest, sollen vor ihren Augen Luftschlösser und Traumgestalten entstehen, sie sollen Prinzessinnen sein oder auf Piratenbooten segeln, mit Löwen kämpfen und mit Meerjungfrauen tauchen.

Beim Stoffhändler besorgt Margarete Meterware mit bunten Mustern, aus denen sie Vorhänge, Überdecken und Kissen näht. Große, runde Teppiche sollen den Hall aus den Kinderzimmern vertreiben.

Vor Lenz rechtfertigt sie ihre Einkäufe nicht, und er fragt nicht nach, füllt ohne zu zögern die Haushaltskasse auf, wenn das Geld zur Neige geht. Er ist noch seltener zu Hause. Die Wegstrecke in die Stadt zum Krankenhaus hat ihm eine neue Freiheit geschenkt. Nun gibt es Staus und Berufsverkehr, die seine pünktliche Rückkehr verhindern.

Als er ihr in der zweiten Adventshälfte mitteilt, dass er an Weihnachten arbeiten müsse – *nicht böse sein, mein Gretchen, es kommen auch wieder andere Jahre* –, ist sie erleichtert. Ein Weihnachtsfest in diesem Haus auszurichten, käme ihr vor wie eine Prüfung, die sie unmöglich bestehen kann. Nichts ist hier so behaglich, wie es sein sollte.

Sie verbringt die Feiertage mit Karen bei ihren Eltern. Wie früher gibt es neunerlei Festspeisen, es ist ein alter deutscher Brauch, den sie auch in Ungarn zelebriert haben. Neun Speisen müssen am Heiligabend gegessen werden, wobei jedem Gericht eine besondere Bedeutung zugesagt wird. Dörrobst, Honig, Kastanien, Kompott, Mehlspeisen, Weinsuppe und vieles mehr, die Wohlstand, Gesundheit und gute Freundschaften für das neue Jahr versprechen.

Margarete genießt die Tage bei ihren Eltern. Alles ist ihr vertraut, sie muss sich nicht anstrengen, keine Fehler suchen, nichts optimieren, kann einfach sein. Selbst die Enge des kleinen Häuschens kommt ihr jetzt behaglich vor.

Der Januar beginnt, und sie verbringt die Tage noch immer damit, in den Ort zu laufen und die Geschäfte nach schönen Dingen zu durchforsten, immer den Berg hinauf und hinunter, mit Karen im Wagen. Ihr Bauch ist mittlerweile riesig, viel größer als in der letzten Schwangerschaft, ihr Körper fühlt sich schwer und träge an. Doch sie schont sich nicht, arbeitet weiter an der Einrichtung, steht auf der wackeligen Leiter und bringt Vorhänge an, näht passende Kissenbezüge, für die sie weiche Daunenkissen kauft, putzt die Fenster, schrubbt die Böden.

»Jetzt ist es ein Zuhause«, sagt Lenz eines Morgens, als sie ihm den Kaffee serviert. Zufrieden sieht er sich um, sein Blick wandert über die Gardinen, die farblich passenden Kissen auf der Sitzbank, zu der kleinen Vase mit dem Schneeglöckchen auf dem Tisch.

»Wir sollten Gäste empfangen, was meinst du?«

Margarete, hochschwanger, nickt und lächelt. Fast immer hat er gute Laune, wenn sie sich sehen. Ist voller Tatendrang und Stolz. Sie hingegen ist so erschöpft, dass sie schon morgens müde ist und sich kraftlos fühlt. Sie hat das Haus bezwungen, doch die Leere, die sie fühlt, will sich einfach nicht füllen.

Neun Wochen vor dem errechneten Geburtstermin spürt Margarete ein vertrautes Ziehen im Unterleib. Übungswehen, denkt sie und erinnert sich, dass es vor Karens Geburt genauso war. Allerdings ging es damals erst wenige Tage vor der Geburt los. Sie beißt die Zähne zusammen und schleppt sich durch den Vormittag. Irgendwann hält sie es nicht mehr aus, die Schmerzen nehmen stetig zu, und sie bekommt es mit der Angst zu tun.

Schließlich ruft sie im Krankenhaus an, muss Lenz sprechen, braucht seinen beruhigenden Pragmatismus, gewiss wird er sagen, dass alles in Ordnung sei, dass sie sich nur ein bisschen ausruhen solle. Es ist das erste Mal, dass sie das Telefon benutzt, dieses Ding aus schwarz glänzendem Bakelit, und ihre Finger zittern in der Wählscheibe.

Doch es heißt, Dr. Kron befände sich in einer Operation, sei gerade unabkömmlich.

Verzweifelt legt sie auf, die Abstände der Wehen werden kürzer, die Schmerzen immer stärker. In der nächsten Wehenpause beschließt sie, sich ein Taxi zu rufen. Außerdem wählt sie die Nummer der Fabrik, in der ihr Vater beschäftigt ist, muss warten, bis sie ihn endlich ans Telefon holen, bis er endlich versteht, was sie will. Ibolya soll zum Krankenhaus kommen und dort Karen übernehmen. Es muss jetzt schnell gehen. Sie packt eine Tasche für das Mädchen, mit Wechselwäsche, Keksen und ihrem Lieblingskuscheltier. Für sich selbst greift sie nur nach ihrer Handtasche mit dem Portemonnaie.

Im Taxi windet sie sich vor Schmerzen, hofft, dass der Fahrer nichts merkt, und auch Karen soll denken, sie machen einen kleinen Ausflug, gleich wird sie Großmutti treffen und den Tag mit ihr verbringen dürfen, vielleicht die Hühner streicheln.

Sie kommen beim Krankenhaus an, Margarete zahlt wie in Trance, steigt aus und entdeckt erleichtert ihre Mutter. Ibolya kommt herangeeilt, nimmt Karen an die Hand und küsst Margarete flüchtig auf die Wange. Ohne sich noch einmal nach ihnen umzudrehen, betritt Margarete das Krankenhaus, schwankt zum Empfang und fragt nach dem Weg zum Kreißsaal.

»Wollen Sie uns nicht erst Ihren Namen verraten?«, fragt die Dame.

»Kron, Frau Dr. Lenz Kron«, schnauft Margarete.

»Ich verstehe.«

Es geht alles wahnsinnig schnell. Ein Sog, der Margaretes Körper erfasst, sie benommen macht. Kaum hat man sie in den Kreißsaal gebracht, setzen die Presswehen ein. Nur Sekunden später liegt da ein winziger Mensch von schauriger Zartheit zwischen ihren Beinen auf der Liege, ein Mädchen, hört sie irgendjemanden sagen. Sie erhascht noch einen kurzen Blick auf ihr Kind, das blaugrau ist und stumm bleibt. Mit eiligen Schritten bringt die Schwester es weg.

Was passiert hier?, fragt sich Margarete. Eine letzte Wehe, und die Nachgeburt landet dort, wo gerade noch ihr Kind lag, ein unansehnlicher Haufen Fleisch, fast so groß wie das Kind, sehnig und blutig. Niemand nimmt den Mutterkuchen weg, es ist, als hätte sie nur ihn zur Welt gebracht.

Ein Irrtum, denkt sie. Ein Fehler. Sie hatte doch noch Zeit. So hätte das nicht passieren sollen. Wo ist ihr Kind? Wie geht es ihrer Tochter? Sie rappelt sich hoch, ruft nach einer Schwester, die ihr etwas zur Beruhigung gibt und sagt, sie solle sich ausruhen.

Sie spürt noch, dass sich ihr Bett bewegt, dass sie irgendwohin gebracht wird, meint, Lenz' Stimme zu hören, seine Hand auf ihrem Arm. Ihr letzter Gedanke gilt Karen, sie hofft, dass es ihr bei ihren Eltern gut geht.

Als sie wieder zu sich kommt, liegt sie allein in einem Zimmer, trägt ein weißes Hemd, auf dem Nachttisch steht ein Blumenstrauß. Eine schlichte weiße Karte sagt: »In Liebe, Lenz.«

Sie rappelt sich hoch, sieht aus dem Fenster, kann sich keinen Reim auf die Tageszeit machen. Wie lange hat sie geschlafen?

Die Erinnerung an die Geburt trifft sie wie ein Hammerschlag. Nervös läutet sie die Glocke, kann es nicht erwarten, bis endlich eine Schwester kommt.

»Was ist mit meinem Kind?«, fragt sie, noch bevor die Krankenschwester die Tür hinter sich geschlossen hat.

»Wie fühlen Sie sich, Frau Kron?«

»Was ist mit meinem Kind?«

Die Frau setzt sich auf die Bettkante, ein mütterliches Lächeln im runden Gesicht. »Die Ärzte kümmern sich um sie. Sie ist zu früh gekommen.«

»Das weiß ich. Wo ist sie? Ich will sie sehen.«

»Das geht nicht, Frau Kron.« Sanft, aber bestimmt drückt sie Margarete zurück aufs Kissen. »Das Kind braucht absolute Ruhe.«

»Ich will sie doch nur sehen!«

Die Schwester schüttelt den Kopf.

»Wo ist mein Mann? Ich möchte ihn sprechen.«

Die Frau seufzt und richtet die Decke über Margaretes Körper. »Herr Doktor ist informiert.«

»Ich will mit ihm sprechen. Jetzt. Verdammt noch mal, nun sagen Sie ihm doch Bescheid.«

Die Miene der Krankenschwester verhärtet sich. »Wie Sie meinen, Frau Kron«, erwidert sie schließlich kurz angebunden und sieht Margarete an, als sei sie ein störrisches Kind. »Auch wenn ich den Herrn Doktor nur sehr ungerne störe. Er hat dringende Verpflichtungen.«

Margarete schließt die Augen, will diese Frau, dieses Zimmer, diesen Tag nicht mehr sehen. Sie hat gerade ein Kind geboren und will mit dessen Vater sprechen, das kann doch nicht zu viel verlangt sein?

9. Kapitel

Sie weiß nicht, wie lange sie schon wartet, es fühlt sich an wie Stunden, und Lenz lässt sich nicht blicken. Hat die Krankenschwester ihn doch nicht informiert? Ist er wirklich so unabkömmlich? Oder hat er sich entschieden, dass es gerade Wichtigeres gibt als seine Frau und das zu früh geborene Kind? Als sich die Tür endlich wieder öffnet und Lenz hereingeeilt kommt, hat Margarete schon nicht mehr mit ihm gerechnet.

Er beugt sich über sie und umarmt sie lange. Erst sträubt sie sich, doch je länger sie dauert, desto mehr schmilzt ihre Wut, und sie will versinken in seiner Umarmung, sich auflösen, verschwinden. Noch immer macht seine bloße Anwesenheit alles so viel besser. Und was nützt es auch, wütend zu sein? Das macht die frühe Geburt nicht ungeschehen.

»Es tut mir so leid«, flüstert Margarete unter Tränen.

»Sag das nicht. Es ist nicht deine Schuld.«

»Warum ist sie so früh gekommen? Was habe ich falsch gemacht?«

»Nichts hast du falsch gemacht, gar nichts. So ist es eben manchmal.«

Er hält sie, streichelt ihr feuchte Strähnen aus der Stirn, küsst ihre Wangen.

»Ich will zu ihr.«

»Das geht nicht. Sie braucht Ruhe.«

»Warst du bei ihr? Hast du sie gesehen?«

Er hält in seinen Bewegungen inne, steht auf und streicht seinen Kittel glatt.

»Lenz?«

Sein Blick gleitet aus dem Fenster. Raus in die februarfade Stadt, in wenigen Tagen jährt sich ihr Hochzeitstag zum zweiten Mal. »Was ist mit ihr?«, fragt Margarete noch einmal, lauter jetzt. »Nun sag mir doch endlich, was mit unserem Kind ist!«

Als er antwortet, spricht nicht ihr Ehemann und schon gar nicht der Vater ihres Kindes. Es ist der Arzt, der sagt: »Selbst, wenn sie durchkommt, sie wird niemals ein normales Mädchen sein.«

»Nein!« Margarete schüttelt heftig den Kopf. »Du musst etwas machen. Du musst dich um sie kümmern. Sie muss es schaffen.«

»Es liegt nicht in meinen Händen. Der Medizin sind ihre Grenzen gesetzt. Es ist wichtig, dass *du* dich erholst.«

»Nein«, wiederholt Margarete wieder, diesmal leiser und fassungsloser. »Nein.«

Er streichelt ihr noch einmal über die Wange, dann muss er gehen, man wartet bereits auf ihn.

Margarete sieht ihm nach. Sein aufrechter Gang, der blütenweiße Kittel. Nur an seiner Brust schimmert der Stoff gräulich, dort, wo gerade ihre Tränen versickern.

Er hat ihre Tochter aufgegeben. Noch am Tag ihrer Geburt hat er sich von ihr abgewandt.

Seine Seitensprünge sind nichts dagegen.

Soll er doch ihre Ehe verraten, nicht aber ihr Kind.

Kurz darauf wird Margarete in einen Krankensaal verlegt, sie stellt sich schlafend, um die anderen Frauen nicht sehen zu müssen.

Am nächsten Tag kommen ihre Eltern zu Besuch. Ibolya sieht traurig aus, Georg hat einen riesigen Teddybären unterm Arm, mindestens dreimal so groß wie das winzige Geschöpf, das Margarete am Tag zuvor geboren hat. Karen tappst fröhlich an Georgs Hand durch das Zimmer. Auch sie kommt Margarete riesig vor.

Das Baby müsse sich noch ein wenig ausruhen, erklärt Margarete ihr und schluckt gegen ihre Verzweiflung an. Sie ist froh, dass die Besucher bald wieder gehen.

»Mach dir keine Sorgen«, sagt Ibolya zum Abschied. »Wir kümmern uns gut um Karen.« Der Bär gehört jetzt erst mal ihr. Ibolya streicht Margarete kurz übers Haar.

Zurück bleibt eine zentnerschwere Einsamkeit.

Margaretes Genesung schreitet rasch voran, der Gynäkologe ist zufrieden. Weil sie aber nicht aufhören kann zu weinen, geben sie ihr etwas zur Beruhigung. Sie schluckt die Tabletten dankbar, lässt sich fallen in den konturlosen Raum, der sich unter ihr auftut. Manchmal bemerkt sie, dass ihre Wangen tränennass sind, dann weiß sie, dass sie doch wieder geweint hat, und wischt sich schnell über das Gesicht.

Niemand will über das Kind sprechen. Mehrmals fragt sie nach ihrer Tochter, erfährt jedoch nur, dass ihr Zustand kritisch sei und sie viel Ruhe brauche. Lenz flattert hin und wieder bei ihr vorbei, immer in Eile, immer nur auf einen kurzen Besuch. Seine Heiterkeit macht sie sprachlos, am dritten Tag gibt sie es auf, ihn nach ihrer Tochter zu fragen.

Erst am Tag ihrer eigenen Entlassung darf sie das Baby sehen. Nach einer Woche konsequenter Bettruhe fühlt Margarete sich schwach auf den Beinen, besteht aber darauf, nun endlich zur Frühgeborenen-Station zu gehen.

Margarete steht an der großen Fensterscheibe, dahinter erkennt sie fünf Brutkästen. Ihre Tochter liegt in einem davon, nur in Windeln, angeschlossen an Kabel und Geräte. Die Haut tiefrot, mühsam bewegt sich die kleine Brust. Es zerreißt Margarete das Herz, sie so zu sehen.

Noch immer kann sie nicht begreifen, was passiert ist. Ihr großer fester Bauch, die kräftigen Bewegungen des Babys, das hat sie sich doch nicht eingebildet? Und dann dieser Hauch von Mensch, der nur von Maschinen am Leben gehalten wird.

Es ist ihre Schuld. Sie war es, die sie viel zu früh, viel zu unfertig auf diese Welt katapultiert hat. Sie war zu beschäftigt mit dem Haus, mit Karen und vor allem damit, Lenz zu gefallen.

Sie darf sich ihrer Tochter nicht nähern, darf sie nicht berühren.

Die Säuglingsschwester legt Margarete behutsam eine Hand auf die Schulter. »Zeit, zu gehen, das Kind braucht Ruhe.«

Als Margarete sich abwendet, noch einen letzten Blick auf ihre Tochter wirft, entdeckt sie das Schild am Brutkasten. Darauf steht das Gewicht des Kindes, ihre Größe, und dort, wo ihr Name stehen sollte: *weiblich, Dr. Lenz und Margarete Kron.*

»Bitte wechseln Sie das Schild aus. Meine Tochter heißt Anna, Anna Kron.« Es ist ein spontaner Einfall, sie hat es nicht mit Lenz abgesprochen, doch er glaubt ja sowieso nicht an das Mädchen. Der Name passt im Deutschen wie im Ungarischen. Ein guter, klarer Name. Stark und schön.

»Das ist nicht üblich«, erwidert die Schwester.

»Meine Tochter hat einen Namen, sie heißt Anna. Bitte kümmern Sie sich darum, dass das Schild ausgewechselt wird.«

Damit dreht sie sich um und geht.

Das Haus empfängt sie noch kühler und stiller als sonst. Sie macht sich einen Tee, fühlt sich noch immer müde und möchte schlafen. Doch es ist unvorstellbar, allein im großen Bett zu liegen, so als wäre nie etwas gewesen. Stattdessen steigt sie ins Souterrain hinab, unerbittlich kalt ist das Haus in ihrer Abwesenheit geworden, und legt sich in Karens Bett. Sie drückt ihre Nase ins Kissen, inhaliert den Duft ihrer großen kleinen Tochter.

Reiß dich zusammen, sagt sie sich, bevor sie einschläft. *Karen geht es gut, Ibolya und Georg werden sie liebevoll umsorgen. Und Anna wird leben, sie muss.*

Am späten Nachmittag wacht sie wieder auf, fühlt sich jedoch noch immer benommen. Ein Kopfschmerz hämmert hinter ihrer rechten Schläfe. Sie wechselt die Kleidung und schneidet sich einen Apfel auf. Dann ruft sie sich ein Taxi und fährt erneut in die Klinik.

Die Besuchszeit sei lange vorbei, sagt ihr die Schwester. Es ist dieselbe, mit der sie vorhin über das Schild gesprochen hat. Margarete geht einfach an ihr vorbei, öffnet die Tür zum Raum mit den Frühgeboren und stellt sich an den Brutkasten. *Anna Kron*, steht da jetzt.

»Aber das geht doch nicht«, ruft ihr die Schwester hinterher.

»Doch«, erwidert Margarete und schafft Tatsachen.

Die Schwester empört sich. Sie werde ihren Mann informieren, die Krankenhausleitung. So gehe es doch wirklich nicht. Was Margarete sich hier herausnehme.

Doch sie wird bleiben. Unumstößlich ist dieser Entschluss, sie müssten sie schon wegtragen, und diesen Tumult will sicherlich niemand verantworten.

In den kommenden Stunden steht sie stumm und aufrecht an Annas Seite, ihren Blick fest auf das Kind gerichtet. Sie ignoriert das Gezeter der Schwestern, ihre Blicke, ihr Getuschel, weicht aus, wenn sie kommen, um ihre Arbeit zu tun. Und bleibt.

Anna kämpft sich ins Leben, und Margarete wird sie dabei nicht allein lassen. Mit jeder Stunde, die sie an der Seite ihrer Tochter verbringt, ist sie stolzer auf sie, erkennt den starken Charakter in diesem filigranen Körper.

Erst als es draußen längst dunkel ist, geht sie, verlässt die Station, ohne sich vom Personal zu verabschieden.

Jeden Morgen bricht sie nun ins Krankenhaus auf und verbringt den Tag an Annas Seite. Das ist ihre Beschäftigung. So wie berufstätige Frauen morgens das Haus verlassen, um im Büro oder im Kaufhaus zu arbeiten, geht sie zu ihrer Tochter ins Krankenhaus.

Karen bleibt bei Ibolya und Georg, die sie rund um die Uhr verwöhnen. Margarete weiß, dass es ihr an nichts fehlt – trotzdem vermisst sie ihre Tochter schmerzlich, und das schlechte Gewissen nagt an ihr. Doch es ist nur eine kurze Episode, sagt sie sich, bald vergessen im kurzweiligen Kinderleben.

Da die vielen Taxifahrten teuer werden und sie das Geplauder der Fahrer nicht erträgt, nimmt sie nun täglich den Autobus in die Stadt, fährt eine Dreiviertelstunde, die sie wie in Hypnose verbringt. Der Ort, das Wäldchen, die Vorstadt rauschen an ihr vorbei, sie ist im freien Fall und findet erst wieder Halt, wenn sie ihren Platz auf der Frühgeborenenstation bezieht. Dann weiß sie wieder, was wichtig ist, dann fühlt sie, wofür es sich lohnt.

Am Nachmittag des dritten Tages kommt die Säuglingsschwester und bringt ihr wortlos einen Stuhl, ein stilles Einverständnis im Blick. Am nächsten Morgen, als sei es vereinbart gewesen, dass Margarete wiederkommt, erwartet sie der Stuhl bereits.

Sie wird zum Inventar auf der Abteilung, stellt keine Fragen, spricht mit niemandem. Ist einfach da und beobachtet ihr Kind, beobachtet die routinierten Handgriffe der Schwestern, wenn sie das zerbrechliche Wesen pflegen. Sie selbst darf ihr Kind nicht berühren, sie könnte Keime übertragen, Bakterien, die dem kleinen Organismus schaden.

Anfangs bekommt Anna Muttermilch über einen winzigen Schlauch in ihren Magen gepumpt. Schon als Margarete sie noch nicht sehen durfte, gab man ihr eine Art Glaszylinder, an dem ein Ballon befestigt ist, der Unterdruck erzeugt und ihre Brustwarzen in die Länge zieht. Die abgepumpte Milch sammelt sich in einer Ausbuchtung des Zylinders, und Margarete kann sie nach und nach in einen Glaskolben umfüllen. Die Schwestern schicken Margarete dafür in einen leeren Behandlungsraum, sie setzt sich mit dem Rücken zur Tür, knöpft ihre Bluse auf und beginnt mit der unangenehmen Prozedur. Doch bald versiegt ihr Milchfluss, und Anna muss mit künstlicher Milch ernährt werden. Das, was bei Karen so selbstverständlich war, kann sie Anna nicht geben. Wieder hat ihr Körper versagt, und es tut Margarete unfassbar leid.

Wenn keine Krankenschwester in der Nähe ist, redet Margarete mit ihrer kleinen Tochter. Sie verspricht ihr ein schönes Leben, stellt ihr die Welt vor mit ihren Kontinenten und Ländern. Erzählt von Landschaften, Tieren, Wetter und den Gezeiten. Erklärt, was es mit Tag und Nacht auf sich hat, mit dem Weltraum und den Sternen. Sie schildert ihr das Land und die Zeit, in die Anna zu früh und zu schnell hineingeboren wurde. Erzählt ihr von dem Haus, in dem sie bald wohnen wird. Von ihrer Schwester und den Großeltern.

Nur über Lenz hat sie nichts zu sagen. Was soll man schon Gutes über einen Mann berichten, der das eigene Kind verleugnet?

Anna reagiert nicht auf Margaretes Stimme. Bleibt stumm wie fast alle Säuglinge hier, die einzigen Geräusche sind das Surren, Brummen und Piepen der Geräte, das Margarete auch noch in den Ohren hat, wenn sie abends längst ins leere, kalte Haus zurückgekehrt ist.

Wenn Lenz nach Hause kommt, schläft Margarete schon. Wenn sie aufwacht, ist er bereits fort. Vielleicht ist er auch überhaupt nicht nach Hause gekommen, sie weiß es nicht. Ihre Haushaltspflichten vernachlässigt sie, kocht nicht mehr, putzt nicht mehr, geht nicht einkaufen, die Wäsche türmt sich ungewaschen vor der Maschine.

Er fährt nun extra früh zur Arbeit los, um nicht in die Verlegenheit zu kommen, Margarete mitnehmen zu müssen. Ihr Verhalten ist ihm peinlich.

Doch sie legt keinen Wert mehr auf seine Meinung. Mag sein, dass sie sich peinlich verhält – er sich ganz gewiss schändlich.

Eines Morgens treffen sie sich dann doch wie zufällig in der Diele. Margarete trägt bereits Schuhe, Hut und Mantel, sie ist im Begriff zu gehen. Lenz scheint gerade erst aufgestanden zu sein, sein Haar ist zerzaust, und er hat noch seinen gestreiften Schlafanzug an.

»Ich habe nichts mehr zum Anziehen im Schrank«, beschwert er sich.

»Das liegt wohl daran, dass deine Wäschefrau gerade anderes zu tun hat.«

»Aber was?«, ruft er aufgebracht. »Was tust du dort? Du sitzt den ganzen Tag vor dem Kasten und starrst hinein. Dadurch wird nichts besser. Nichts wird sich ändern. Ich bitte dich, Margarete, du musst zur Vernunft kommen.«

»Und deine Hemden bügeln? Das ist es, was ich tun soll, wenn ich vernünftig bin? Es geht hier um Annas Leben, um nichts weniger. Das Leben deiner Tochter!« Wütend knallt sie die Tür hinter sich ins Schloss.

Sie kann sich nicht erinnern, schon jemals eine Tür geknallt zu haben. Doch draußen auf dem Treppenabsatz fühlt es sich an, als hätte der Luftzug sie aufgerichtet, ihre Konturen gestrafft und das Kinn einige Zentimeter nach oben gerückt.

10. Kapitel

Deutschland, 1946

»Ibolya? Was soll das für ein Name sein?«, fragte der Mann mit Schnauzbart ärgerlich. Er war für die Registrierung der Flüchtlinge im Lager zuständig, eine Aufgabe, die ihm offensichtlich nicht gefiel, vor allem die vielen komplizierten Namen machten ihm das Leben schwer.

Schon seit Stunden stand Anikó mit ihren Eltern in der langen Schlange vor den Baracken. In zwei ordentlichen Reihen lagen die eingeschossigen Holzhäuser nebeneinander, aus unzähligen kleinen Schornsteinen stieg dicker grauer Rauch in den Himmel, und Anikó überlegte, dass sich eine ganze Fabrik im Innern der Baracke befinden konnte, eine Bonbonfabrik zum Beispiel, und jeder Schornstein stand für eine Maschine im Herstellungsprozess.

Fortwährend ermahnte ihre Mutter sie, still zu sein und nicht so viel zu zappeln. Doch Anikó war eiskalt, würde sie sich nicht bewegen oder wenigstens die Fußzehen in den Schuhen gegeneinanderreiben, sicherlich würde sie sofort festfrieren. Nun, da sie endlich vorne bei dem Mann in Uniform angekommen waren, György ihre Pässe vorzeigte und ihre Namen nannte, würde es doch hoffentlich endlich vorangehen.

»Ibolya geht hier nicht«, sagte der Deutsche, und Anikós Mutter sah ihren Mann fragend an. Sie konnte den Beamten nicht verstehen.

»Heißt das etwas auf Ungarisch?«

»Ibolya bedeutet Veilchen«, erklärte György, und Anikó bemerkte, wie viel Mühe er sich gab, Hochdeutsch zu sprechen.

»Veilchen? Gut, dann heißt sie hier Violetta.« Er füllte ein Dokument aus, die Daten würden später in den Vertriebenenausweis überführt werden, »den Deutschen gleichgestellt« stand oben drauf, und reichte es György.

Mit Anikós Vater war es noch komplizierter. György war sein ungarischer Name, von seinen Eltern und Verwandten wurde er Schurschi gerufen, befreundete ungarische Familien sagten Gyuri oder Gyurka, wer ihn besonders lieb hatte, nannte ihn Gyurikam.

Dem Beamten war das alles viel zu kompliziert. György wurde zu Georg, und aus Szájer wurde Seier.

Als er sich Anikós Pass anschaute, klopfte ihr Herz aufgeregt. Welchen Namen würde er ihr geben?

Doch er seufzte nur erschöpft und befand, dass man Anikó ja noch halbwegs aussprechen konnte, ihr Name durfte bleiben.

Bevor sie das Lager betreten durften, mussten sie einer Krankenschwester folgen, die sie in eine etwas entfernt gelegene Baracke brachte. Männer und Frauen wurden getrennt, der Vater verabschiedete sich knapp und wurde einen Raum weitergeschickt.

Anikó hielt Ibolyas Hand fest umklammert, als sie einen

Verschlag betraten, in dem schon gut ein Duzend anderer Frauen und Mädchen warteten. Die Krankenschwester befahl ihnen, sich ausziehen, ihre Kleidung mussten sie abgeben. Der Wind pfiff durch die Ritzen des Bretterverschlags, und wenn Anikó vorher schon gefroren hatte, kam es ihr nun so vor, als würde sie tausend kleine Nadelstiche am ganzen Körper spüren. Wie die anderen Frauen auch zitterte Anikó heftig, nur die Scham brannte heiß auf ihren Wangen, als sich die Krankenschwester vor ihr aufbaute und jeden Zentimeter ihres Körpers inspizierte. Nach den Tagen im Zug ohne die Möglichkeit, sich zu waschen, waren sie schmutzig, ihre Haare hingen ihr strähnig auf den Rücken, und sie roch. Es war demütigend.

Wer Läuse hatte, wurde rasiert und musste eine spezielle Salbe verwenden. Feuerrot färbte sich die Haut danach, und anschließend wurden die betroffenen Frauen in große, verschlissene Hemden gesteckt, ihre eigene Kleidung wurde ihnen weggenommen und verbrannt.

Erleichtert atmete Anikó auf, als sie und Ibolya für lausfrei erklärt wurden.

Die Baracke, in der sie unterkommen sollten, war ein langes, einstöckiges Holzhaus, in dem vorher Kriegsgefangene untergebracht gewesen waren, wie sie später erfuhren. Es roch modrig, die Wände waren immer feucht und kalt. Von einem langen Flur gingen Türen zu den einzelnen Zimmern ab, der Türsturz war so niedrig, dass der Vater den Kopf einziehen musste, als er das kleine, mit Laken abgeteilte Zimmer betrat, das sie bewohnen sollten. Eine Seite diente als Schlafzimmer, eine als Wohn- und Esszimmer. Es gab einen kleinen Holzofen, der nicht richtig zog, das Fenster musste geöffnet werden, sonst wäre man erstickt. Immer war es deshalb kalt, und man konnte das Heizen eigentlich auch sein lassen. Sonst gab es nur einen Stuhl und im Schlafbereich zwei Holzbetten mit fleckigen Matratzen.

Ibolya machte sich sofort daran, ihre Habseligkeiten auszupacken und so ein wenig Wohnlichkeit zu schaffen, musste jedoch bald einsehen, dass es ein hoffnungsloses Unterfangen war. Die Dinge, die sie mitgenommen hatten, waren völlig nutzlos. Was sollte sie mit einer Sauciere aus echtem Silber, wenn sie keinen Topf hatte, um etwas zu kochen? Wozu die schöne Vase mit den Goldtatzen, die ihr Großvater einst der Großmutter geschenkt hatte, wenn es nicht einmal einen Tisch gab, auf den man hätte Blumen stellen können?

Schon am ersten Tag begann Georg, wie er nun hieß, sich im Lager umzuhören. Hatte irgendjemand etwas von den Verwandten aus dem Dorf gehört? Den Cousins? Den Nachbarn und Freunden? Waren sie vielleicht sogar hier, nur eine klapprige Baracke entfernt, irgendwo zwischen diesen vielen Menschen, Sprachen und Gerüchen, die durch das Lager zogen?

Doch er erfuhr nichts über ihren Verbleib. Auch die Familien, mit denen sie im Waggon nach Deutschland gesessen hatten, waren weitergeschickt worden, Georg hegte den Verdacht, dass man sie mit Absicht voneinander trennte.

Ibolya, die sich strikt weigerte, sich mit Violetta anreden zu lassen, schließlich sei das nicht der Name, auf den sie getauft worden war, wurde von einer Schwermut gepackt, die Anikó Angst machte. Ihre sonst so tatkräftige Mutter, die immer in Eile war, immer zu tun hatte, saß nun nur noch auf dem wackeligen Holzstuhl, die Hände wie nutzloses Werkzeug in den Schoß gelegt, und starrte Löcher in die Wand. Als hätten sie nicht nur ihre Heimat, sondern auch ihr Lachen verloren, als läge es irgendwo am Rande der Bahngleise, die sie durch Österreich und Süddeutschland hierhergeführt hatten.

Nachts hörte Anikó sie weinen, flüsternd flehte sie den Vater an, sie zurückzubringen. »Was haben wir getan, dass sie uns alles wegnehmen?«, fragte sie ihn. »Wir haben diesen Krieg doch nicht gewollt, und jetzt sollen wir dafür büßen?«

Anikó hielt sich die Ohren zu und versuchte, an Schönes zu denken, an die Weiden, das Kätzchen und die Wärme.

Warum waren sie hier? Wo ihre Felder in Ungarn doch bald wieder üppige Ernten tragen würden, ihre Speisekammern bis zur Decke gefüllt waren mit Eingekochtem und Eingewecktem, das sie gut über den Winter bringen würde? Ihre Häuser ihnen Wärme und Geborgenheit schenkten, der Himmel weit und das Licht weich und hell war? Sicherlich würden sie bald zurückkehren, wo es doch nichts gab in diesem Land. Es ergab überhaupt keinen Sinn, dass sie hier waren. Es musste sich um einen Fehler handeln, ein Missverständnis, das sicherlich bald aufgeklärt würde.

Immer wieder verschwanden Menschen aus dem Lager. Man tuschelte, sie seien zurück nach Mähren, Siebenbürgen oder die Batschka gegangen, wo sie bis vor Kurzem noch gelebt hatten. Heimlich versuchten sie, sich in ihre Heimat zu stehlen, versteckten sich in ihren eigenen Häusern. Einige von ihnen wurden gefasst und zurückgeschickt. Andere verschwanden spurlos.

Bald gab es nur noch ein bestimmendes Thema im Lager, das auch die Mutter aus ihrer Lethargie weckte: Essen.

Das, was sie von der Lagerleitung bekamen, reichte kaum fürs Überleben. Sie mussten sich selbst etwas zu essen suchen. So streifte Anikó mit den anderen Kindern des Lagers oft stundenlang über die abgeernteten Felder in der Umgebung, auf denen sie manchmal eine vergessene Kartoffel finden konnten, und durch die blattlosen Wälder, in denen sie auf Knien den Boden nach ein paar Bucheckern absuchten. Jedes Korn, das am Wegesrand gefunden wurde, war kostbar. Und wenn Anikó mit einer kleinen Handvoll von ihren Streifzügen nach Hause kam, pustete Ibolya die Spelzen raus und kochte es mit Zuckerwasser auf. An manchen Tagen war das alles, was sie zum Abendessen hatten. Und ihre Mutter behauptete dann immer, sie habe schon gegessen, sei satt, Georg und Anikó sollten sich nur bedienen. Und bald war sie so dünn, dass sie das Band ihrer Schürze zweimal um die Taille binden konnte.

Nach zwei Wochen wurde ihnen mitgeteilt, dass Anikó zur Schule gehen sollte. In der kleinen Dorfschule wurden alle Kinder gemeinsam in einem Raum unterrichtet, aber es gab nicht genügend Stühle, die Neuen mussten auf dem Boden sitzen. Und alle »Flüchtlingskinder«, wie sie jetzt hießen, unabhängig, wie gut oder schlecht sie in der Schule gewesen waren, wurden eine Klasse zurückversetzt – Anikó war wieder Erstklässlerin, eine bodenlose Gemeinheit war das. Zu Hause hatte sie zu den Besten gezählt.

Die Dorfkinder hänselten die Kinder aus den Baracken. In den Pausen schnippten sie Steinchen in ihre Richtung und beschimpften sie, wann immer sich die Gelegenheit bot: »Polacken und Zigeuner, die Flüchtlinge fressen sich dick und fett und stehlen uns unser letztes Bett. Wir verhungern und leiden große Pein, Herrgott, schick das Gesindel heim.«

Bei der Schulspeisung bekamen erst die deutschen Kinder ihre Suppe, zuletzt, wenn nur noch Brühe auf dem Boden des Topfes blieb, waren die Flüchtlingskinder dran.

Anikó lernte schnell. Dass sie die falsche Kleidung trug, falsch sprach, falsch frisiert war und dass man Erwachsene nicht mit Tante und Onkel ansprach. Hochdeutsch und Anpassung wurden zu ihren wichtigsten Aufgaben, ihre Tracht zog sie nie wieder an. Vor dem Einschlafen wiederholte sie flüsternd die neuen Wörter. Nicht Schui, sondern Schuhe hieß es. Nicht Bui, sondern Junge.

So viel Mühe gab sie sich, dass sie bald besser Hochdeutsch sprach als die Kinder im Dorf. Die Nachmittage verbrachte sie gebeugt über ihren Büchern und der kleinen Schreibtafel auf dem kalten Lehmboden der Baracke, der Stuhl diente ihr als Tisch. Solange sie ihren Kopf in die Bücher steckte, hörte sie das Klagen der Mutter nicht, sah nicht den stumpfen Blick des Vaters, fühlte nicht das Heimweh, das alle im Lager verzweifeln ließ.

11. Kapitel

1962

Nach elf Wochen wird Anna endlich entlassen. Zwar müsse man ihre Entwicklung gut im Blick behalten, sagt der Pädiater, doch momentan gebe es keinen Anlass zur Sorge. Er habe sich mit Dr. Kron abgestimmt, ihm seine Einschätzung mitgeteilt und ihn über die weiteren Behandlungsschritte informiert. Auf Wunsch des Vaters könne das Kind nun zu Hause gepflegt werden.

Margarete schluckt ihre Wut hinunter. Lenz wird also informiert? Er darf entscheiden? Lenz, der sich kein einziges Mal hier hat blicken lassen? Es fällt ihr schwer, dem Arzt weiter zuzuhören, und seine Worte zu zwingend notwendiger Hygiene rauschen an ihr vorbei.

Doch als sie Anna endlich in den Armen hält, weiß sie, dass der Moment zu kostbar ist, um jetzt wütend zu sein oder sich über Lenz' Unzulänglichkeiten zu ärgern. Margarete ist überrascht, wie leicht Anna ist, doch die Schwester versichert ihr, dass das Baby jetzt kräftig genug sei, um selbstständig zu trinken. Sie braucht keine Sonde mehr. Dass Margarete sie nie hat stillen können, schmerzt sie noch immer. Sie betrachtet Anna lange. Bislang lag sie immer in dieser Plastikbox, aufbewahrt wie in einer Vitrine.

Nun hält sie ihre Tochter in den Armen. Sie hat dunkle, samtweiche Haare und dichte Wimpern. Alles an ihr ist klein, zart und wunderschön.

»Alles Gute für Sie«, sagt die Schwester. »Wir werden sie vermissen.«

Margarete weiß nicht, auf wen sich das »sie« bezieht. Werden die Schwestern Anna vermissen oder doch sie, Margarete? Sie möchte sich bedanken, findet aber die richtigen Worte nicht.

»Ich kenne keine Mutter, die das für ihr Kind getan hätte«, sagt die Schwester.

»Ich danke Ihnen. Für alles.« Mehr bekommt Margarete nicht heraus.

Die Welt, in die Margarete ihre kleine Tochter nun bringt, ist hell und prall, voller Geräusche, Gerüche und bunter Dinge. Es ist Frühling geworden, die ersten Blätter entfalten ihr zartes Grün, die Amseln zwitschern aufgeregt, auf der Straße spielen Kinder. Alles Leben drängt nach draußen. Mit großen Augen beobachtet Anna den Innenraum des Taxis, bislang gab es in ihrem kleinen Leben nur das sterile Weiß des Krankenhauses, die Geräusche der Maschinen, die sie am Leben hielten, den Geruch von Desinfektionsmittel.

Dat du min Leevsten büst, summt Margarete ihr vor. Es ist Lenz' Lied, an den sie nun mit Sehnsucht denkt. Wenn das Kind es geschafft hat, dann gilt das womöglich auch für Lenz und Margarete. Und mit jedem Meter, dem sie sich ihrem Zuhause nähern, kehrt ihre alte Entschlossenheit zurück.

Sie wird sich nicht geschlagen geben, ihre Träume sind noch lange nicht vergessen. Hier oben, in der guten Siedlung auf dem Berg, wird sie mit ihren beiden Töchtern und ihrem Mann, dem Arzt, leben. Sie werden ein schönes Leben haben, ihre Mädchen werden in Liebe und Geborgenheit aufwachsen, mit allen Möglichkeiten. Darum geht es doch, und nur darum.

Am frühen Nachmittag bringen Ibolya und Georg Karen zurück. Margarete ist so erleichtert, ihre Tochter wieder bei sich zu haben. Sie geht in die Knie und umarmt sie lange. Im Gegensatz zu ihrer feenhaften Schwester kommt sie ihr riesig vor und unfassbar selbstständig. Sie bewegt sich viel sicherer und scheint in den letzten Wochen um mehrere Zentimeter gewachsen zu sein.

Feierlich überreicht Karen ihrer kleinen Schwester den Teddybären, keine Spur von Eifersucht oder Zurückhaltung, die Erwachsenen haben Tränen der Rührung in den Augen.

Ibolya hat Kuchen gebacken, die Stimmung ihrer Eltern ist heiter, Margarete selbst fühlt sich ein wenig aufgekratzt. Sie ist stolz auf ihre Töchter. Auf Karen, die so widerstandslos in die zweite Reihe zurückgetreten ist und brav bei ihren Großeltern blieb. Und auf die kleine Anna, die sich ins Leben zurückgekämpft hat.

Ihre Töchter, wie schön das klingt.

Ihre Töchter, die sie zur Mutter machen.

Am frühen Abend kommt auch Lenz aus der Klinik. Karen fällt ihm vor Begeisterung kreischend um den Hals, er dankt Ibolya und Georg dafür, dass sie sich so gut um sie gekümmert haben.

Er isst reichlich vom übrig gebliebenen Kuchen und erzählt von seiner Arbeit. Als Margarete einmal an ihm vorbeigeht, legt er seinen Arm um ihre Taille.

»Hol uns eine Flasche Sekt, damit wir auf unsere Familie anstoßen können.«

Sie wählt ihre feinsten Gläser, der Sekt sprudelt verführerisch und kitzelt in der Nase.

Feierlich stehen sie zusammen. »Auf Anja«, sagt Lenz und erhebt das Glas.

»Anna«, korrigiert Margarete ihn.

Er zögert. Da hätte doch Anja auf diesem kleinen Schild am Brutkasten gestanden, meint er. Außerdem sei Anja moderner, ein hübscher Name, der auch besser zu Karen passe. Karen und Anja.

Margarete möchte widersprechen, und auch Ibolya und Georg erstarren. *Anya*, das ist ungarisch für *Mutter*.

»Nun, wir brauchen nicht mehr diskutieren. Ich habe sie bereits angemeldet. Auf Anja!« Schwungvoll stößt er sein Glas gegen ihres, ein bisschen Sekt schwappt über.

Damit steht es fest. Margarete hat ein Kind, das Mutter heißt. Und Lenz hat entschieden.

12. Kapitel

Ein neuer Alltag beginnt, und alles Bemühen gilt nun ihren Töchtern. Margarete hetzt zwischen Waschküche, Einkaufsladen und Küche hin und her, erledigt alle Aufgaben im Haushalt in Windeseile, um extra viel Zeit für die Mädchen zu haben. Vor allem für Karen, die so lange auf sie verzichten musste. Stundenlang spielt sie mit ihr, baut Türmchen aus Bauklötzen, lässt ihre Kuscheltiere sprechen und schaut sich mit ihr Bilderbücher an. Und auch in die Hausarbeit bezieht sie sie mit ein, so dauert zwar alles viel länger, doch Karen ist eine fleißige kleine Helferin, die ihrer Mutter gefallen will.

Als Margarete sie im Spiel einmal ungarndeutsche Worte plappern hört, korrigiert sie sie. »Hier wird Deutsch gesprochen.« Karens Unterlippe bebt, sie versteht nicht, was sie falsch gemacht hat. Sofort murmelt Margarete Entschuldigungen und streicht ihr über den Kopf.

Doch dann passiert es gleich wieder: »Wo Nagymama és Nagypapa?«

»Großmutter und Großvater, heißt das.«

Karen sieht sie verständnislos an.

»Es ist wichtig, dass du die richtigen Wörter verwendest. Sonst wollen die anderen Kinder nicht mit dir spielen.«

Anna, die jetzt Anja heißt, schläft viel. Margarete lässt sie nie lange aus den Augen. Sie schiebt den Stubenwagen durch das Haus, wenn sie kocht, putzt, die Wäsche macht oder mit Karen spielt, immer ist Anja in ihrer Nähe, immer wieder wirft Margarete einen prüfenden Blick auf das schlafende Kind und kontrolliert, ob sich ihr Brustkorb auch regelmäßig hebt und senkt.

Wenn Anja wach ist, bekommt sie sofort ihr Fläschchen, es ist wichtig, dass sie an Gewicht zulegt. Meist erschöpft sie das Trinken schnell, und Margarete muss sie wach halten, damit sie noch ein paar Zentiliter mehr zu sich nimmt. Jede Mahlzeit protokolliert Margarete säuberlich, zweimal am Tag wiegt sie Anja und trägt auch diese Zahl in ihre Liste ein.

Währenddessen hat sie keine Zeit für Karen, am besten ist es sogar, wenn sie nicht im selben Zimmer ist, nur bei absoluter Ruhe trinkt Anja gut.

Jedes Mal zerreißt es Margarete das Herz, wenn sie die Tür hinter sich schließt und Karen mit großen Augen auf dem Flur zurücklässt. Es ist unmöglich, für beide Kinder gleichermaßen da zu sein.

In ihren seltenen wachen Phasen liegt Anja ruhig in ihrer Wiege, teilnahmslos irrt ihr Blick durch das ihr unbekannte Zuhause. Sobald Karen aber auf Zehenspitzen an der Wiege steht, kommt Regung in das kleine Kind. Mit großem Interesse beobachtet Anja das Gesicht ihrer Schwester. Einmal konnte Margarete sogar sehen, wie sie sie anlächelte, ein schiefes, zahnloses Lächeln, und Margaretes Herz machte einen Satz vor Freude.

Lenz bemerkt nichts von den kleinen, aber stetigen Fortschritten seiner zweiten Tochter. Er macht sich rar, nimmt kaum Anteil am Familienleben. Immer muss er arbeiten, wenn nicht im Krankenhaus, dann verkriecht er sich in seinem Arbeitszimmer.

Mit Karen spielt er hin und wieder, doch längst nicht so selbstvergessen wie noch vor wenigen Monaten in der alten Wohnung. Anja registriert er nur aus der Ferne, als wolle er sichergehen, dass sie noch lebt.

Einmal, als er am Abendbrottisch sitzt und gerade fertig gegessen hat, legt Margarete ihm seine Tochter in den Arm.

»Du hast zwei Töchter. Diese hier hast du Anja genannt, und sie würde sich freuen, dich kennenzulernen.«

Er erschrickt sichtlich, fängt sich aber schnell und beginnt, kleine Tests und Übungen mit ihr zu machen, die Margarete schon von den Ärzten aus dem Krankenhaus kennt. Er dreht Anja auf den Bauch, prüft, wie sie den Kopf hebt, legt sie auf seine Knie und zieht sie an ihren Händen nach oben. Sofort beginnt sie zu weinen.

»Ihr fehlt es immer noch an Muskeltonus«, lässt Lenz sie wissen und gibt Anja zurück. Dann steht er auf und verschwindet in seinem Arbeitszimmer.

Wütend blickt Margarete ihm hinterher. Er schläft jetzt immer auf dem Sofa im Arbeitszimmer, damit er nicht von Margarete geweckt wird, die Anja auch nachts zweimal füttert. Zwar haben ihr die Ärzte und Schwestern im Krankenhaus davon abgeraten, sie würde das Kind nur verziehen, aber Margarete ist sich sicher: Nachts trinkt Anja besser und ruhiger, verschluckt sich seltener und hat weniger Bauchweh.

Als Anja anfängt, sich bemerkbar zu machen, ist Margarete erleichtert. Sie entdeckt ihr Stimmchen, erst vorsichtig, es klingt noch nach dem Mauzen einer kleinen Katze. Dann wird sie kräftiger und meldet sich auch häufiger. Alles besser als die Stille auf der Frühgeborenen-Abteilung, denkt Margarete, bis ihre Erleichterung in Sorge umschlägt, so oft weint Anja.

»Ein Schreihals aus Veranlagung«, ruft der Arzt, den sie nun fast wöchentlich konsultiert, über ihr ohrenbetäubendes Gebrüll hinweg. »Das verwächst sich.«

Anja schreit ohne Unterlass. Nur wenn sie vor Erschöpfung einschläft, ist es manchmal für eine halbe Stunde ruhig. Eine kostbare Stille, die in den Ohren summt. Ansonsten greint sie, weint oder brüllt. Margarete versucht alles: Sie füttert sie, trägt sie herum, wickelt sie, wechselt ihre Kleidung, vielleicht ist ihr zu warm, vielleicht zu kalt. Sie singt ihr vor, verdunkelt den Raum, schaltet sogar den Staubsauger an, weil das Tosen des Geräts das Kind für einen Moment beruhigt. Sie kauft einen Schnuller und legt ihr Wärmflaschen ins Bett, füttert eine andere Flaschennahrung, doch nichts verändert sich. Margarete gibt fortlaufend ihr Bestes und kann ihre Tochter doch nicht trösten.

Margaretes Nerven liegen blank, und wieder kann sie sich nicht beherrschen. Wenn sie das brüllende Bündel auf dem Arm wiegt, ein Wiegen fast schon so stark wie ein Schütteln, und Karen angetapst kommt, um zu fragen, ob Mutti die Puppenschleife richten könnte oder ihr ein Buch vorliest, blafft sie ihre noch nicht mal zwei Jahre alte Tochter an, dass sie doch wohl sehe, dass es gerade nicht gehe, dass sie sich um das Baby kümmern müsse, dass es doch wohl nicht zu viel verlangt sei, dass Karen sich ein wenig selbst beschäftige.

Karen geht mit gesenktem Kopf, und Margarete zerreißt das schlechte Gewissen. Wie kann sie nur so mit ihrer kleinen Tochter sprechen? Karen ist doch selbst fast noch ein Baby, sie kann noch kein Verständnis aufbringen für die Situation, geschweige denn für die Überforderung der Mutter. Was tut sie ihr nur an?

Und umso lauter Anja wird, desto leiser werden die anderen. Ibolya hat es aufgegeben, Margarete gute Ratschläge zu geben. Georg macht sich unsichtbar, selbst Karen geht ihrer Mutter bald lieber aus dem Weg. Margarete bräuchte acht Arme, um sich um Anja zu kümmern, mit Karen zu spielen und den Haushalt zu bewältigen. Das Einkaufen, das Putzen und die Wäsche. Alles entgleitet ihr, Anjas Weinen füllt das Haus.

»Tochter, wir müssen etwas mit dir besprechen«, erklärt Georg bei einem ihrer Besuche. Ibolya steht neben ihm und sieht zu Boden.

Was ist hier los? Margarete wird es bang.

»Wahrscheinlich ist es zu viel Aufregung für das Kind, Ruhe wäre sicherlich das Beste. Deine Mutter schlägt vor, dass Karen eine Weile bei uns bleibt. Bis es Anja besser geht. Was meinst du?«

Margaretes Magen zieht sich zusammen. Ja, wahrscheinlich wäre es das Beste. Für alle. »Ich muss erst Lenz fragen«, sagt sie leise.

»Er ist einverstanden.«

»Ihr habt ihn schon gefragt? Ihr redet hinter meinem Rücken darüber, was wohl das Beste sei?«

»Anikó, nun hab dich nicht so. Wir wollen dir helfen. Es ist doch nur für ein paar Wochen. Bis es Anja besser geht und du wieder bei Kräften bist.«

Aus Wochen werden Monate. Margarete versucht alles, doch nichts hilft. Auch mit einem halben Jahr schreit Anja noch immer. Kräftiger und ausdauernder sogar, mit jedem Tag wird sie stärker. Margarete geht mit ihr zu verschiedenen Spezialärzten, um den Grund für ihr Verhalten zu ergründen.

Vielleicht hat sie Schmerzen? Vielleicht verträgt sie die Nahrung nicht? Ist überfüttert oder ständig hungrig? Doch alle Arztbesuche bleiben ohne Befund, Anja ist ein kerngesundes Kind, sie entwickelt sich prächtig. Margarete solle sie einfach schreien lassen, sie nicht ständig hochnehmen und herumtragen, ihr feste Zeiten angewöhnen, zu denen sie trinkt. Bald schon drehen sich die Gespräche beim Arzt nicht mehr um Anja, sondern um Margaretes Fähigkeiten als Mutter. Offensichtlich liegt das Problem bei ihr, nicht beim Kind. Ihr wird die Mütterberatung empfohlen und vielleicht eine Mütterkur. Auf jeden Fall soll sie Stärkungsmittel einnehmen – Sanddorn für die Abwehrkräfte, Melabon für innere Ruhe und Ausgeglichenheit oder roten Traubensaft gegen Blutarmut.

Margarete schluckt die Pillen und Säfte und versucht es, sie legt Anja öfter ab und lässt sie weinen. Doch sie erträgt ihr Klagen nie lange. Haben diese Experten Herzen aus Stein? Kein Kind weint grundlos, und sie kann sie doch nicht einfach allein lassen. Anja musste schon nach ihrer Geburt wochenlang einsam in einem Plastikbettchen liegen, da wird sie sie doch jetzt nicht schon wieder im Stich lassen.

»Sie tun sich und Ihrer Tochter keinen Gefallen, Frau Kron«, sagt der Arzt immer wieder. »Das Kind hat rasch begriffen, dass es nur schreien braucht, um Sie herbeizurufen. Dieses Mädchen ist ein unerbittlicher kleiner Haustyrann. Sie müssen durchgreifen, sonst tanzt sie Ihnen auf der Nase herum.«

Durchgreifen, denkt Margarete, *was ist das nun wieder für ein Wort?* Soll sie durch ihre Tochter hindurchgreifen? Durch ihr Schreien? Und wonach?

Und kürzlich fragte der Doktor: »Was sagt denn Ihr Mann dazu? Der ist doch auch Mediziner, er sollte ein Machtwort sprechen. Sie müssen strenger sein.«

Margarete weiß, dass Lenz die Meinung der Ärzte teilt. »Mach es dir doch nicht so schwer«, ruft er über Anjas Gebrüll hinweg. Sie ist doch nur ein Säugling und offensichtlich gut entwickelt, ein wenig temperamentvoll, schlägt da vielleicht das Ungarische durch?

Margarete versucht nicht mehr, es ihm zu erklären. Was weiß er schon von ihr oder diesem Kind. Er hat sich zum Statisten in diesem Haus gemacht, mehrere Nächte pro Woche verbringt er nun im Krankenhaus.

Sagt er.

Doch Margarete weiß, dass er in einem anderen Bett liegt, wo es ruhig und friedlich zugeht, nur hitzig wird, wenn man es will. Wo niemand schreit und brüllt. Wo die Nachtruhe durch nichts gestört wird als einer tastenden Hand unter der Decke.

Wäre Margarete nicht in ständiger Sorge um Anja, wären ihre Nerven nicht gespannt bis zum Äußersten, würde sie Karen nicht schmerzhaft vermissen, würde sie nicht vor Erschöpfung und schlechtem Gewissen kurz vor dem Zusammenbruch stehen – ihre Enttäuschung über ihren Ehemann wäre grenzenlos.

Doch sie hat keine Reserven mehr und versucht einfach nur, irgendwie weiterzumachen.

13. Kapitel

Lange denkt Margarete, es wäre nur eine andere Frau. Dann aber findet sie heraus, dass es mehrere sind.

Sie erfährt es beiläufig. Dank eines so grotesken Zufalls, der sie noch Jahre später immer wieder zweifeln lässt. Hat sie sich das alles doch nur eingebildet?

Sie ist mit Anja auf dem Weg zu einem neuen Arzt in der Stadt, ein Spezialist, an den sie verwiesen wurde. Anja ist neun Monate alt. Sie verweigert jegliche Nahrung, außer Butterkeksen, an denen sie herumlutscht und deren Brösel sie im ganzen Haus verteilt. Das Fläschchen mit Säuglingsnahrung akzeptiert sie nicht mehr. Wagt Margarete es auch nur, sich dem Kind mit der Milch zu nähern, fängt sie augenblicklich wütend an zu brüllen. Margarete hat sich extra einen neuen Mixer gekauft, knapp neunzig D-Mark, die das Haushaltsbudget stark strapazierten. Sie dachte, die Anschaffung sei es wert, schließlich kann man damit so fein pürieren, dass kein Knötchen mehr im Brei zurückbleibt. Doch was Margarete ihr auch anbietet, Brei, zerdrückte Banane oder weich gekochte Kartoffeln, Anja verweigert alles empört. Körperlich entwickelt sie sich bislang völlig normal, wenn nicht sogar überdurchschnittlich gut. Sie ist wendig, steht bereits und macht erste Schritte. Doch Margarete ist in ständiger Sorge um sie. Wie lange hält ein kleiner Körper durch, ohne vernünftige Nahrung und immer in Bewegung?

Deshalb soll ein Spezialist sich Anja ansehen. Margarete muss den Autobus in die Stadt nehmen, was sie ungern tut. Es ist besser, sie im Kinderwagen zu schieben, bekommt sie dann einen ihrer Wutanfälle, kann Margarete schnell mit ihr verschwinden. Doch der Weg in die Stadt ist zu weit, noch dazu bei diesem Wetter, es ist ein stürmischer Novembertag, eiskalt.

Was sie befürchtet, tritt ein: Anja schreit, die Leute im stickigen Bus heben entnervt die Augenbrauen.

»Nun beruhigen Sie doch endlich dieses Kind, das ist ja nicht auszuhalten«, ruft eine Alte.

Margarete wird es unerträglich heiß in ihrem Mantel, auch Anja schwitzt, ihr Kopf ist tiefrot, sie brüllt sich in Rage.

Noch drei Stationen, Margarete nimmt ihr das Wollmützchen ab, hebt sie aus dem Kinderwagen und wippt sie auf dem Arm, versucht, ihr Gebrüll mit ihrem Schal zu dämmen, doch Anja drückt den Rücken durch, kreischt jetzt umso lauter.

Sie hätte an der vorherigen Haltestelle aussteigen sollen, die letzten Meter zu Fuß laufen. Hauptsache, raus aus dem Meer empörter Blicke. Die Alte hat sich mittlerweile umgesetzt, zetert auf einem der hinteren Plätze. Die Umstehenden pflichten ihr nickend bei.

Margaretes Augen füllen sich mit Tränen. Sie ist es so leid. Sie ist so müde, so erschöpft. Anja, die sich einfach nicht besänftigen lässt. Karen, die bei ihren Eltern lebt, der sie eine so miserable Mutter ist. Lenz, der nie zu Hause ist. Sie könnte jetzt einfach loslassen. Hier und jetzt die Arme hängen lassen, dem brüllenden Bündel beim Fallen zusehen, dann schnell selbst den Kopf aus dem Fenster des fahrenden Busses halten, die kühle Luft im verschwitzten Gesicht spüren, warum nicht auch den ganzen Körper aus dem kleinen Fenster winden, sich mit den Händen an der Scheibe abstoßen und ebenfalls fallen, dem grauen Asphalt entgegen, dort unten auf der Fahrbahn aufschlagen und verschwinden.

Sie spürt dem atemberaubenden Sog dieser Möglichkeit nach, als ihr Blick plötzlich etwas Vertrautes streift. Draußen vor dem Fenster, in der vorbeirauschenden Stadt. Ein Lächeln, das sich in sie eingebrannt hat wie ihr eigener Name.

Dort auf dem Gehweg steht Lenz.

Der Autobus wird langsamer, hält an der roten Ampel.

Er lächelt die Frau neben sich an. Es ist nicht die Blonde mit den großen Brüsten, die Verkörperung von Margaretes Albträumen. Diese hier ist kleiner und schmal, hat einen brünetten Kurzhaarschnitt. Unverschämt jung, ein Backfisch. Und Lenz, der ganz selbstverständlich ihre Taille umfasst, sie zu sich heranzieht und küsst.

Ihr Mann, der eine andere küsst.

Anja, die brüllt.

Margarete, die alles fallen lassen möchte.

Die Ampel springt auf Grün. Der Bus beschleunigt.

Margarete fährt direkt an Lenz vorbei, würde sie jetzt ihren Kopf aus dem Fenster halten, sie selbst könnte ihn küssen.

Sie blickt ihm nach, sieht, wie er sich von der jungen Frau verabschiedet. Er geht in die eine Richtung, die Frau in die andere. Sie winken sich, dann verschwinden sie aus Margaretes Blickfeld.

Margarete hält Anja ganz fest, ihr Weinen ist nur noch ein weit entferntes Sirenengeheul. Es kann nicht sein. Es darf nicht sein.

Die nächste Haltestelle ist ihre.

Beim Arzt geht es schnell, sie kommt gleich dran. Bestimmt, weil die Helferinnen sie nicht mit den anderen Patienten warten lassen wollen. Ihr Problem ist offensichtlich, Anja stört.

Margarete ist unkonzentriert. Der Arzt redet von einem festgelegten Tagesablauf und Reizregulierung, nichts Neues, und sie fragt sich, ob sie sich getäuscht hat. Ein Mann, der Lenz ähnlich sieht, mehr nicht. Sie ist müde, sie ist erschöpft.

Normal entwickelt, sagt der Arzt, und Margarete denkt, *siehst du, Anikó, alles normal. Du bist es, die nicht normal ist.*

Dann ist der Termin schon beendet, eine Abfertigung in wenigen Minuten, mehr Zeit muss man diesem Kind nicht schenken, das so offensichtlich nichts hat. Dafür der lange Weg in die Stadt, dafür das alles?

Den Weg zurück schiebt sie Anja im Wagen. Traut sich nicht, noch einmal den Autobus zu nehmen. Anja sitzt von der Kälte abgeschirmt unter dem Verdeck und lutscht an Butterkeksen, sieht eigentlich ganz zufrieden aus.

Auch wenn sie Margarete ihre letzte Kraft raubt, sie aussaugt wie ein kleiner Parasit: wie sie jetzt dasitzt, mit rosigen Wangen, dem Keks in der Hand. Ihre feinen Haare schauen unter dem Mützchen hervor, während sie ihre Umgebung genau beobachtet – wie könnte man dieses Kind nicht aus ganzem Herzen lieben?

Es fängt an zu schneien. Dicke, feuchte Flocken, die sich wie ein Vorhang über die Stadt senken.

Aufgeregt streckt Anja ihr Händchen aus dem Wagen, um nach den Flocken zu greifen, es ist ihr erster Schnee. Und verblüfft sieht sie dabei zu, wie sie zwischen ihren Fingern schmelzen.

»Da«, ruft sie begeistert und sucht Margaretes Blick, als wolle sie die wunderbare Entdeckung mit ihrer Mutter teilen.

»Das ist Schnee, mein Liebling. Es schneit!« Auch Margarete fühlt sich leichter ums Herz. Sie sollte einen Schlitten für die Mädchen kaufen, früher liebte sie es, von ihrem Vater über die weißen Felder gezogen zu werden.

Ob Ibolya mit Karen rausgegangen ist? Ob sie draußen Flocken fangen und Schneebälle werfen?

Innerhalb weniger Minuten sind die Straßen und Gehwege weiß. Margarete freut sich mit Anja über das Naturschauspiel, doch ihre Muskeln brennen, es wird schwieriger, den Wagen zu schieben. Bald geht es nicht mehr, und sie hält Ausschau nach einer Telefonzelle. Sie will in der Fabrik anrufen, Georg muss sie abholen. Es ist Mittagszeit, wenn er gerade Pause macht, könnte er sie flink fahren, es ist nicht weit. Zu Not würde auch ein Taxi gehen, doch der Fahrer würde sich über den sperrigen Kinderwagen beschweren und sicherlich auch über Anja.

Als sie endlich ein gelbes Häuschen gefunden hat, hält sie die Tür mit dem Fuß offen, schaukelt Anja draußen im

Wagen hin und her, damit sie nur nicht ihre gute Laune verliert. Sie steckt die Münzen in den Schlitz, wählt, lässt es lange klingeln, bis sich endlich jemand meldet, der Georg holt. Sie besprechen, dass Margarete den Weg nach Hause weitergeht, die Hauptstraße entlang. Georg wird die Augen nach ihr offen halten und sie unterwegs einsammeln.

Die Telefonzeit ist verstrichen, und sie verabschiedet sich schnell von ihrem Vater.

Dann geht sie los, langsamer jetzt, sieht sich in der winterlichen Stadt um. Schön eigentlich, wie schnell das frische Weiß die graue Stadt verschwinden lässt. Es sind nur noch wenige Wochen bis Weihnachten, ihr erstes Weihnachten zu viert. Ob Lenz über die Feiertage zu Hause sein wird? Das Bild von Lenz' Hand an der schmalen Taille der jungen Frau drängt sich vor ihre Augen. War er es wirklich?

Alles normal, hat der Arzt gesagt.

Sie schiebt den Kinderwagen an einem Café vorbei, die Räder rutschen auf dem glatten Asphalt, sie macht jetzt vorsichtige Schritte, um nicht zu stürzen. Anja wird müde, ihre Augen fallen immer wieder zu, doch noch sitzt sie aufrecht. Margarete wird sich hüten, sie hinzulegen, am besten, sie beachtet das Kind gar nicht, irgendwann wird die Müdigkeit so groß, dass Anja in sich zusammensinkt und für ein paar Minuten schläft. Erst dann kann Margarete die Decke über ihr ausbreiten und dafür sorgen, dass sie warm und trocken bleibt.

Sie lässt ihren Blick in die Auslagen der Geschäfte gleiten, es wird allerhöchste Zeit, dass sie sich um die Geschenke kümmert. Auch darüber muss sie mit Lenz sprechen, wie viel Geld sie dieses Jahr ausgeben kann.

Da ist er wieder.

Lenz.

Abrupt bleibt sie stehen, sieht auf die andere Straßenseite. Ein Paar geht die Stufen zu einem Hauseingang empor.

Das kann nicht sein, sagt sie sich sofort. Unmöglich. Sie fantasiert.

Sie ist nicht normal. Geht erst mal einfach weiter. Dann wieder zurück, was ist schon normal?

Es ist eine andere Frau. Eine ältere, sicherlich um die vierzig. Margarete steht und starrt. Die Frau sucht in ihrer Handtasche, wahrscheinlich nach dem Schlüssel. Der Mann, der aussieht wie Lenz, hat ihr die Hand auf den Rücken gelegt.

Das kann nicht sein, hämmert Margaretes Herz. Es. Kann. Nicht. Sein.

Und doch beugt sich der Mann, der tatsächlich Lenz ist, nun der Frau entgegen und haucht ihr einen Kuss auf den Hals.

Margarete weiß genau, wie sich dieser Kuss anfühlt, kann das Kribbeln auf ihrer eigenen Haut spüren, und auch die andere Frau schließt kurz die Augen. Lenz flüstert ihr etwas ins Ohr, lachend wirft sie den Kopf zurück.

Es kann nicht sein.

Vor etwas mehr als einer Stunde hat Margarete sich noch eingebildet, ihn mit einer jungen Frau zu sehen. Und nun soll er dort mit einer älteren in einem Mehrfamilienhaus verschwinden?

Nicht normal, Anikó, das ist unmöglich.

Und wenn doch?

Plötzlich fragt sie sich, ob er überhaupt arbeitet. Ob er überhaupt Arzt ist. In einer Zeitschrift las sie vor Kurzem von einem Mann, der jeden Morgen das Haus verließ und so tat, als würde er zur Arbeit gehen. Ist Lenz so einer? Ein Betrüger? Und wenn er nun kein Geld mehr verdient?

Sie wundert sich über diesen Gedanken. Dass er sie mit anderen Frauen betrügt, bereitet ihr weniger Sorgen als die Tatsache, dass das Geld ausgehen könnte? So weit ist es schon.

Sie starrt noch immer auf den Hauseingang, unfähig, sich zu bewegen. Dann sieht sie aus den Augenwinkeln, dass hinter einem der Fenster im zweiten Stock das Licht angeht. Und erkennt die Silhouette ihres Mannes, der die andere Frau umarmt. Die Art Umarmung, die drängt und verlangt.

Margarete bleibt auf der anderen Straßenseite stehen, schaukelt Anjas Wagen, das Kind ist tatsächlich eingeschlafen.

Sie muss nicht lange warten. Nach einer Viertelstunde kommt Lenz aus dem Haus, sieht auf die Uhr und beginnt schnellen Schrittes, die Straße hinabzugehen. Margarete folgt ihm. Ihr Mantel ist durchnässt, sie fühlt keine Kälte. Im Gegenteil, ihr ganzer Körper, ihre Sinne pulsieren. Ein Jagdfieber erfasst sie. Was wird er als Nächstes tun? Wohin geht er?

Du bist wahnsinnig, Anikó, hört sie eine leise Stimme in ihrem Kopf. *Wie groß ist die Wahrscheinlichkeit dieses Zufalls, Anikó?* Grotesk *ist das Wort. Grotesk.*

Doch das Fieber treibt sie weiter. Sie folgt ihm in sicherem Abstand, hat schon lange die mit Georg verabredete Route verlassen. Der Mann, der wie Lenz aussieht, der Lenz ist, schlägt den Weg zum Krankenhaus ein und verschwindet schließlich hinter den großen Flügeltüren der Klinik.

Margarete sieht auf die Uhr. Punkt ein Uhr. Sie überschlägt, wann sie ihn mit der jungen Frau gesehen hat und wo. Weiß es immer sicherer. Die zeitliche Abfolge passt, er hat es geschafft, in einer Mittagspause zwei Frauen hintereinander zu treffen. Eigentlich beeindruckend, wenn es nicht so unglaublich wäre.

Anja wird wach und quengelt gefährlich. Margarete eilt zurück zur Hauptstraße. Georg ist sicher schon in Sorge, bestimmt ist er die Straße schon mehrmals auf und ab gefahren.

Als er ihr schließlich entgegenkommt, blendet er schon von Weitem das Fernlicht auf. Er stößt die Beifahrertür auf, und ein Schwall ungarndeutscher Flüche entweicht dem warmen Auto. Sie entschuldigt sich, sagt, sie hätte sich verlaufen, dachte, eine andere Straße wäre eine Abkürzung, hätte sich in der Zeit geirrt.

Bald weicht Georgs Wut der Erleichterung, er klappt das Scherengestell des Kinderwagens zusammen und hievt den Wagen auf die Rückbank, Margarete muss ganz nach vorne rutschen, damit es passt.

Erst hier im Auto merkt sie, wie durchgefroren sie ist. Die Muskeln ihrer Beine sind starr vor Anstrengung. Sie hält Anja eng umfasst, um sie zu wärmen, der kleine Körper spendet ihr Trost.

Georg erzählt von Karen, wie gerne sie die Hühner füttert und jeden Morgen im Stall nach frischen Eiern sucht. Dass sie vorgestern zwei Teller Paprikás csirke gegessen habe, dass müsse man sich mal vorstellen, ein so kleines Mädchen hat einen solchen Appetit. Dass sie gerne mit den anderen Kindern in der Siedlung spiele, mit der Enkeltochter von Onkel Mathias und dem kleinen Jungen der Szabós, schönstes Ungarndeutsch sprächen sie dann. Und dass sie am liebsten das Märchen vom Dornröschen höre, das lese Ibolya ihr jeden Abend vor.

Margarete erinnert sich an ihr eigenes Märchenbuch, das Georg ihr geschenkt hat, als sie gerade auf dem Hof angekommen waren. Dornröschen war auch ihr Lieblingsmärchen, irgendwann waren die Seiten ganz dünn vom vielen Blättern.

»Kann ich mit zu euch?«, platzt es aus ihr heraus. »Nur für heute Nacht?«

Georg runzelt die Stirn. »Mit Anja?«

»Bitte, Apa, nur für heute.«

»Du hast doch gar kein Gepäck dabei.«

»Das macht nichts, für eine Nacht wird es schon gehen.«

Georg blickt starr auf die Straße, wie ein Kometenregen fliegen die Schneeflocken auf sie zu.

»Ist etwas vorgefallen?«, fragt er nach einer Weile, und sie weiß, er fragt nach ihrem Ehemann.

»Nichts Besonderes. Im Haus wird es nur so schrecklich kalt sein, Lenz hat Nachtschicht, und es wäre doch eine schöne Abwechslung.«

Er atmet schwer. »Nun gut. Aber nur heute. Du bist schließlich verheiratet, da kann man nicht mehr bei seinen Eltern wohnen.«

»Danke, Apa.« Sie beugt sich zu ihm hinüber und küsst seine raue Wange.

Georg setzt sie vor dem kleinen Häuschen ab, er muss schnellstens zurück in die Fabrik, sonst wird er noch mehr Ärger bekommen.

Wie immer ist die Haustür nicht verschlossen, Margarete tritt ein, es ist warm und riecht nach Fettgebackenem.

»Hallo? Ich bin's.«

Keine Spur von ihrer Mutter, doch sie hört Geräusche in der Küche. Nun entdeckt sie Karen, die aus der Stubenecke, wo sie mit Bauklötzchen gespielt hat, auf sie zusaust. Margarete geht in die Knie und fängt sie auf, so gut es mit Anja auf dem Arm geht. Karen umarmt sie stürmisch und überhäuft sie mit kleinen feuchten Küssen.

Sofort kommen Margarete die Tränen. »Mein kleiner Engel!«, flüstert sie. »Mein kleiner Schatz. Mein Liebling.«

»Mama aua?«, fragt Karen besorgt, als sie ihre feuchten Wangen sieht.

»Nein, nein.« Entschlossen wischt sich Margarete das Gesicht. »Ich freue mich nur so, dich zu sehen. Es ist so schön.« Sie nimmt sie auf den Arm, obwohl sie dafür eigentlich schon viel zu groß ist, und trägt beide Mädchen in die Küche, um ihre Mutter zu begrüßen.

»Was tust du hier?«, fragt Ibolya erstaunt. Vor ihr steht ein Topf mit siedendem Fett, aus dem sie mit einer Kelle goldgelb gebackene Krapfen fischt. Es riecht himmlisch.

»Euch besuchen. Ich bleibe über Nacht, habe ich mit Papa besprochen.«

Ibolya fährt mit ihrer Arbeit fort, bis sie alles Gebäck auf ein Tuch zum Abtropfen gelegt hat. Dann wischt sie sich die Hände an der Schürze ab und mustert Margarete einen Moment.

Die Mädchen werden Margarete schwer, sie setzt sie ab, und sofort nimmt Karen Anja an die Hand, um ihr ihr Spielzeug zu zeigen.

»Soso«, sagt Ibolya.

»Nur für eine Nacht.« Margaretes Stimme zittert.

»Komm her.« Ihre Mutter zieht sie an sich und nimmt sie in den Arm, wie nur Mütter es können. Margarete wird wieder Anikó, lässt ihren Kopf an Ibolyas weiche, warme Brust sinken und lässt sich über den bebenden Rücken streicheln.

»Aber, aber, mein Stern. Nicht verzweifeln. So ist es in Ehen, es gibt gute Zeiten und solche, die man einfach nur überstehen muss. In ein, zwei Tagen sieht die Welt schon wieder ganz anders aus. Vertrau deiner alten Mutter, ich bin seit über zwanzig Jahren verheiratet.«

Am Abend ist es wie früher. Ein Cousin zweiten Grades kommt vorbei, um sich die Schubkarre zu leihen, und eine verwitwete Freundin von Ibolya wollte eigentlich nur fragen, ob es schon Pläne für den bevorstehenden Katharinatag gebe, früher wurde an diesem Tag immer der letzte Tanz vor der Adventszeit veranstaltet. Beide betonen immer wieder, gleich wieder loszumüssen, und bleiben dann doch sitzen, Ibolya bietet Nachschlag von der Suppe an, es ist reichlich da. In der Stube ist es eng und warm und laut, es wird viel und laut geredet, auf Deutsch, Ungarisch und Ungarndeutsch. Anja hält sich erstaunlich gut, Ibolya trägt sie auf der Hüfte, während sie den Gästen Pálinka einschenkt.

Später, als sich das Haus geleert und beruhigt hat, schläft

Margarete zusammen mit den Mädchen auf einem Matratzenlager in der Stube. Sie lauscht dem leisen Atmen der Kinder und hört ihren Vater oben laut schnarchen. Nur kurz vor dem Einschlafen streift sie noch einmal ein düsterer Gedanke: Ihr Mann betrügt sie also nicht nur mit einer, sondern gleich mit zwei Frauen. So wenig genügt sie ihm.

14. Kapitel

Ehe ist erlernbar, man müsse sich bemühen, steht im Ratgeber für Haus und Familie. Verdammt, sie weiß es doch, fährt es ihr durch den Kopf, als sie am nächsten Morgen aufwacht. Eine Ehe ist auch nur eine Aufgabe, und Aufgaben lassen sich lösen. Sie wird das in Ordnung bringen.

Der Abschied von Karen schmerzt, doch sie versucht, sich nichts anmerken zu lassen, und bringt es rasch hinter sich, um es für alle nicht noch schwerer zu machen. Georg setzt sie vor dem Beginn seiner Arbeit im Haus auf dem Berg ab, er muss sich beeilen, ist spät dran.

Margarete öffnet die Tür, niemand ist da, das Haus ist leer und kalt. Lenz hat gar nicht bemerkt, dass sie nicht da war.

Am Morgen des nächsten Tags steht sie extra früh auf und schleicht zur Tür. Dort sieht sie seine Stiefel, er ist also nach Hause gekommen. Schnell heizt sie den Kaminofen im Keller ein und stellt seine Stiefel davor, damit sie schön warm sind, wenn er gleich losmuss. Dann zieht sie sich an, bindet sich ein Tuch um die Haare und eine Schürze um die Taille. Sie brät ihm Eier und röstet sein Brot in der Pfanne.

Als er in der Küche erscheint, ist von Anja zum Glück noch nichts zu hören. Margarete schenkt ihm ein Lächeln, erkundigt sich, wie er geschlafen hat, und schenkt ihm eine

Tasse dampfenden Kaffees ein. Der Tisch ist genauso gedeckt, wie es sein soll: Geschirr, Tischdecke und Blumenschmuck sind aufeinander abgestimmt. Mittig stehen die Teller auf den Plätzen, rechts oben die Tassen, Henkel nach rechts, Kaffeelöffel rechts auf dem Rand der Untertasse, das Messer mit der Schneide zum Teller gewandt, auch rechts neben dem Teller. Die Serviette steckt im Serviettenring, sie beherrscht es doch noch.

Er kann seine Überraschung nicht verbergen. Kurz ist er verunsichert – das bemerkt sie. Hat er ihren Geburtstag vergessen? Seinen? Ihren Hochzeitstag?

»Ein Mann soll wohlgenährt in den Tag starten«, sagt sie mit einem Lächeln.

Er setzt sich, sie serviert ihm sein Frühstück.

»Mhmm, die Eier sind hervorragend.«

»Schön, dass es dir schmeckt. Möchtest du noch ein bisschen Kaffee?«

»Gerne.«

»Milch?«

»Warum nicht.« Er fixiert sie, ist auf der Hut. Wahrscheinlich fragt er sich, ob da noch was kommt, ob sie etwas will.

Doch sie erwidert seinen Blick gelassen und lächelt. Noch immer ist sie empfänglich für seine Schönheit, seine hellblauen Augen hinter den dichten, dunklen Wimpern, die hohen Wangenknochen, die gerade Nase, das kleine Grübchen im Kinn. Margarete erinnert sich an die Wärme seiner Haut, die Umrisse seiner Muskeln und wie es sich anfühlt, wenn sie mit ihren Fingern durch sein volles Haar fährt. Ein lustvoller Schauer überkommt sie.

»Was erwartet dich heute im Krankenhaus?«

Er erzählt von den Operationen, die ihm bevorstehen. Von den Kollegen, mit denen er gerade zu tun hat. Sie hört zu, zeigt Interesse und bestärkt ihn.

»Wie schön, dass wir den Morgen gemeinsam verbringen«, sagt er und klingt aufrichtig. Und als er losmuss, verabschieden sie sich seit Ewigkeiten mal wieder mit einem Küsschen voneinander.

Sie winkt ihm hinterher, wartet, bis er um die Ecke gebogen ist und sie nicht mehr sehen kann. Wie einfach es ist, ihn glücklich zu machen. Ein bisschen Rührei. Ein Lächeln und geheucheltes Interesse.

Als er am Abend wieder nicht pünktlich nach Hause kommt, zwingt sie sich, wach zu bleiben, ganz gleich wie müde und erschöpft sie ist. Mit ihrem Nähzeug wartet sie auf dem Sofa, ein paarmal nickt sie ein, doch kaum hört sie den Schlüssel in der Tür, ist sie hellwach.

Er erschrickt, als er sie im Wohnzimmer stehen sieht. »Ist etwas passiert?«

»Ich will dir Gesellschaft leisten.«

Sie hat Käseschnitten vorbereitet und dazu versteckte Würstchen gemacht. Beides schmeckt frisch natürlich am besten, es würde nicht lange dauern, die Schnitten kurz auszubraten? Zur Nachspeise vielleicht ein wenig frisches Obst?

Doch er möchte nicht mehr essen, sagt, er habe bereits mit dem Chefarzt zu Abend gegessen, ein für seine Karriere förderliches Gespräch.

Sie weiß ja, dass es nicht stimmt, und fragt sich, wieso er

sich die Mühe macht, ständig Ausreden zu erfinden. Vielleicht sollte sie ihm sagen, dass sie ihn gesehen hat. Das wäre doch für alle praktischer, er müsste sich keine Lügengeschichten mehr ausdenken, und sie würde nicht alle Achtung vor ihm verlieren.

Stattdessen lobt sie ihn für seinen Ehrgeiz.

»Ich muss morgen früh raus«, erklärt er dann und unterdrückt ein Gähnen.

»Natürlich, Liebling. Du hattest einen langen Tag. Lass uns schlafen gehen.«

Aber sie geht nicht wie sonst ins Schlafzimmer, sondern nimmt seine Hand und folgt ihm ins Souterrain.

»Kein Licht«, bittet sie und küsst ihn innig. Die Pritsche ist ungewohnt, doch seine Berührungen, die Wärme seiner Haut, sein Duft und das Gewicht seines Körpers sind ihr vertraut. Es ist ein Ankommen, ein Aufatmen, da sind nur sie beide, ihre Konturen zerfließen, sie verschmelzen zu dem, was gut ist, was echt ist, was sie sind.

Danach liegt sie in seinem Arm, ihr Kopf auf seiner Brust, und lauscht dem Klopfen seines Herzens. Fast schläft sie ein, da weint Anja. Hastig schlüpft sie in ihr Nachthemd und läuft nach oben.

»Schön war das«, ruft er ihr schlaftrunken hinterher.

Und in der kommenden Nacht schlüpft er wie selbstverständlich ins Ehebett.

15. Kapitel

Die Adventszeit hat begonnen, und Margarete bemüht sich weiterhin, Lenz zu gefallen. Sie dekoriert das Haus, kocht seine Lieblingsgerichte, versucht, immer hübsch auszusehen, wenn er nach Hause kommt, Anja im Zaum zu halten, oder besser noch: Anja zu verstecken, und es ihm so bequem und schön wie möglich zu machen.

Weil die Führung eines Haushalts aber unmöglich ist mit einem Kind, das ständig getragen werden will, hat sie eine Idee: Früher wickelten sich die donauschwäbischen Mütter ihre Babys in festen Kindstüchern schräg vor die Brust, wenn sie zur Kirche gingen oder einen Besuch machten. Margarete braucht ein paar Versuche, kniet auf dem Bett, und als ihr das Kind aus der Schlinge rutscht, plumpst sie lachend auf die Matratze. Doch dann gelingt es, Anja sitzt fest im Tuch, ihr Gewicht ist gleichmäßig verteilt, sie ist zufrieden und ruhig, weil sie bei ihr sein kann, und Margarete hat die Hände frei für die Hausarbeit.

Wie das aussieht, darüber will sie sich lieber keine Gedanken machen. Niemals darf jemand sehen, was sie hier mit ihrem Kind anstellt, man würde ihr wahrscheinlich sofort die Jugendfürsorge auf den Hals hetzen.

Ihre Bemühungen im Haus und am Herd zeigen Wirkung. Tatsächlich ist Lenz ihr wieder nah, sie reden über Alltägliches, besprechen Haushaltsangelegenheiten, er schenkt ihr gelegentlich Blumen oder besonderes Gebäck. Doch die anderen Frauen bleiben. Wenn er spätabends zu Margarete ins Ehebett kriecht, begleitet ihn oft der Duft eines blumigen Frauenparfüms. Margarete stellt sich schlafend und fragt sich, was sie noch leisten muss, damit ihr Mann nur ihr allein gehört.

Als sie am nächsten Morgen zusammen am Frühstückstisch sitzen, erzählt er von der Arbeit seines letzten Tages und fragt sie, wie ihr Tag war.

Natürlich sagt sie ihm nie die Wahrheit.

Nicht, wie anstrengend die Tage mit Anja sind. Dass sie, kaum dass er aus dem Haus ist, hier rumläuft wie eine Bäuerin. Dass sie alles für sie tun würde und sie im nächsten Moment am liebsten schütteln möchte, weil sie niemals zufrieden ist. Dass die Blicke der Leute im Einkaufsladen sie wütend machen. Dass sie sich vornimmt, sie einfach zu ignorieren, und immer und immer wieder scheitert. Dass sie Karen vermisst und ihre Eltern, dass sie irgendwie versucht, das Haus und dieses *eine* Kind in Schach zu halten, dass sie sich schämt, weil es doch ein Leichtes sein müsste, dass sie eben nie Menschenleben rettet so wie er, sondern einfach nur versucht zurechtzukommen.

Stattdessen nippt sie am Kaffee und antwortet: »Immer das Gleiche hier, ich will dich nicht langweilen.«

Sie begleitet ihn zur Tür, und während sie seine Jacke abbürstet und er sein Aussehen im Spiegel überprüft, schlägt er vor, am Heiligabend könnten sie Ibolya und Georg doch schon zum frühen Gottesdienst treffen und dann den Nachmittag zusammen mit ihnen und den Mädchen zu Hause verbringen. Man könnte vor dem Essen und der Bescherung gemütlich zusammensitzen und ein Brettspiel spielen.

Margarete stimmt zu, eine schöne Idee – wie häuslich er sein kann. Dabei weiß sie: Nichts wird an diesem Nachmittag gemütlich sein. Anja wird großen Spaß daran haben, die Spielsteine umzustoßen, ihre Eltern werden wie Falschgeld auf dem Sofa sitzen und Stollen in sich hineinstopfen, und Margarete wird Karen anschließend schlimmer vermissen als zuvor.

Zum Abschied küsst Lenz sie, dann braust er im Wagen davon, winkt durch das geöffnete Fenster.

Sie lächelt und richtet sich die Schürze. Kaum ist er weg, entgleiten ihr die Gesichtszüge. Sie ist so unfassbar müde. Sie lehnt sich an den Türrahmen und schließt für einen Moment die Augen, atmet die kalte, feuchte Winterluft.

Immer versucht sie jetzt, vor Lenz aufzustehen, damit sie den Morgen gemeinsam mit ihm verbringen kann, solange Anja noch schläft. Die Nächte mit dem Kind sind noch immer unruhig. Zwar schläft Anja jetzt in ihrem Zimmer im Souterrain, damit Lenz im Ehebett mehr Ruhe hat, doch die Tür zu ihrem Zimmer lässt Margarete immer einen Spaltbreit offen. Beim kleinsten Mucks ist Margarete hellwach und eilt zu ihr hinunter. Dann liegt sie auf einer Matratze, die sie nachts heimlich vor ihr Gitterbettchen schiebt, und hält ihre Hand. Nur so beruhigt sich das Kind, nur so kommt Margarete zu ein paar Stunden Schlaf.

Nicht nur ihr Körper ist müde, auch ihre Gedanken sind es. Oft vergisst sie, was sie einkaufen wollte, steht im Laden und kann sich nicht erinnern. Und wenn sie versucht, einen Zeitungsartikel zu lesen, weiß sie schon am Ende des ersten Absatzes nicht mehr, was sie gelesen hat.

Margarete öffnet die Augen und atmet noch einmal tief durch.

Auf ein Neues, sagt sie sich, auch diesen Tag wird sie irgendwie überstehen. Als sie hineingeht, meint sie, aus den Augenwinkeln eine Bewegung hinter den Gardinen im Haus gegenüber wahrzunehmen. Dort, wo die seltsame Frau wohnt, die mittags noch im Morgenmantel herumläuft. Hat sie Margaretes Moment der Schwäche gerade bemerkt?

Später auf ihrer täglichen Einkaufsrunde ist Anja besonders schlecht gelaunt. Seit Margarete sie im Haus so viel im Tuch trägt, will sie überhaupt nicht mehr im Wagen gefahren werden. Wahrscheinlich ist eingetroffen, wovor alle sie gewarnt haben, sie hat sich eine kleine Tyrannin herangezogen. In der Öffentlichkeit ist das Tuch natürlich keine Option, und so trägt sie Anja auf der Hüfte, nur damit sie endlich Ruhe gibt. So ächzt sie den Berg hinauf. Mit der einen Hand schiebt sie den Kinderwagen, beladen mit den Einkäufen, auf der anderen Seite trägt sie Anja. Kaum ist sie in ihre Straße eingebogen, möchte Anja selbst laufen, windet sich aus ihrem Griff, sodass sie ihr fast entgleitet. Margarete lässt sie ein paar Schritte gehen, doch sie kommen nicht voran, zu unsicher sind Anjas Schritte.

Es könnte so einfach sein. Die anderen Mütter schieben ihre Kinder im Wagen, während die zufrieden an einem Brötchen knabbern und sich einfach von hier nach da kutschieren lassen. Schließlich nimmt sie Anja doch wieder hoch, sie verliert die Geduld, die letzten Meter werden sie jetzt doch wohl auch noch schaffen.

»Hat da jemand schlechte Laune?«, ruft Frau Wellstein von gegenüber aus dem Fenster, als sie mit der brüllenden Anja fast ihr Haus erreicht hat. Sie lehnt aus dem Fenster, obwohl es viel zu kalt ist. *Heizen für die Spatzen*, würde Ibolya dazu sagen. Aber Geld scheint in diesem Haus ja kein Thema zu sein. Sie hat es sich richtig gemütlich gemacht, ein Kissen auf der Fensterbank, einen großen Schal, fast schon eine Stola, um Hals und Schultern geworfen, die Frisur sitzt perfekt. Und natürlich raucht sie wieder, bläst den Qualm der Zigarette genüsslich auf die Straße.

»Ich habe hier was, das wird dich aufmuntern. Komm doch rein.«

Margarete bedankt und entschuldigt sich, die Einkäufe, das Kind, ein andermal vielleicht.

»Stell die Taschen einfach in den Flur.«

Wieder schüttelt Margarete den Kopf, sucht noch nach einer Ausrede, die die Nachbarin gelten lässt. Sie hätte sich überhaupt nicht auf das Gespräch einlassen sollen.

»Bin gleich da!« Sie verschwindet vom Fenster, und wenige Augenblicke später erscheint sie an der Tür. »Komm rein, komm rein. Dieses Wetter zieht in die Knochen, ungemütlich. Ich bin Hilda.« Sie reicht ihr die Hand und nimmt ihr dann ganz selbstverständlich Anja ab.

»Margarete«, murmelt Margarete und will schon erklären, dass sie Anja nicht einfach auf den Arm nehmen kann, dass das nicht geht, dass Anja ein spezielles Kind ist, dass … doch dann bricht sie ab, weil sie nicht glauben kann, was sie sieht. Hilda tippt Anja auf das Näschen, macht »Hui!« und lacht. Erst schaut Anja irritiert, versteht dann aber das Spiel und lacht begeistert mit.

»So gefällst du mir besser«, sagt Hilda, setzt sie sich ganz selbstverständlich auf die Hüfte und läuft mit ihr ins Haus. Margarete kann gar nicht anders, als ihr zu folgen.

»Wie heißt sie?«

»Anja.«

»Wie Anja Silja, die junge Opernsängerin? Mein Mann vergöttert sie. Ein guter Name.«

Drinnen sieht es wüst aus. Das benutzte Geschirr vom Frühstück steht noch auf dem Tisch, die Wäsche stapelt sich im Wohnzimmer, und die Fenster wurden schon lange nicht mehr geputzt.

Dabei hat sie nicht mal Kinder. Und geht offensichtlich auch keinem Beruf nach. Sie könnte all diese Aufgaben erledigen, wann immer sie will.

Hilda verschwindet mit Anja in die Küche. Margarete weiß nicht wohin mit sich, bleibt wie angewurzelt im Flur stehen. Der Eingangsbereich ist baugleich mit ihrem, vielleicht sogar das ganze Haus? Von außen ähneln sich die Häuser hier in der Straße wie ein Ei dem anderen. Doch wo bei Margarete im Haus gepflegte Wohnlichkeit herrscht, ist hier alles vollgestellt: überbordende Regale, Tischchen mit Tinnef, wild rankende Pflanzen und Souvenirs aus der ganzen Welt.

»Mein Mann, Hugo, reist viel, er ist Vertreter. Hier.« Sie reicht Margarete ein Glas. »Nun guck nicht so, ich werde dich schon nicht vergiften.« Sie lacht laut. Jetzt, da sie die Stola abgelegt hat, fällt Margarete auf, dass sie wieder nur einen Morgenmantel trägt. Dabei ist es doch schon weit nach Mittag.

»Nun probier schon, und sag mir, ob er schmeckt.«

Margarete nimmt von dem zähflüssigen Getränk, muss ein Schütteln unterdrücken, so süß und scharf ist es.

»Eierlikör«, sagt Hilda stolz. »Mit Doppelkorn.«

Schon ist Margaretes Glas wieder gefüllt. Sich selbst schenkt Hilda ebenfalls nach.

»Nun leg schon ab«, fordert sie Margarete auf. »Es ist doch eingeheizt, du musst hier nicht im Mantel stehen.«

Sie setzt Anja im Wohnzimmer ab und folgt Hilda zur Couchgarnitur. Margaretes Blick gleitet durch den Raum, überall lauern Gefahren.

Hilda gibt Anja eine Matrjoschka-Figur, die kunstvoll bemalt ist. Rote Rosen zieren ihren Bauch. Als sie Anja zeigt, dass sich im Inneren der Matrjoschka ein weiteres Püppchen befindet, und dann noch eins und noch eins, ist das Mädchen begeistert.

»So ein Püppchen wie dich hätte ich auch gerne«, sagt Hilda und tippt Anja auf die Nase. Die gluckst vor Vergnügen.

Noch nie wollte jemand ein Kind wie Anja haben.

»Wir können nicht lange bleiben. Ich muss gleich kochen.«

»Für deinen Mann?«

Margarete nickt.

»Was macht er?«

»Er ist Arzt.«

»Dann hast du ja ausgesorgt.« Hildas Lachen ist tief und mitreißend.

Margarete schmunzelt und nimmt noch einen Schluck. Dabei ist eigentlich gar nichts witzig daran. Hilda erzählt, dass ihr Mann im Vertrieb arbeitet. Manchmal sei er wochenlang nicht zu Hause. »Dann habe ich meine Ruhe«, sagt sie augenzwinkernd und erzählt, dass sie nach der Heirat sofort aufgehört habe zu arbeiten und es seitdem keine Sekunde bereue. Sie war Apothekenhelferin und hatte es satt, den wechselnden Launen ihres Chefs ausgesetzt zu sein – und dann auch noch für den mickrigen Lohn? So sei es besser, sagt sie, zündet sich eine Zigarette an und zieht genüsslich daran.

Anja tapst durch das unordentliche Wohnzimmer. Erst möchte Margarete ihr hinterher, um sicherzugehen, dass sie nichts anfasst oder kaputtmacht, aber Hilda ist so entspannt, dass auch Margaretes Sorge langsam nachlässt.

»Hast du keine Kinder?«

»Wir arbeiten daran«, sagt sie leichthin.

»Das tut mir leid«, sagt Margarete betroffen und überlegt fieberhaft, wie sie schnell das Thema wechseln kann.

»Was tut dir leid?«

»Na ja«, druckst Margarete, »das ist doch sicherlich eine sehr belastende Situation.«

»Ach«, Hilda hebt die Schultern, »es geht uns doch nicht schlecht. Wir haben genug Geld, können uns Urlaube leisten, Restaurantbesuche, Konzerte, die Oper, die er so liebt. Noch einen?« Ohne Margaretes Antwort abzuwarten, schenkt sie ihr nach. »Das ist sozusagen die Probeflasche für Weihnachten.« Hilda erzählt von ihren Plänen fürs Fest, dass ihre Schwiegereltern sich angekündigt haben, die sie nicht ausstehen kann. Und dass sie mit ihrem

Mann vereinbart hat, dass sie eine neue Trockenhaube bekommt, wenn sie sich als gute Gastgeberin erweist. »Ich kann wirklich sehr zuvorkommend sein, wenn ich will.«

Nun muss auch Margarete kichern. Sie kann es sich gut vorstellen. Allerdings auch, wie kratzbürstig Hilda sein kann, wenn ihr etwas gegen den Strich geht. Überhaupt scheint diese Frau alles sein zu können, was sie nur möchte.

Hilda nimmt einen letzten tiefen Zug von ihrer Zigarette und drückt sie dann in einem übervollen Aschenbecher aus. »Mein Hugo ist ein Goldschatz«, sagt sie. »Wäre da nicht dieses Flittchen von Sekretärin.«

Sofort senkt Margarete den Blick.

»Stell dir vor, er betrügt mich mit der Sekretärin! Was für ein Klischee, nicht wahr?« Sie lacht und zündet sich eine neue Zigarette an. Diesmal klingt ihr Lachen bitter.

»Seit fast einem Jahr geht das so. Er kommt später als vereinbart nach Hause, muss plötzlich weg, und was er auf seinen Dienstreisen macht, will ich gar nicht erst wissen. Kürzlich habe ich ein Schmuckkästchen vom Juwelier in seiner Jackentasche gefunden, mit einer unfassbar schönen Halskette. Glaubst du etwa, ich hätte diese Kette bis heute noch mal zu Gesicht bekommen? Er hat sie für die andere gekauft!«

Margaretes Herz rast, Hitze steigt in ihr empor, und sie fühlt sich wie in ein zu enges Korsett geschnürt. Alles, was Hilda sagt, kommt ihr schmerzlich vertraut vor.

»Was hast du?«, fragt Hilda. »Du bist so still.«

»Es ist nichts«, versichert Margarete schnell.

»Hier, trink noch einen Schluck. Der macht ein bisschen leichter ums Herz.«

Aber Margarete fühlt sich überhaupt nicht leicht. Im Gegenteil. Doch der Alkohol löst ihre Zunge. »Meiner auch«, sagt sie unvermittelt und kann schon in der nächsten Sekunde nicht glauben, dass sie sich Hilda anvertraut.

»Dein Mann betrügt dich auch? Diese Schweine.« Hilda schüttelt den Kopf und nimmt einen tiefen Zug von ihrer Zigarette. »Dabei sind wir doch perfekt, oder? Das sind wir, schau uns an!« Sie steht auf, dreht sich lachend im Kreis, sodass sich die Schöße ihres Bademantels bauschen.

Anja, die gerade noch in das Spiel mit den Matrjoschkas vertieft war, lacht begeistert, als sie Hilda durchs Wohnzimmer tanzen sieht.

»Aber weißt du, was das Gute daran ist?«, fragt sie atemlos und bleibt stehen. »Hugo ist netter zu mir, wenn er ein schlechtes Gewissen hat. Und großzügiger.«

Margarete nimmt noch einen Schluck vom Eierlikör. Jetzt, wo sie sich daran gewöhnt hat, schmeckt er gar nicht so schlecht.

»Kommt mich bald wieder besuchen«, sagt Hilda zum Abschied.

Es ist Zeit, nach Hause zu gehen. Anja braucht eine neue Windel, und überhaupt, der halbe Nachmittag ist dahin. Doch Margarete muss sich eingestehen, dass sie es genossen hat. Zu Hause sieht sie, dass sie eigentlich auch ihre Fenster putzen müsste. Erinnert sich dann aber an das Chaos drüben und lässt es bleiben. Stattdessen darf Anja in die Badewanne, obwohl heute gar nicht Badetag ist, und Margarete freut sich an ihrer kleinen Tochter, die vor Vergnügen im Schaum quietscht.

Und als Lenz an diesem Abend wieder spät von der Arbeit nach Hause kommt und den Geruch der anderen Frau wie eine Schleppleine hinter sich herzieht, rückt sich etwas in Margarete zurecht. Diesmal stellt sie sich nicht schlafend, sondern schmiegt sich an ihn, küsst seinen Hals, lässt ihre Hand unter die Decke gleiten.

Es gibt keinen plausiblen Grund, warum er die Avancen seiner Frau ablehnen sollte. Und so wird es mühsam für ihn. Er bewegt sich konzentriert und ausdauernd auf Margarete, doch es fällt ihm sichtlich schwer, zum Abschluss zu kommen. Immer wieder versichert er, wie schön sie sei und dass es nicht an ihr läge, sondern an ihm, ein anstrengender Tag in der Klinik.

»Das kann doch jedem mal passieren«, entgegnet sie liebevoll.

Danach liegt sie in seinen Armen und fragt nach seinem Abend, will genau verstehen, was dem Notfallpatienten passiert war, der Lenz' rechtzeitige Rückkehr verhindert hatte. Sie fragt nicht forschend, nur interessiert. Und genießt es, wie er sich um Ausreden bemüht, wie er erfindet und lügt, verschweigt und leugnet.

Er lügt, und sie weiß es.

Sein Makel gehört ihr.

16. Kapitel

1947

Im Frühjahr wurden Georg, Ibolya und Anikó weitergeschickt. Die Leitung rief Georg in sein Büro und teilte ihm mit, ein Bauer würde ihn und seine Familie aufnehmen. Der Hof befände sich in einem kleinen Dorf einige Kilometer weiter westlich. Am Nachmittag würde ein Polizeiwagen kommen und sie abholen, die Familie solle sich abfahrbereit halten.

»Wieso die Polizei?«, fragte Ibolya besorgt, als Georg atemlos zurück in die Baracke kam und von den Neuigkeiten berichtete.

»Weil sie uns sonst wieder wegschicken würden.«

»Wir sind doch fleißige und ordentliche Leute …«

»Mach dir darüber keine Gedanken. Sie müssen uns aufnehmen, zur Not wird die Polizei sich einschalten.«

Aufgeregt hatte Anikó dem Gespräch ihrer Eltern gelauscht. Die Polizei würde sie eskortieren und dafür sorgen, dass sie ihr Recht bekamen? Das klang doch gut, warum weinte die Mutter schon wieder?

Übereilt packten sie ihre wenigen Habseligkeiten und verabschiedeten sich von den Menschen, die im Lager zu ihren Freunden geworden waren.

Der Polizeiwagen, ein grün-weißer Borgward, auf dessen Rückbank sie sich zu dritt quetschten, fuhr zügig, allerdings ohne Blaulicht, wie Anikó ein wenig enttäuscht feststellte. Es war das erste Mal, dass sie das Lager verließen, seit sie vom Bahnhof hergebracht worden waren, und der Tag schien all ihre Erwartungen erfüllen zu wollen. In einem wolkenlosen Blau spannte sich der Himmel über die hügelige Landschaft, die Sonne strahlte, die Luft war klar. Es war ein perfekter Frühlingstag.

»Da ist der Hof der Familie Beth«, sagte der Polizist und deutete in die Ferne zu einem winzigen Klotz, der beim Näherkommen beachtlich in die Höhe wuchs. Fast wie eine Burg erschien Anikó das große, herrschaftliche Bauernhaus mit seinem schwarzen Fachwerk und weiß getünchten Lehm. Während sich ihre Häuser in Ungarn unauffällig in die Landschaft duckten, stand hier ein Bollwerk.

Die werden ganz bestimmt Platz für uns haben, war ihr erster Gedanke. Ein so großes Haus, da wird es Stuben und Kammern geben, Wände, Türen und Treppen. Vielleicht würde sie ein eigenes Zimmer bekommen, vielleicht würde es ein echtes Zuhause werden. Sie könnte Freunde finden und in eine Schule gehen, in der die Kinder sie nicht an den Haaren zogen und die Lehrer ihr zuhörten.

Der Polizist hielt, und sie krochen aus dem Wagen. Georg nickte anerkennend, als sein Blick über das große Haupthaus und die angrenzenden Stallungen wanderte. Die Sonne kitzelte Anikós Nase, sie musste ein Niesen unterdrücken, als sie den Kopf in den Nacken legte, um den Giebel zu sehen. Während sie noch ihr Gepäck aus dem Auto holten, klopfte der Polizist an die Tür. Er wechselte ein paar Worte mit der Bauersfrau, die missmutig in die Richtung ihrer neuen Mitbewohner schaute. Dann machte sie eine knappe Geste, dass sie ihr folgen sollten. Ohne ein Wort der Begrüßung führte sie sie die Treppe hinauf und dann eine weitere schmale Stiege auf den Dachboden.

»Hier könnt ihr bleiben«, sagte sie und öffnete die Tür zu einer kleinen, dunklen Kammer direkt unter dem Dach. Man konnte das Blau des Himmels zwischen den Schindeln sehen. Es gab einen kleinen Holzofen, einen Schrank und zwei Betten, eine umgedrehte Holzkiste diente als Tisch, auf dem eine Kerze stand. Die Bäuerin erklärte, dass die Toilette sich auf dem Hof befände, waschen könnten sie sich im Stall bei den Schweinen, dort gäbe es Wasser.

Der Polizist war mitgekommen, nickte und machte sich dann auf den Rückweg die Stiege hinunter. Offenbar waren alle Anforderungen erfüllt.

Verzweifelt sah Anikó ihre Eltern an. Das konnte doch nicht ihr Ernst sein? Hier konnten sie doch nicht wohnen. Doch auch Georg nickte und dankte der Bäuerin höflich.

Bevor sie ging, klärte sie sie noch über die Essens- und Arbeitszeiten auf. Georg wurde vom Bauern auf dem Feld gebraucht. Ibolya sollte die Wäsche der Familie machen, den Abwasch sowie die Stube und Küche rein halten. Und Anikó konnte zur Schule ins Dorf gehen. Der Unterricht würde von sieben Uhr morgens bis zwölf Uhr mittags stattfinden, jeden Tag bis auf Sonntag.

Schon am nächsten Morgen nahm Theres Beth, die zwei Jahre ältere Tochter der Bauern, Anikó mit zur Schule. Theres war ein groß gewachsenes, kräftiges Mädchen, ihre langen blonden Haare hatte sie zu zwei Zöpfen geflochten, die ihr über die Schultern fielen. Anikó bewunderte die dicken, glänzenden Strähnen und das regelmäßige Muster. Ihre eigenen Haare widersetzten sich, selbst heute am ersten Tag in der neuen Schule, als Ibolya sie auf Anikós Bitte hin besonders fest geflochten hatte, standen feine, dunkle Härchen ab wie kleine Antennen.

Anikó konnte Theres' Zöpfe auch deshalb so genau betrachten, weil Theres auf dem halbstündigen Weg zur Schule konsequent zwei Meter vor Anikó den Feldweg entlangeilte. Versuchte Anikó aufzuschließen, beschleunigte sie ihre Schritte, sodass es unmöglich wurde, sie einzuholen. Als sie das alte Backsteingebäude erreicht hatten, von dem Anikó annahm, dass es die Schule war, folgte sie Theres in den Raum, in dem schon an die fünfzig Kinder unterschiedlichen Alters an kleinen Holztischen saßen. Mehr oder weniger flüsternd unterhielten sie sich, hier und da wurde gekichert. Von einem Lehrer fehlte jede Spur.

Theres grüßte einen pummeligen Jungen, der direkt vor dem Lehrerpult saß.

»Wen hast du denn da dabei?«, wollte er wissen. »Schon wieder so Dreckszeug aus dem Osten?« Er nahm eine Zwille und zielte auf Anikó. »Dein Platz ist dahinten.«

Bis Anikó den Raum durchquert und sich hinten zu zwei kleineren Mädchen auf den Boden gesetzt hatte, zielte er auf sie.

»Vor dem musst du dich in Acht nehmen«, flüsterte ihr das Mädchen neben ihr zu. »Der hat meinen Bruder so schlimm verprügelt, dass er ins Krankenhaus musste. Der Lehrer hat es gesehen, aber nichts gemacht.«

Anikó seufzte. Es war also alles wie immer in dieser neuen Schule. Nichts hatte sich verändert.

Der Vorteil ihres Platzes ganz hinten im Klassenzimmer war der gute Überblick. So lernte sie nicht nur Deutsch, Rechnen, Religion, Biologie, Musik und Schönschreiben, sondern auch eine ganze Menge über ihre Mitschüler und Lehrer.

Alle Lehrer waren sehr alt, viel älter als die in Ungarn. Die jungen waren im Krieg geblieben, erklärte Georg ihr, als sie ihm erzählte, dass der Deutschlehrer regelmäßig auf seinem Stuhl vorne am Pult einschlief. Anikó konnte dann sehen, wie seine Augen bei den Vorleseübungen immer kleiner wurden, bis sie sich schließlich ganz schlossen und sein graustoppeliges Kinn auf die dünne Brust sank. Die Kinder fingen dann an zu kichern, manche standen auf, und die ganz Mutigen warfen Papierflieger in seine Richtung. Wenn er davon aufwachte, war er fuchsteufelswild und versohlte dem Ersten, den er sah, den Hintern.

Wie in jeder Schule, die Anikó im letzten Jahr kennengelernt hatte, gab es auch hier die schlauen Kinder, die schüchternen Kinder, die wirklich gemeinen und die, die nie etwas verstanden. Hoffnungslose Fälle, bei denen der Lehrer häufiger mal den Rohrstock durch die Luft sausen ließ. Theres gehörte zu dieser Gruppe. Die einfachsten Rechenaufgaben verstand sie nicht, sollte sie ihre Hausaufgaben in Deutsch vorlesen, stotterte sie Unverständliches.

Trotzdem war sie beliebt. Neidvoll beobachtete Anikó, wie unbefangen sie auf dem Pausenhof mit anderen Kindern Felgenrennen und Pfennigwerfen spielte. Sie rannte und sprang, zielte und warf, lachend schüttelte sie den

Kopf, wenn ihr etwas nicht gelang, und leidenschaftlich spornte sie ihre Mitspieler zu besseren Leistungen an. Im Spiel war sie eine ganz andere als im Unterricht, und Anikó konnte den Blick nicht von ihr lassen. Wie konnte sie so fröhlich sein? Störte sie sich denn gar nicht daran, dass sie ständig versagte?

Die Feindseligkeit der Beths hielt sich hartnäckig, und sie mieden die ungebetenen Gäste, als hätten sie eine ansteckende Krankheit. Bei den Mahlzeiten mussten Georg, Ibolya und Anikó ihre Teller in die Dachkammer balancieren, verschütteten sie auf dem Weg etwas, gab es ein riesiges Gezeter der Bäuerin.

»So haben wir wenigstens unsere Ruhe«, sagte Georg kauend, als sie auf dem Bett sitzend mit dem Teller auf den Knien zu Mittag aßen. »Es schmeckt, das Essen ist reichlich und die Gesellschaft hier oben so viel netter.« Er zwinkerte Anikó zu.

Georg überlegte jeden Abend, wenn sie zu dritt in ihrer kleinen Kammer unter dem Dach saßen, Ibolya bei Kerzenschein strickte und Anikó versuchte, die Buchstaben in ihren Büchern zu entziffern, welche Arbeiten jetzt in Ungarn verrichtet werden mussten. Die Felder düngen, pflügen, die Aussaat ausbringen, das Unkraut zupfen. Er klang, als wären sie nur vorübergehend verreist. Als würde er sich bald wieder um alles kümmern.

Doch mit jedem Tag, den sie länger auf dem Beth'schen Hof verbrachten, schwand Anikós Hoffnung, dass sie bald zurückkehren würden. Vielleicht würde sie ihre Heimat niemals wiedersehen.

17. Kapitel

1962

Zusammen mit Hilda hat Margarete Plätzchen gebacken und Holzsterne verziert, die sie in die Fenster ihrer Häuser hängen. Wenn sie nun aus dem Küchenfenster schaut, sieht sie drüben Hildas knallpink lackierte Sterne und muss jedes Mal schmunzeln. Typisch Hilda.

Am ersten Advent bittet Hilda sie um eine selbst gebackene Linzer Torte. Hilda ist völlig unbegabt, wenn es ums Kochen und Backen geht, meint sie, nun aber hat sich ein Kollege ihres Mannes mit Ehefrau angekündigt, und es würde ihrem Hugo wahnsinnig viel bedeuten, wenn seine Ehefrau mit irgendetwas Vorzeigbarem aufwarten könnte. Vielleicht bekäme sie dann sogar endlich den Fellkragen, den sie sich schon so lange wünscht.

»Torte gegen Kragen. Ich leihe ihn dir dann auch mal aus«, verspricht sie.

Die Linzer Torte ist kein Problem für Margarete. Nach fast drei Jahren Ehe backt und kocht sie, als hätte sie nie etwas anderes getan. Hilda spielt derweil mit Anja, es ist schön, ihre fröhlichen Stimmen im Haus zu hören. Dann bringen sie die Torte rüber, Margarete verabschiedet sich, und Hilda schlüpft in ihre makellos weiße Schürze. Als ihr

Mann kurz darauf mit seinem Kollegen und seiner Ehefrau ankommt, findet er Hilda in der Küche über die Torte gebeugt, wie sie konzentriert Puderzucker daraufrieseln lässt.

Margarete steht drüben in ihrer Küche, beobachtet das Schauspiel und freut sich diebisch über ihren kleinen Schwindel. Bevor Hilda den Kuchen ins Wohnzimmer trägt, meint Margarete, ein kurzes Winken ihrer Freundin zu erkennen.

Sie hat Hugo kürzlich selbst kennengelernt. Ein freundlicher Mann in grauem Dreiteiler, mit runder Brille und großen Geheimratsecken. Unscheinbar kam ihr Hugo vor, neben Hilda fast unsichtbar.

Seitdem Margarete Hilda kennt, fühlt sie sich wohler in der Siedlung. Nun weiß sie, dass da drüben eine junge Frau lebt, die mit Selbstverständlichkeit zum Frühstück Eierlikör trinkt, Kette raucht und fast den ganzen Tag über ihren Morgenmantel trägt, und hat das Gefühl, wieder ein bisschen freier atmen zu können.

Das Weihnachtsfest fordert ihre ganze Aufmerksamkeit. Es muss ein Baum besorgt werden, das Haus geschmückt, das Menü geplant, die Geschenke ausgesucht, gekauft und verpackt werden. Ihre Eltern werden mit Karen zur Bescherung kommen, sie wollen sich vor der Kirche treffen und dann gemeinsam zum Haus fahren.

Für die Erwachsenen wird es eine gespickte Lachsforelle mit Schwenkkartoffeln geben, für Karen einen Hawaii-Toast, und zum Nachtisch eine feine Kastaniencreme mit kandierten Früchten, die mögen alle. Anja wird sich über ihre Butterkekse freuen.

Margarete gibt sich viel Mühe bei der Suche nach den passenden Geschenken. Sie überlegt genau, womit sie den anderen eine Freude bereiten könnte. Am längsten sucht sie für Karen, die etwas Besonderes bekommen soll. Schließlich entscheidet sie sich für eine aufwendig gearbeitete Puppe mit Echthaar und einem kleinen rot-weiß karierten Kleidchen, Schuhen und weißen Kniestrümpfen. Sie sieht entzückend aus, und Margarete muss lächeln, wenn sie daran denkt, wie Karen mit dieser Puppe spielt. Als sie sie zu Hause in rosafarbenes Papier einschlägt, streicht sie dem Püppchen über die hellen, seidigen Haare.

Anja bekommt ein Steckspiel aus Holz. Sie ist schon sehr geschickt, und Margarete hofft, dass das Spiel sie beschäftigen wird und ihr damit die eine oder andere freie Minute beschert.

Für ihre Eltern hat sie einen versilberten Toastständer besorgt. So können die Brote besser abkühlen und bleiben trotzdem kross, verspricht das Produkt. Niemals würde Ibolya sich ein solches Utensil selbst kaufen. Aber Margarete findet, dass ihnen ein bisschen Modernität in der Küche guttut. Und sind das nicht die besten Geschenke, die man sich selbst nie gönnen würde?

Nur für Lenz will Margarete nichts einfallen. Sie streift durch die Straßen und durchforstet die Auslagen auf der Suche nach einem passenden Geschenk. Erst am Samstag, den 22. Dezember, entscheidet sie sich dann für einen hellblauen Schal aus Kaschmir, der gut zu seinen Augen passt. Es ist nicht das beste Geschenk. Ein wenig einfallslos. Aber schließlich ist er auch nicht der beste Ehemann.

Ob er ihr etwas schenken wird? Gewiss, die Blöße, mit

leeren Händen dazustehen, wird er sich vor ihren Eltern nicht geben. Ob die anderen Frauen auch etwas von ihm bekommen? Zieht er los und kauft dreimal die gleiche Halskette? Das wäre doch praktisch.

Am Tag vor Heiligabend wacht Margarete auf und weiß wie so oft augenblicklich, dass Lenz nicht nach Hause gekommen ist. Seine Seite des Ehebetts ist leer, das Laken kalt. Es ist Sonntagmorgen, der vierte Advent, und ihr Mann hat mal wieder bei einer anderen Frau geschlafen.

Um ganz sicherzugehen, dreht sie eine Runde durchs Haus, doch auch unten im Arbeitszimmer ist er nicht. Sie steht vor seiner Pritsche, sieht den vollen Aschenbecher, seine Bücher und Zeitschriften, den Schallplattenspieler, die Flasche mit dem Weinbrand. Wenn er nicht im Krankenhaus oder bei den anderen Frauen ist, ist er hier. Er ist lieber hier unten allein als mit ihr zusammen.

Es reicht. Wenn sich etwas ändern soll, muss sie es selbst in die Hand nehmen. Sie kann nicht länger warten und nur darauf hoffen.

Margarete zieht sich an, frisiert und schminkt sich. Dann weckt sie Anja und bringt das Mädchen noch im Nachthemd rüber zu Hilda.

Sie muss dreimal klingeln, bis Hilda endlich öffnet. Sie trägt ein knapp über dem Po endendes aufreizendes Babydoll, eine Mullbinde, die unter ihrem Kinn verläuft und auf dem Scheitel mit einem großen Knoten zusammengebunden ist, und ihre Augen sind so klein, dass Margarete sicher ist, sie gerade aus dem Bett geholt zu haben.

»Hast du Zahnschmerzen?«

»Nein, Doppelkinn. Die Kinnbinde sorgt dafür, dass es sich nachts zurückbildet.«

»Ah.« Margarete ist verwirrt von Hildas Anblick. »Ist dein Mann da?«

»Natürlich nicht, der sollte mich so nun wirklich nicht zu Gesicht bekommen.«

»Gut. Also pass auf, warum ich hier bin: Kannst du Anja nehmen? Für zwei, drei Stunden?« Margarete hält ihr das zappelnde Kind entgegen. »Sie hat noch nicht gefrühstückt und braucht eine neue Windel. Gib ihr ein paar Kekse, damit müsste sie zufrieden sein. Hier ist das Leinentuch, das Wollhöschen kann sie noch einmal tragen.«

»Kann ich nicht noch einen Kaffee …?«

»Ich muss los.« Margarete geht, dreht sich nicht noch einmal um und verschwindet schnell zurück nach Hause. Noch nie hat sie Anja irgendwo anders gelassen. Wenn aber jemand das Kind händeln kann, dann Hilda.

In Windeseile zieht Margarete Mantel, Schal und Handschuhe an, schlüpft in ihre Stiefel und greift nach der Handtasche. Dann hastet sie zur Bushaltestelle, fast hätte sie den Autobus in die Stadt verpasst. Heute wird sie sich selbst das schönste Weihnachtsgeschenk machen.

Ibolya öffnet ihr überrascht die Tür. »Ist was passiert?«, fragt sie zur Begrüßung, als sie ihre atemlose Tochter sieht.

»Ich will Karen holen.«

»Wir wollten uns doch morgen an der Kirche treffen?«

»Ich will sie ganz zurückholen. Sie soll wieder bei uns wohnen.«

»Nun komm doch erst mal rein. Trinken wir einen Tee.«

Karen läuft auf sie zu, Margarete nimmt sie hoch und drückt sie an sich. Dann lässt sie sich auf das durchgesessene Sofa ihrer Eltern sinken, nimmt Karen auf den Schoß, küsst ihren warmen Nacken, drückt ihre Nase in die weichen, kitzeligen Haare ihrer Tochter.

Ihre Mutter serviert den Tee, Georg sieht bekümmert aus.

Ob sie das wirklich wolle, Karen mitnehmen?

Woher denn der plötzliche Sinneswandel käme?

Ob es nicht zu anstrengend werden würde, mit zwei Kindern, vor allem weil Anja doch ein besonderes Kind sei, geben ihre Eltern zu bedenken.

»Karen ist doch meine Tochter. Sie gehört zu uns.«

Und an das Mädchen gewandt sagt sie: »Dann hast du endlich wieder dein Spielzimmer und ganz viel Platz.«

»Aber hier hat sie doch auch alles, was sie braucht«, sagt Ibolya.

»Ich danke euch sehr für eure Hilfe in der schweren Zeit der letzten Monate. Aber das ist jetzt überwunden, und es muss weitergehen, nicht wahr, mein Liebling?« Sie streicht über Karens kleinen schmalen Rücken.

Mit Tränen in den Augen beginnt Ibolya, Karens Sachen zu packen. Beim Abschied weint auch Karen, Ibolya hat sich im Schlafzimmer eingeschlossen, und Georgs Miene ist hart.

Auf der Rückfahrt kämpft Margarete mit ihren Gefühlen. Sie wollte ihren Eltern keinen Kummer bereiten. Das war zu hastig, zu übereilt. Sie hätte warten sollen, sie langsam darauf vorbereiten. Doch nun ist es zu spät. Und Karen gehört zu ihr. Sie sind eine Familie, Lenz, Margarete, Karen und Anja. Also müssen sie auch wie eine leben.

Zu Hause angekommen, fragt sie Karen, was sie essen möchte. Das Kind schaut sich stumm um, erkennt sein eigenes Zuhause nicht mehr. Und Margarete kennt das Lieblingsessen ihrer Tochter nicht.

Auf dem Esstisch findet Margarete einen Zettel mit einer Nachricht von Lenz:

Musste ins Krankenhaus, viel zu tun.
Bin später zurück.
Einen frohen vierten Advent!

Er muss also noch einmal nach Hause gekommen sein, während sie Karen geholt hat. Wahrscheinlich, um rasch seine Kleidung zu wechseln und dann gleich wieder loszuziehen. Ihr Herz rast vor Wut, und sie muss sich zusammenreißen, damit Karen nichts von ihrer schlechten Stimmung bemerkt. Selbst am vierten Advent ist er nicht bei ihnen?

Sie versucht, kleine Scherze zu machen, um Karen zum Lachen zu bringen, streicht ihr viel über den Kopf und küsst ihr pausbäckiges Gesicht. Doch die Kleine wirkt ängstlich, und Margarete wird immer unsicherer. Was kann sie tun, um ihr Vertrauen zurückzugewinnen? So hatte sie sich das nicht vorgestellt.

Weil schließlich keines ihrer Spiele gelingen will, schlägt Margarete vor, dass sie rüber zur Nachbarin gehen könnten, um Anja abzuholen. Karen bleibt stumm, und Margarete trägt sie zu Hilda.

Mit großem Hallo wird dort die Tür geöffnet. Anja und Hilda sind bester Laune. »Noch so ein Püppchen«, begrüßt Hilda Karen strahlend. »Willst du ein Bonbon haben?«

Margarete kann nicht verstehen, wie Hilda es geschafft hat, sich die Haare zu frisieren und sich zu schminken. Sie hatte doch die ganze Zeit Anja bei sich und sieht trotzdem perfekt aus.

»Soll ich euch Nudeln kochen? Kinder lieben Nudeln, richtig?«

Schon eine halbe Stunde später sitzen sie am Tisch, und beide Kinder essen mit gutem Appetit Butternudeln.

»Danke«, flüstert Margarete in Hildas Richtung.

Nach dem Essen wird Anja quengelig, und Margarete schämt sich, als sie Karen fragen muss, ob sie mittags noch schläft. Die schüttelt heftig den Kopf. Gut, denkt Margarete, dann schauen wir uns eben gemeinsam Bilderbücher an.

Der Tag mit zwei Kindern gelingt ihr recht gut, findet sie. Einmal, als Anja sich überhaupt nicht beruhigen will, stellt sie sie in ihr Gitterbettchen und schließt die Tür. Dann geht sie zu Karen, und gemeinsam spielen sie mit den Holzautos.

Später setzt sie beide Kinder vor den Fernseher und kocht ein Abendessen, den Hackbraten, den Lenz so gerne mag, zur Nachspeise gibt es Zitronenauflauf mit Fruchtsalat.

Mit den Kindern isst sie um sechs, den Rest stellt sie auf die Anrichte. Wenn Lenz rechtzeitig kommt, kann sie es ihm immer noch aufwärmen. Dann badet sie die Mädchen, bezieht ihre Betten mit frischer Wäsche und liest Karen eine Gutenachtgeschichte vor.

»Hierbleiben«, bittet Karen, als die Geschichte zu Ende ist.

Margarete legt sich zu ihr, hält sie im Arm, bis ihr kleiner Körper ganz schwer wird und sie tief atmet. Auf Zehenspitzen schleicht sie sich aus ihrem Zimmer im Souterrain und geht hoch ins Bad, um sich noch einmal die Haare zu richten.

»Gibt's etwas zu feiern?«, fragt Lenz, als er gegen neun nach Hause kommt.

»Karen ist wieder bei uns.«

»Wie schön!«

Sie reicht ihm ein Glas mit Weinbrand und stellt den Teller mit dem Braten zum Aufwärmen in den Ofen.

»Hat Georg sie gebracht?«

»Ich habe sie geholt.«

»Gut.« Er nimmt einen großen Schluck. »Gut.«

Sie wartet, bis er fast fertig mit dem Essen ist, dann setzt sie sich ihm gegenüber. Nicht auf ihren eigentlichen Platz, seitlich von ihm. Ein paar Bissen gönnt sie ihm noch, dann sagt sie mit fester Stimme: »Ich habe dich gesehen. Mit der anderen Frau.«

Er schaut zu ihr hoch. Lässt die Gabel sinken.

Kein Erschrecken, wird sie sich später erinnern.

»Oder soll ich besser sagen, mit *den* anderen Frauen?«

»Ach, Gretchen.« Er sieht sie an. Bedauern statt Reue.

»Du betrügst mich.«

Er sieht auf seine Hände, sein Kiefer ist angespannt. Dann aber hebt er den Blick, beugt sich zu ihr, umfasst ihr Gesicht, seine Hände sind warm, sein Lächeln wehmütig. »Du bist die Frau, die ich geheiratet habe, die Mutter meiner Kinder. Wir könnten sofort noch eins machen, wenn es nach mir geht. Du bist die Frau, mit der ich alt werden will. Alles andere spielt keine Rolle.«

Alles andere, denkt Margarete im Schraubstock seines Griffs. Alles andere, das ist das Begehren, der Spaß, das Werben, das Bemühen. Alles das macht er mit den anderen Frauen. Für sie selbst ist nur dieses Haus reserviert.

»Bitte«, sagt er und küsst sie auf die Stirn, »es bedeutet nichts.«

»Wie viele sind es?« Sie windet sich aus seinen Händen und wischt sich wütend seine Küsse von der Stirn.

Er hebt die Schultern, macht eine ausweichende Bewegung. »Das spielt doch keine Rolle.«

Margarete holt Luft und ordnet ihre Gedanken. Sie versucht, die Wut weit nach unten zu drücken, da ist plötzlich Kindergebrüll zu hören. Lenz seufzt entnervt, aber Margarete hört sofort, dass es nicht Anja ist. Sie stürmt die Treppe hinunter in Karens Zimmer, das Mädchen ist aus dem Bett gefallen, liegt weinend auf dem Boden.

Margarete kniet sich zu ihr, nimmt sie auf den Schoß und wiegt sie sacht. »Mein Engel«, flüstert sie, »es ist nur ein böser Traum. Alles ist gut.«

Karen schluchzt, eine dicke Träne rollt über ihre Wange. »Nagymama«, schluchzt sie leise.

Margarete wiegt sie weiter und summt eine kleine Melodie. Langsam entspannt sich der kleine Kinderkörper in ihren Armen, behutsam hebt sie sie zurück ins Bett.

Lange bleibt sie noch an Karens Bettchen sitzen, beobachtet ihr schlafendes Kind und spürt ihrem eigenen bösen Traum hinterher.

Wie weit sie sich von der entfernt hat, die sie sein wollte.

Von der sie dachte, sie könnte sie sein. Das Studium. Ihr Traum, Lehrerin zu werden. Berufstätige Mutter. Es ist ihr alles ganz selbstverständlich vorgekommen. Doch nun geht es nur noch um die Kinder, Margaretes Unzulänglichkeiten und die Untreue ihres Ehemannes.

Als sie sich aus Karens Zimmer schleicht, ist Lenz schon aus dem Esszimmer verschwunden. Sie räumt seinen Teller in die Spüle, wischt mit einem feuchten Lappen über den Tisch, löscht das Licht und macht sich schließlich bettfertig.

Überrascht stellt sie fest, dass Lenz nicht im Arbeitszimmer ist, sondern im Schlafzimmer auf sie wartet. Ganz selbstverständlich liegt er auf seiner Seite im Bett und liest in einer seiner medizinischen Fachzeitschriften. Ihre Bettdecke hat er bereits aufgeschlagen und klopft nun, ohne aufzusehen, auf die Matratze neben sich.

Sie nimmt ihr Buch vom Nachttisch und beginnt ebenfalls zu lesen. Seit Jahren liegt es hier, sie ist noch immer nicht über die ersten fünfzig Seiten hinausgekommen. Auch jetzt kann sie sich nicht konzentrieren. Lenz' Anwesenheit ärgert sie. Eine seiner großen Stärken: einfach weitermachen. Woher nimmt er nur diesen Gleichmut, diese Unerschütterlichkeit?

»Aber mir bedeutet es etwas«, sagt sie mit fester Stimme.

Lenz lässt seine Zeitschrift sinken, sieht sie an. »Muss es aber doch nicht«, antwortet er. »Wenn es mir nichts bedeutet, wieso sollte es dir etwas bedeuten?«

»Ich will es nicht.«

Er wendet seinen Blick von ihr, starrt lange zur Wand

neben der Tür. Dann schüttelt er den Kopf unmerklich. »Ich will es doch auch nicht, Gretchen«, sagt er leise.

»Aber warum tust du es dann?«

Er hebt die Schultern, sieht sie an. Ein Gesicht wie unter Schmerzen. »Ich kann nicht anders. Ich habe es doch schon versucht.«

»Aber …«

»Komm her.« Er nimmt ihr das Buch aus den Händen, ganz zärtlich. Schmiegt seinen Kopf in ihre Halsbeuge. »Ich vermisse dich«, flüstert er.

»Können wir nicht …«, setzt sie erneut an und wird unterbrochen von seinem Kuss.

»Weißt du noch, wie es früher war?«, fragt er. Und zwischen seinen Küssen erzählt er, wie verrückt er nach ihr war, seit er sie zum ersten Mal gesehen hat. Wie begehrenswert sie ist. Wie schön. Wie schlau. Dass er immer nur sie gewollt hatte.

Seine Worte verführen sie mehr als seine Berührungen. Dieses Früher gibt es also noch, zumindest in ihrer beider Erinnerung.

18. Kapitel

Der Weihnachtsmorgen ist da, und es gibt noch so viel zu tun: die Kartoffeln schälen und kochen, die Soße zubereiten, den Fisch spicken, den Eischnee schlagen und unter die Creme heben, die Schwarzwälder Kirschtorte, die Lenz sich gewünscht hat, einstreichen und mit Weichselkirschen und Schokospänen dekorieren, die Kleider der Mädchen aufbügeln, Lenz' Manschettenknöpfe polieren, sie selbst muss sich noch frisieren, bei ihren Haare dauert das immer viel zu lange, und die alltäglichen Aufgaben wie Abwaschen und Aufräumen müssen natürlich auch erledigt werden.

Karen ist aufgeregt, seit dem Aufwachen hält sie Ausschau nach dem Christkind, bei jeder Bewegung vor dem Fenster springt sie auf, um nachzusehen. Lenz stachelt sie noch an, immer wieder meint er, draußen einen Zipfel eines goldenen Kleides vorbeischweben zu sehen oder das Klingeln von Glöckchen zu hören. Er ist bester Laune, nichts erinnert an das Gespräch des gestrigen Abends. Ganz selbstverständlich spielt er mit den Mädchen, baut ganze Städte mit Bauklötzen und liest aus dem Bilderbuch mit den Reimen vor, während Margarete in der Küche rotiert.

Erst als sie in der Kirche sitzen und »Alle Jahre wieder« singen, kommt sie kurz zum Durchatmen. Die Orgeltöne gehen ihr durch Mark und Bein. Bis hierhin hat sie es schon mal geschafft. Die Torte war ein Erfolg, nun nur noch die Bescherung und das Essen. Alles ist vorbereitet, große Katastrophen sind unwahrscheinlich. Hauptsache, Anja dreht nicht durch.

Ibolya hat sie auf dem Schoß, ihr Vater Karen. Beide Mädchen hören mit großen Augen dem Donnern der Orgel zu. Lenz neben ihr zupft ihr den Handschuh von den Fingern, streift ihn ab, nimmt ihre Hand und küsst sie.

Sie sieht sich mit den Augen der anderen: eine friedliche, fest verbundene Einheit – Großeltern, Eltern, Kinder, alle herausgeputzt und liebevoll miteinander. In froher Erwartung auf das Fest. Die Mädchen mit Kleidchen aus dem gleichen samtroten Stoff und großen Schleifen im Haar. Lenz makellos wie immer, sie selbst aufwendig frisiert und in ihrem knielangen Mantel, die schlanken Beine in feinen Strümpfen. Für diesen kurzen Moment ist alles vollständig, und Margarete fühlt sich mit einem Mal so erschöpft, dass sie befürchtet, augenblicklich einzuschlafen.

Auf dem Rückweg im Auto ist die Stimmung heiter. Ihre Eltern sitzen auf der Rückbank und haben die Mädchen auf dem Schoß. Lenz singt lauthals Weihnachtslieder, Margarete summt mit.

Zu Hause angekommen, wärmen sie sich in der Küche mit einem Grog auf, für die Mädchen gibt es Punsch. Dazu den Weihnachtsstollen, den sie zusammen mit Hilda gebacken hat. Die Rosinen haben ordentlich Rum abbekommen.

Wie es ihr jetzt wohl geht? Am Morgen öffnete Hilda ihr Küchenfenster, gab Margarete ein Zeichen, dass sie es ihr gleichtun sollte, und rief mit unverhohlener Freude quer über die ganze Straße: »Die Schwiegereltern sind krank geworden, Hugo und ich fahren stattdessen in die Berge. Heute noch!«

Margarete sieht sie vor sich, in einem ihrer knappen Kleidern, mit einem Drink in der Hand, Wimpern klimpernd und kokettierend. Ach, Hilda.

»Was höre ich denn da?«, fragt Lenz plötzlich. »Ist das nicht das Glöckchen des Christkinds?«

Karen macht große Augen und rutscht von Ibolyas Schoß. Dass Georg nicht da ist, hat sie in der Aufregung nicht bemerkt.

Lenz dreht sich zum Küchenfenster, das zur Straße rausgeht, und ruft: »Tatsächlich, da fliegt es. Komm schnell, mein Täubchen.«

Karen stürmt auf ihn zu, Lenz nimmt sie auf den Arm und zeigt in die Nacht. »Dahinten, siehst du das Glitzern? Das muss es gewesen sein.«

Dort ist nichts, es ist zappenduster. Margarete schmunzelt und trägt auch Anja zum Fenster, die auf ihrem Arm aufgeregt wippt.

»Wollen wir schauen, ob das Christkind uns auch etwas gebracht hat?«, fragt Lenz.

Karen nickt energisch.

»Danke«, flüstert Margarete ihm im Vorbeigehen zu.

»Natürlich«, flüstert er zurück. »Das ist doch das Schönste daran.«

Karen öffnet behutsam die Tür und macht große Augen, als sie den Baum sieht, wie er in all seiner Pracht strahlt. Die Kerzen flackern, ihr Licht spiegelt sich in den Kugeln, das Lametta zittert. Georg hat ganze Arbeit geleistet.

Und unter den ausladenden Ästen liegen die bunten Päckchen. Karen liebt ihre Puppe augenblicklich, den ganzen Abend lässt sie sie nicht mehr los. Anja ist vor allem von dem knisternden bunten Papier angetan, aber auch das Steckspiel scheint ihr zu gefallen. Konzentriert versucht sie, die Ringe übereinanderzustapeln.

Ihre Mutter überreicht ihr ein Päckchen mit einem kunstvoll bestickten Tuch, für das sich Margarete herzlich bedankt, aber sofort weiß, dass sie es niemals tragen wird.

Ibolya und Georg freuen sich verhalten über den Toastständer, sicherlich denken sie, es ist ein unnützer Gegenstand. Als Lenz seinen Schal in den Händen hält, lacht er laut und überreicht Margarete ihr Päckchen. Darin befindet sich ein hellblauer Schal mit passenden Handschuhen.

Margarete muss ebenfalls lachen. *Ein wenig einfallslos*, wird er sich vielleicht gesagt haben, als er es für sie auswählte. Nicht das beste Geschenk, aber schließlich ist sie ja auch nicht die beste Ehefrau.

19. Kapitel

Die Zeit zwischen den Jahren vergeht träge wie geschmolzenes Blei. Lenz muss arbeiten, ihre Eltern bieten Besuche und Hilfe an. Margarete lehnt ab, will es allein schaffen. Doch jeden Abend liegt sie im Bett und ringt mit sich. Was soll sie ändern? Wie kann sie zwei Kindern, die so unterschiedlich sind, gleichzeitig gerecht werden? Und nebenher noch den Haushalt bewältigen? Wie gelingt das den anderen? Die Nachbarin schräg links hat sogar drei Kinder, und jeden Tag sieht Margarete, dass sie zusammen spazieren gehen. Kein Kind schreit oder rennt weg, die beiden Großen trotten der Mutter, die das Jüngste im Wagen schiebt, brav hinterher. Wie schafft sie das? Margarete sieht sie die Kinder nie ermahnen oder gar mit ihnen schimpfen. Sie sind eine geordnete kleine Truppe.

Wenn Margarete hingegen mit Karen und Anja unterwegs ist – Chaos! Sie haben erst wenige Meter geschafft, da will Anja schon nicht mehr im Wagen sitzen. Sie beschwert sich und weint, schließlich nimmt Margarete sie aus dem Wagen und stellt sie auf den Gehweg zu Karen. Zielgerichtet steuert Anja nun in die nächste Einfahrt, um dort das Auto der Nachbarn zu begutachten. Während Margarete sie wieder einfängt, läuft Karen bis zur Straßenecke, Margarete ruft ihr hinterher, ja stehen zu bleiben. Anja schreit, weil sie nicht getragen werden will, und versteht nicht, warum sie das Auto der Nachbarn nicht ablecken darf, Karen verschwindet um die Straßenecke, Margarete sprintet ihr hinterher, die mittlerweile wutrote und brüllende Anja auf dem Arm.

Wenn sie dann abends im Bett liegt, endlich Ruhe eingekehrt ist, kein Kind etwas von ihr will, sie nicht ständig aufpassen muss, ermahnen, trösten und schlichten, erinnert sie sich an die Zeit, als sie noch ohne Kinder, dafür voller Ideen und Verbesserungsvorschläge war. Wie naiv sie war. Was ihre Kommilitoninnen heute wohl machen? Christa und Edith? Und Gitte? Was aus ihr wohl geworden ist? Ob sie auch Kinder hat und zur Einsicht gelangt ist, wie viel leichter es ist, das Leben zu planen, wenn man es nicht auch gleichzeitig leben muss? Wie geordnet es in ihrer Vorstellung zuging, wie strukturiert. Und wie wenig von ihren Idealen geblieben ist. Mutterschaft ist ein ständiges Scheitern an den eigenen Idealen.

»Stell dir vor, heute Nacht bin ich davon aufgewacht, dass ich im Schlaf gelacht habe. Ist das nicht kurios?« Lenz nimmt einen Schluck Kaffee, dann streckt er sich ausgiebig. »Dieses Haus hat ein gutes Schlafklima, findest du nicht auch?«

Margarete, übernächtigt und erschöpft von den unruhigen Nächten mit Anja, beißt die Zähne zusammen und versucht ein Lächeln.

»Und das wollte ich dir eigentlich gestern schon erzählen: Ich habe für heute Abend zwei Kollegen eingeladen. Einen Junggesellen und einen Kollegen mit Gattin, kinderlos. Du hast doch keine anderen Pläne?«

Margarete verschluckt sich fast am Kaffee. Es ist der Silvestermorgen, und Lenz hat ohne ihr Wissen Gäste für den Abend eingeladen?

»Wir wollten doch schon lange einladen, der Jahreswechsel ist eine gute Gelegenheit, dachte ich.«

»Eine schöne Idee«, pflichtet Margarete ihm bei, lächelt tapfer weiter und kämpft gegen ein Ohnmachtsgefühl an.

»Wie wäre es mit einem kalten Büfett? Und Schmalzgebäck? Das ist nicht aufwendig und immer lecker«, schlägt er vor.

Natürlich, gar nicht aufwendig. Sie muss das Büfett planen, einkaufen, zum Bäcker, Milchladen, Fleischhändler und ins Delikatessengeschäft hetzen, kochen, die Getränke kalt stellen. Das Haus putzen, überlegen, was sie anzieht und was sie mit ihren Haaren macht. Außerdem die Dekoration: »Glückskäfer und Glücksschweinchen dürfen nicht fehlen«, sagen die Zeitschriften. Die findige Hausfrau schneidet zur Tischdekoration Herzen, Kleeblätter, Geldsäcke und Glückspilze aus Buntpapier aus.

Das alles innerhalb eines Tages mit den Kindern erledigen? Keine Chance. Also bringt sie Karen und Anja gleich nach dem Frühstück zu ihren Eltern, verliert viel ihrer kostbaren Zeit durch die Busfahrt. Wenn Hilda doch nur hier wäre!

Ibolya und Georg freuen sich über den spontanen Besuch, Karen quietscht vor Begeisterung, sie läuft sofort in den Hühnerstall und zeigt ihrer kleinen Schwester die Tiere. Am liebsten würde Margarete hierbleiben, auf das durchgesessene Sofa sinken und sich verstecken, bis der Jahreswechsel geschafft ist.

Doch Schluss mit der Schwermut, sie muss sich sputen, die Geschäfte schließen bald. Damit Anja nicht merkt, dass sie geht, und vielleicht zu weinen beginnt, verabschiedet sie sich nicht, wie eine Diebin schleicht sie sich aus dem Haus.

Bis zum Abend steht sie in der Küche – kocht Eier, schneidet Gemüse, belegt Schnittchen, brät Schmalzringe aus. Außerdem bereitet sie ein Krambambuli zu, mit reichlich Rotwein, Rum und Arrak. Der Zuckerhut wird später auf der Feuerzange erhitzt, ein wenig Spektakel auf der Tafel, die Gäste sollen beeindruckt sein.

Lenz hat ihr nicht gesagt, wann er zu Hause ist und wann sie mit seinen Kollegen rechnen muss. Hoffentlich kommt sie nicht in die peinliche Situation, sie allein begrüßen zu müssen. Während sie im Badezimmer steht, ihre Haare aufdreht und hofft, dass der Schmalzgeruch schnell verfliegt, überlegt sie Themen, über die sie mit ihnen sprechen könnte. Auf keinen Fall darf es unangenehme Gesprächspausen geben, sie muss dafür sorgen, dass sich die Gäste wohlfühlen.

Als alles geschafft und vorbereitet ist, setzt sie sich kurz in den Sessel und legt die Füße hoch. Sie könnte augenblicklich einschlafen. Wie soll sie nur diesen Abend durchstehen? Noch dazu bis Mitternacht? Mit den Mädchen hätte sie einfach eine Wunderkerze angezündet, vielleicht einen Toast Hawaii gemacht, und dann wären sie früh ins Bett gegangen.

Tatsächlich nickt sie kurz ein und fühlt sich benommen, als sie plötzlich Stimmen im Flur hört. Sie schnellt in die Höhe, wie peinlich, richtet sich die Haare und macht sich auf, um ihren Mann und die Gäste zu begrüßen. Hoffentlich sieht man ihr das Nickerchen nicht an.

Der Junggeselle heißt Robert Holzbrinck, ein dicklicher Mann um die fünfzig mit runder Brille. Er begrüßt Margarete freundlich. Das Paar sind Manny und Inge Eberle, sie dürften in ihrem Alter sein. Herr Eberle will Lenz gefallen, das bemerkt Margarete sofort. Er hängt förmlich an Lenz' Lippen und lacht über jeden seiner Scherze ein bisschen zu laut. Frau Eberle hat rötliche Haare, ist klein, hell und von üppiger Statur. Margarete erkennt in ihr ihr eigenes schüchternes Unbehagen und ist erleichtert – den Abend mit einer lauten, redseligen Unbekannten zu verbringen, das wäre das Schlimmste gewesen.

Lenz ist Lenz: bester Laune und pulsierend vor Energie. Er führt seine Gäste durchs Haus, zeigt ihnen auch den letzten Winkel, und Margarete bangt, dass ihr bei den Vorbereitungen nichts entgangen sein möge, dass alles sauber und ordentlich ist.

Dann führt Lenz sie ins Wohnzimmer, wo Margarete das Büfett aufgebaut hat. Die Stimmung ist ausgelassen, die Gäste loben die Speisen, und das Krambambuli kommt gut an. Margarete entspannt sich ein wenig. Die Gespräche werden zunächst ausschließlich durch die Männer geführt und drehen sich nur ums Krankenhaus, um Patienten und Symptome. Immer wieder linst Margarete zu Frau Eberle. Ist sie interessiert? Wie steht sie zu den Anekdoten ihres Mannes? Bewundert sie ihn, oder ist sie gelangweilt? Sind sie ein glückliches Paar?

Doch Margarete kann nichts aus ihrer Miene herauslesen. Sie schaut gleichbleibend freundlich und zugewandt, den Kopf leicht schräg gehalten, manchmal nickt sie anerkennend, wenn ihr Mann das Wort ergreift. Die perfekte Ehefrau.

Margarete nimmt sich vor, sie später, wenn sich die Gelegenheit bietet, zu fragen, ob sie berufstätig ist. Sie könnte wetten, dass nicht.

Mit fortschreitender Stunde sind die Krankenhausthemen endlich abgehandelt. Sie sind beim dritten Becher Krambambuli, die Männer lockern ihre Krawatten, und Lenz bemüht sich, auch Margarete und Frau Eberle ins Gespräch einzubinden. Interessiert hören die anderen zu, als sie von ihrem Lehramtsstudium erzählt. Eigentlich hasst sie es, im Mittelpunkt zu stehen, doch bei diesem Thema macht ihr niemand etwas vor. Leidenschaftlich kritisiert sie die althergebrachte Pädagogik mit seinem Frontalunterricht, bei dem es nur darum geht, dass die Schüler Lösungen auswendig lernen. Dabei ist es doch so viel wichtiger, dass sie die Lösung selber finden, dass sie experimentieren, ausprobieren und verwerfen. Wie soll das gehen, wenn ihnen nur Zahlen und Daten eingehämmert werden?

»Sie wird eine großartige Lehrerin«, ruft Lenz in die Runde, und alle pflichten ihm bei.

Das werde ich, denkt auch Margarete. Und plötzlich erscheint ihr alles ganz einfach, machbar, selbstverständlich. Es gibt es tatsächlich noch, dieses andere Leben. Es wartet auf sie, und sie wird es leben, sie wird diese Frau sein, die sie immer sein wollte.

Lenz reicht ihr ein Sektglas, ständig schenkt er allen nach, und küsst sie auf die Wange.

Wie schön er ist. Und wie jung. Wie jung sie beide doch

eigentlich noch sind. Erst drei Jahre kennen sie sich. Fünfzig, vielleicht sechzig gemeinsame Jahre liegen noch vor ihnen. Was für ein Irrsinn!

Bei dem Gedanken daran beginnen ihre Mundwinkel plötzlich zu zucken, sie kann ein Grinsen nicht unterdrücken. Und dann wird aus dem Grinsen ein Lachen. Leise erst, sie versucht, es zu unterdrücken, Herr Eberle sieht sie fragend an. Sie hebt nur die Schultern und lacht weiter, lacht aus tiefstem Herzen, wirft den Kopf zurück und lacht schallend, wie sie es, seit sie ein kleines Mädchen war, nicht mehr getan hat.

Und Lenz lacht mit.

Nun schauen die anderen verwundert, fragen sich, ob sie einen Witz nicht mitbekommen haben. Ob es eine Erklärung für die plötzliche Heiterkeit ihrer Gastgeber gibt.

Lenz und Margarete lachen gemeinsam, ihre Blicke verschränken sich, die Gesichter rot, Tränen in den Augen, und können nicht aufhören zu lachen. Es gibt nur noch sie beide und ein plötzliches, ein tiefes gegenseitiges Verständnis.

Was für ein Irrsinn!

Dieses Leben!

Wie sind wir bloß hierhergeraten?

Was, um alles in der Welt, haben wir uns nur eingebrockt?

Dann muss Margarete husten, die Luft ist schwer vom Zigarettenrauch und brennt in den Augen. Sie steht auf, um das Fenster zu öffnen, bemerkt den Alkohol, der sie schwindelig macht. Sie sollte aufhören zu trinken.

»Bereit fürs Dessert?«, fragt sie in die Runde und erntet Zustimmung.

Lenz folgt ihr in die Küche und schmiegt sich an sie. Erst ist es ihr unangenehm, was sollen denn die anderen denken, wenn sie sie hier so sehen. Doch dann ist auch das egal. Sein warmer Atem kitzelt in ihrem Ohr. »Ich will dich«, flüstert er. Und wäre Robert Holzbrinck in diesem Moment nicht in die Küche gestolpert, um nach einem Lappen zu fragen – er hat seinen Sekt verschüttet –, wer weiß, was dann noch passiert wäre.

Der Abend ist ein Fest, ein Rausch, wie ihn Margarete noch nie erlebt hat. Auch Frau Eberle ist aufgetaut, und Margarete klagt mit ihr über die überstandenen Feiertage. Inge saß an Heiligabend allein in der kleinen Wohnung, weil ihr Mann arbeiten musste, kichernd gesteht sie Margarete, wie sie eine komplette Flasche Rotwein getrunken und zwei Tage später noch Kopfschmerzen davon hatte. Dann spielen sie Scharade, und Margarete bringt mit ihren Darbietungen alle zum Kreischen. Irgendwann beginnt Robert Holzbrinck, rückwärts zu zählen, und Lenz lässt den Korken einer weiteren Flasche Sekt an die Decke fliegen.

Zehn, neun, acht – was für ein schreckliches Jahr das war. 1963 muss besser werden. *Sieben, sechs* – sie will mehr Abende wie diese, mehr Lenz, mehr sie selbst sein – *fünf, vier, drei* – sie ist mehr als nur Mutter – *zwei, eins* – sie ist doch noch immer Margarete. »Frohes Neues!« Lenz küsst sie stürmisch, ihr Sekt schwappt auf den Teppich.

»Ich liebe dich«, sagt sie und küsst ihn zurück.

Die anderen johlen und applaudieren.

Dann schieben sie den Wohnzimmertisch beiseite, stellen

die Sessel an den Rand, Lenz holt das Radio aus seinem Arbeitszimmer und dreht die Lautstärke voll auf.

Wann hat sie zuletzt getanzt? Sie kann sich nicht erinnern, wohl aber ihre Füße, ihre Hüften. Ihr ganzer Körper giert nach der Musik. Und dann sind sie keine Eltern mehr, keine Eheleute, sondern einfach nur Verliebte. Eine Schwermut nähert sich, die sie schnell mit einem nächsten Schluck Sekt hinwegspült.

Erst gegen drei Uhr verabschieden sich die Gäste. Lenz erklärt mit schwerer Zunge, in vier Stunden müsse er schon am OP-Tisch stehen. Er ist so offensichtlich betrunken, dass Margarete es mit der Angst bekommt.

»Mach dir keine Sorgen. Ich weiß, was ich tue. Und wie heißt es so schön: Dienst ist Dienst, und Schnaps ist Schnaps.«

»Er könnte sogar schlafend operieren«, pflichtet Holzbrinck ihm bei.

Kaum hat sich die Haustür hinter den Gästen geschlossen, drückt sich Lenz im Hausflur an sie und küsst sie stürmisch.

»Hier?«

»Hier und jetzt.«

Nur ein paar Stunden später fährt sie mit dem Autobus zu ihren Eltern in die Stadt. Ihr ist schwindelig vor Müdigkeit, vielleicht auch vom Alkohol. Die letzte Nacht kommt ihr vor wie ein Traum. War das wirklich sie, die so freizügig mit Herrn Eberle und Herrn Holzbrinck tanzte? Über deren Witze die anderen lachten? An deren Lippen sie hingen, als sie von ihren pädagogischen Ideen erzählte? Die sich Lenz im Flur hingab und sein Begehren mit jeder Zelle ihres Körpers genoss?

Sie sollte sich schämen und fürchtet den Moment, in dem die Nüchternheit ihr die Geschehnisse der letzten Nacht unter Flutlicht vor Augen führen wird.

Sich um die Mädchen zu kümmern, kommt ihr unmöglich vor. Vielleicht sollte sie bei ihren Eltern bleiben, sich einfach dort auf das Sofa legen und eine Magenverstimmung vortäuschen. Das Schaukeln des Busses macht ihr zu schaffen, einmal bremst der Fahrer stark, und Margarete hat Angst, sich übergeben zu müssen. Wann immer sich die Türen öffnen, atmet sie gierig die frische, kalte Januarluft ein.

Endlich ist sie angekommen, mit schleppenden Schritten schafft sie es zum Haus ihrer Eltern. Sie klopft, dann wird sie ohnmächtig. Ohne Vorwarnung.

Als sie die Augen wieder öffnet, blickt sie in das besorgte Gesicht ihrer Mutter. »Mein Gott, Anikó, was ist passiert?« Ibolya zieht sie aufgebracht in die Höhe. »Hast du dich verletzt? Wir hören dieses Poltern, und dann liegst du plötzlich hier vor der Tür. Was ist denn nur los?«

Benommen klopft sich Margarete den Mantel ab. »Alles gut, mir wurde nur schwarz vor Augen. Kreislauf. Alles gut.«

Ibolya führt sie in die Stube und reicht ihr ein Glas Wasser. »Bist du wieder schwanger?«

»Gott bewahre.« Sie lächelt schwach, nimmt einen Schluck Wasser und verliert erneut das Bewusstsein.

Diesmal wird sie davon wach, wie ihr Vater sie auf das Sofa hievt. Anja auf Ibolyas Arm mit ernstem, interessiertem Blick. Karen, die sich ängstlich an der Schürze der Großmutter festkrallt.

»Es geht schon«, sagt sie schnell und versucht, sich aufzurichten. So sollen die Mädchen sie nicht sehen.

»Trinkst du etwa?«, fragt ihr Vater besorgt.

20. Kapitel

1963

»Sie müssen wissen, mein Ehemann ist ein Betrüger.« Margarete fixiert den Herrn im Sessel gegenüber und versucht abzuschätzen, ob er ihr glaubt. »Ein notorischer Betrüger«, fügt sie hinzu, obwohl sie sich nicht ganz sicher ist, das »notorisch« betreffend. *Kann nicht anders, extrem, unausweichlich.*

Sie ärgert sich über ihre Verunsicherung und streicht über ihren Rock, entlang der feinen Linien, die in den Stoff gewebt sind. Sie hätte doch den anderen anziehen sollen. Den bunten mit den großen Blumen, den sie sich letzten Sommer gekauft hat. Aber die Schuhe passten nicht dazu, zu dunkel, zu ernst. Deshalb der dunkelblaue Rock, in dem sie sich nun unpassend gekleidet fühlt. Es ist der erste schöne Frühsommertag, und sie sieht aus, als würde sie zu einer Beerdigung gehen.

Notorisch. Notorischer Lügner heißt es, fällt ihr jetzt ein, nicht Betrüger. Diese verdammten Wörter. *Sammle dich*, sagt sie sich. *Erinnere dich daran, warum du hier bist.* Als Dr. Prieur sie zu Beginn der Sitzung kurz in der sterilen Freundlichkeit des Behandlungsraums allein ließ, schwor sie sich, ihm alles zu erzählen.

Sie blickt auf, weg von ihren Händen, die noch immer über den Stoff streichen, als ob sie sich selbst streicheln würde. Schnell stoppt sie die Bewegung, wohin mit diesen Händen? Sie verschränkt die Arme vor der Brust.

Der Psychiater beobachtet sie. Seine Miene verrät nichts. Ein zugewandtes Abwarten.

»Er hat mich betrogen«, fährt Margarete fort. »Mehrfach. Er liebt mich. Und er betrügt mich.«

Jetzt nickt Dr. Prieur langsam. Eine stumme Geste, die ihr signalisiert, dass sie weiterreden soll. Oder die zeigt, dass er im Bilde ist? Dass er es schon längst weiß?

Hat Lenz ihm bereits von ihren »Problemen« erzählt? Und wird der Therapeut ihm alles berichten, was sie hier sagt?

»Was macht Sie so nervös?«, fragt er.

Wie du guckst, denkt sie und sagt: »Ich bin nicht vertraut mit Situationen wie diesen.«

»Welche Erwartungen haben Sie an sich selbst, diesen Termin betreffend?«

Sie versteht nicht, zwinkert ein paarmal, bemerkt es, schämt sich dafür. Eine Unart, die ihre Mutter schon immer bemängelte. »Milliza Anikó, hör mit dem Gezwinker auf, du machst mich noch ganz wahnsinnig.« Ihre Mutter, deren Beine so dick sind, dass die Kinder Kuhlen hineindrücken können, die minutenlang nicht verschwinden. Die nicht zum Arzt gehen will, weil sie sich schämt. Noch immer schämt für ihre bloße Existenz in diesem Land. Und ihr feiger Vater, der sie nicht überzeugt, ja, es noch nicht einmal versucht. Aber darum soll es heute nicht gehen. Wie kommt sie überhaupt auf ihre Eltern? Gerade jetzt? *Konzentriere dich, Anikó.*

Noch immer sieht der Psychiater sie an. Abwartend. Lächelnd. Es ist ihr unangenehm. Sie möchte gehen.

»Was wissen Sie von meinem Mann? Was hat er Ihnen erzählt?«

Jetzt ist er es, der auf seine Hände sieht. »Als er hier anrief und den Termin für sie vereinbarte, sagte er mir, dass sie sich in einer Krise befänden. Körperlicher und psychischer Art. Sie würden immer wieder ohnmächtig, schleppten sich von einer Erkältung zur nächsten, hätten Herzrasen, Verdauungsprobleme, würden unter Migräne und Frigidität leiden? Und dass Sie sich nicht zu einer Mütterkur durchringen könnten. Er sprach von vegetativer Neurose, der Seuche unserer Zeit, die immer auch in der Psyche begründet ist, wie man seit einigen Jahren weiß.« Behutsam bahnen sich seine Worte ihren Weg zu ihr. Obwohl frei von schmeichelhaftem Inhalt, haben sie etwas Sanftes. »Er sagte, es gäbe Tage, an denen sie den Haushalt nicht bewältigen könnten.«

Ruckartig richtet sie sich auf. Dieser Verräter! Wie konnte er sie vor diesem fremden Mann nur so bloßstellen?

»Es ist nur eine Phase«, erklärt sie. »Was den Haushalt betrifft, das wird schon wieder.«

»Sie müssen sich nicht rechtfertigen, Frau Kron. Dies hier ist Ihre Zeit. Sie entscheiden, worüber wir reden.«

Margarete fährt mit dem Blick die Buchrücken hinter ihm im Regal ab. Auch wenn sie die Wörter nicht versteht, erkennt sie, dass sie auf Englisch sind.

»Meine Ehe«, platzt es dann aus ihr heraus. »Darüber muss ich sprechen.«

Dr. Prieur nickt. »Dann fangen wir am besten ganz von

vorne an.« Er lächelt wieder. »Wie haben Sie sich kennengelernt?«

Margarete überlegt. Das war vor vier Jahren. In einer Zeitrechnung vor dieser hier. Als noch in Möglichkeiten und Chancen gerechnet wurde, nicht in Verzicht und Kompromiss. Heute ist Margarete dreiundzwanzig Jahre und fühlt sich wie eine alte Frau.

Ihr Kennenlernen, das war im Juni 1959, sie stand in der Schlange vor dem Kino. Es war ein schwülheißer Sommertag, windig, ein Unwetter zog auf. Sie war allein da, Gitte hatte kurzfristig abgesagt. Margarete hatte aber beschlossen, es auf einen Versuch ankommen zu lassen. Ob sie eine Karte bekommen würde, war ungewiss, bei dieser Menge an Menschen, die ins Kino drängte.

Da kam er auf sie zu, passierte die Schlange der Wartenden. Sie erinnert sich noch an seinen Blick, als würde er etwas oder jemanden suchen, und blieb schließlich vor ihr stehen. Er habe eine Karte übrig, erklärte er, ob sie sie haben wolle. Zuerst war sie verwundert, dann aber bedankte sie sich, nahm die Karte an. Warum auch nicht? Es war eine freundliche, flüchtige Begegnung, nichts weiter.

Als sie aber in den dunklen Kinosaal eingelassen wurden, die Menschen zu ihren Plätzen strömten, stellte sie fest, dass der charmante, gut aussehende Mann, dem sie die Karte zu verdanken hatte, bereits auf dem Platz neben ihrem saß und sie mit einem breiten Lächeln willkommen hieß. Zufall? Gewiss nicht, er hatte gewusst, dass die Plätze nummeriert waren.

Er bot ihr ein Bonbon an. Und während der Film lief, kommentierte er flüsternd die Handlung und brachte sie damit zum Lachen. Später, als sie noch im Dunkeln im aufgeheizten Saal saßen und sich der Stimmteppich um sie herum langsam lichtete, fragte er, ob sie sich am nächsten Tag wiedersehen würden. Zum Abschied vor dem Kino, die Luft war durch den Regen abgekühlt und trug den schweren, erdigen Geruch des Sommers, küsste er sie auf die Wange. Er nahm sich Zeit für diesen Kuss, weich und warm spürte sie noch lange das Echo seiner Lippen auf ihrem Gesicht.

»Wie interpretieren Sie das?«, fragt Dr. Prieur.

Margarete sieht ihn verständnislos an.

»Was bedeutet dieses Kennenlernen für Sie?«

Sie findet keine Antwort auf seine Frage und fühlt sich ungenügend. Was bedeutet es für sie, dass ihre Beziehung damit begonnen hat, dass Lenz sie reinlegte? Wohin würde sie eine Antwort führen? Was will er damit bezwecken?

»Nehmen Sie die Frage doch als kleine Hausaufgabe mit. Denken Sie bis zum nächsten Mal darüber nach.« Für heute sei die Sitzung damit beendet, erklärt er. Sie vereinbaren einen Termin für die übernächste Woche, wieder Dienstagvormittag. Margarete nimmt den kleinen Zettel mit der Terminerinnerung, verstaut ihn sorgfältig in ihrer Handtasche und weiß, dass sie nicht mehr kommen wird.

Was soll das bringen? Wie soll es ihr helfen, sich derartige Gedanken zu machen? Sie braucht Tabletten, irgendeine Pille, die ihr hilft. Nicht aber solche Fragen, deren Antworten womöglich alles noch verkomplizieren. Eine schlechte Idee war dieser Termin, Lenz' Idee natürlich, der immer interessiert ist an neuen Therapieformen.

Als sie Hilda davon erzählte, war sie auch ganz angetan. »Wie mondän«, hatte sie gesagt. »Eine Psychotherapie. Extravagant.« Sie hatte den Therapeuten imitiert und Margarete mit näselnder Stimme gefragt, wie es um ihr Sexualleben bestellt sei. Augenblicklich war Margarete rot geworden und hatte das Sofakissen nach ihr geworfen.

»Bei uns läuft's auch nicht«, hatte Hilda dann schulterzuckend gesagt. »Ich bin immer noch nicht schwanger und kann nur hoffen, dass er nicht bald die Scheidung will.«

»Sag doch so was nicht.« Margarete hatte sie in den Arm genommen und ihr aufmunternd zugelächelt: »Bestimmt klappt es bald.«

»Worüber habt ihr geredet?«, will Lenz am Abend wissen, als sie an der Spüle steht und Töpfe und Pfanne wäscht.

»Unser Kennenlernen.«

»Ah.« Er strahlt, umfasst ihre Taille, schmiegt sich an sie. »Unser Kennenlernen. Das war Schicksal.« Er küsst ihr den Nacken. »So wunderschön und so allein stand dieses Mädchen zwischen all den anderen, zart und doch entschlossen. Ich konnte doch gar nicht anders, als sie anzusprechen.«

»Du hast mich reingelegt«, erwidert Margarete und macht weiter den Abwasch.

»Na, na, so würde ich das nicht bezeichnen.«

»Du wusstest, dass ich neben dir sitzen würde. Die Karten waren kein Geschenk, sie waren eine Falle.«

Er lacht. Und lässt sie los.

Sie räumt die Küche auf und denkt an Dr. Prieurs Frage. *Was bedeutet das für Sie?*

Sie glaubt nicht an Schicksal. Sie glaubt an Zufälle, Wahrscheinlichkeiten und Entscheidungen, daran, dass Dinge einfach passieren. Die Vertreibung aus Ungarn, ihr untreuer Ehemann, die Frühgeburt, ihr Versagen als Mutter – wäre all das Schicksal, wäre all das vorherbestimmt oder von einer höheren Macht gelenkt, sie müsste sich doch augenblicklich den Strick nehmen.

Es gibt kein Schicksal. Und auch ihr Kennenlernen erforderte eine ganze Verkettung von bewussten und unbewussten Entscheidungen.

Sie hätte die Karte nicht nehmen müssen.

Sie hätte den Kuss verhindern können.

Sie hätte nicht zum Treffen am nächsten Tag gehen müssen.

Und hätte sich denken können, dass ein Mann, der schon beim zweiten Rendezvous so leidenschaftlich wird, ein so gut aussehender Mann wie Lenz, sein Glück nicht nur bei einer Frau versucht.

Nein, Margarete glaubt nicht an Schicksal. Dieses Leben hat sie herbeigeführt. Schicksal ist eine Ausrede.

»Und all das hier bezeichnest du also als Falle?« Lenz macht eine Geste, die ihre Küche mit all ihren modernen Geräten umfasst, das weitläufige Esszimmer, den großen Balkon, die Mädchen, die auf dem Fußboden ein Puzzle legen. »Ich denke, so schlecht hast du es nicht getroffen.«

21. Kapitel

Sie kann nicht mehr.

Sie will nicht mehr.

Die Hitze gibt ihr den Rest.

Seit Wochen schon hält sich dieses Hoch und lässt das letzte bisschen Widerstand zerschmelzen. Temperaturen weit über dreißig Grad, kein Windhauch, die Luft ist feucht und drückend. Ständig schwitzt Margarete, kann kaum atmen. Jedes Gramm, jedes Haar ist zu viel am Körper. Und immer dieser Kopfschmerz, mal drückend, pulsierend, mal stechend oder hämmernd. Als wolle etwas heraus aus ihrem Kopf, versuche, sich zu befreien.

Auch nachts kühlt es nicht ab, schwül und unausweichlich steht die Wärme im Haus, man kann ihr einfach nicht entkommen.

Die Nachbarn fahren mit ihren Kindern an den See oder ins Freibad. Margarete meidet die Öffentlichkeit. Fühlt sich einmal mehr gefangen und ausgeliefert in diesem Haus, diesem glühenden Kerker.

Ein weiterer heißer Sommertag ist schon fast geschafft, da geht es auf einmal nicht mehr. Dabei ist gar nichts Außergewöhnliches vorgefallen. Anja verweigerte das Abendbrot, während Karen unbeeindruckt vor sich hin summte. Margarete sah auf die Uhr und dachte, nur noch zwei Stunden, dann sind sie im Bett. Und plötzlich spürt sie es ganz deutlich: *Diese zwei Stunden schaffe ich nicht mehr.* In einer unumstößlichen Klarheit liegt der Gedanke vor ihr.

Es ist zu viel.

Es ist vorbei.

Wortlos steht sie auf, nimmt die schreiende Anja aus ihrem Stühlchen und setzt sie in ihr Gitterbett. Dann geht Margarete ins Schlafzimmer und holt den Koffer vom Schrank.

Wahllos packt sie Dinge hinein. Einen Rock, Unterwäsche, zwei Blusen, ein Kostüm, das Buch vom Nachttisch, mit dem sie noch immer nicht weitergekommen ist.

Als sie den Koffer schließt, ist er nicht mal halb gefüllt. Was soll man auch mitnehmen, wenn man sein Ziel nicht kennt?

Anja brüllt sich im Zimmer nebenan die Lunge aus dem Leib. Hochroter Kopf, die kleinen Händchen zu Fäusten geballt. Sie ist jetzt anderthalb Jahre alt, und nichts hat sich verwachsen. Margarete kann ihr nicht helfen. Alles, was sie versucht, genügt diesem Kind nicht. Nie ist es richtig, Anja lehnt sie ab.

Als Margarete das Zimmer verlässt, streift ihr Blick das Fenster. Karen ist rausgegangen, spielt im Garten mit ihren Puppen. Sie hat sie um einen umgedrehten Eimer platziert, serviert Apfelsaft im winzigen Teeservice, führt das Abendessen einfach mit ihren Puppen fort. Die hohen Temperaturen scheinen ihr nichts auszumachen. Überhaupt ist dieses Kind von einer Unbekümmertheit, die Margarete nicht begreifen kann.

Sie hat sich so viel Mühe gegeben in den letzten Monaten.

Hat versucht, den Kindern eine gute Mutter zu sein.

Hat versucht, der Familie eine gute Hausfrau zu sein.

Hat versucht, Lenz eine gute Ehefrau zu sein.

Doch nichts hat sich geändert: Da ist das eine Kind, das sie nicht beruhigen kann. Das andere, das sich durch nichts aus der Ruhe bringen lässt. Und der Mann, der sie liebt, aber niemals nur sie allein lieben wird. Immer wird es andere Frauen geben. Egal, wie sehr sie sich bemüht, egal, wie nahe sie sich sind.

Letztendlich ist sie das Problem. Ist sie es, die sich nicht arrangieren kann. Wenn sie ein wenig abgestumpfter wäre, könnten sie eine glückliche Familie sein.

Aber sie ist nicht abgestumpft, sie ist wund, und alles brennt.

Sie nimmt ihre Handtasche. Es ist Freitag, halb sechs, Lenz sollte bald zurückkommen. Bestimmt wird Karen weiterspielen und nicht einmal bemerken, dass Margarete gegangen ist. Anja wird weiterbrüllen, und es wird keine Rolle spielen, ob Margarete da ist oder nicht.

Und wenn sie Hilfe brauchen, gehen sie rüber zu Hilda. Die wird sich kümmern, ihr fällt es leicht.

Leise läuft sie durch den Flur, schlüpft lautlos in ihre Schuhe. Alles geht ganz automatisch, ihr Körper handelt wie selbstverständlich. Vorsichtig zieht sie die Tür hinter sich ins Schloss, steigt die drei Stufen hinunter, geht durch den Vorgarten. Setzt einen Fuß vor den anderen. Der Koffer wiegt schwer in ihrer Hand, doch sie trägt ihn mit einer Selbstverständlichkeit, die sie selbst überrascht.

Sie läuft die Straße hinunter, aufrecht, den Blick nur nach vorne gerichtet. Es ist ihr gleichgültig, wer sie sieht. Am Ende der Straße biegt sie ab und geht den Berg hinab.

Schritt für Schritt. Denkt nicht, fühlt nicht, geht. Bemerkt, wie sich ihr Kiefer löst. Ihre Stirn den dumpfen Kopfschmerz loslässt. Ihr Brustkorb sich weitet, sich plötzlich wieder wie schwerelos hebt und senkt. So setzt sie einen Fuß vor den anderen, fühlt eine grenzenlose Erleichterung.

Sie hat das kleine Häuschen der Bushaltestelle erreicht, setzt sich auf die Holzbank, ohne nachzusehen, wann der nächste Autobus fährt. Sie stellt den Koffer neben sich ab, sitzt ganz aufrecht und spürt die Tränen, die ihre Wangen hinabgleiten. Sie rührt sich nicht, lässt sie einfach laufen, sieht starr nach vorne, ins Tal, das auf der anderen Seite der Straße hinabfällt. Ein lang gestrecktes Stoppelfeld, kurz geschnittene goldene Halme wie frisch rasiert. Ihr Blick verschwimmt. Sie hat ihre Kinder verlassen, ihren Mann. Alles liegt nun hinter ihr. Der Gedanke erschreckt sie und wirkt dennoch auf eine merkwürdige Weise befreiend. Sie ist ganz ruhig, atmet, hört, spürt. Mehr nicht.

Ein Auto kommt, das Rauschen der Reifen auf dem Asphalt wird lauter, es nähert sich und fährt vorbei, verliert sich in der flirrenden Wärme des Abends. Dann ist wieder nur das Zirpen der Grillen zu hören.

Die Sonne wird zu einem goldgelben Ball, der ganz langsam dem Feld entgegensinkt. Margarete weiß nicht, wie lange sie schon an der Bushaltestelle sitzt. Überrascht stellt sie fest, dass sie frei von Sorge ist. Es ist ein unbekanntes Gefühl, dem sie lange nachspürt. Minuten vergehen, die Sonne verschwindet am Horizont. Die Dämmerung setzt ein, und die Welt verliert ihre Farbe.

Da kommt der Bus.

Zweiter Teil

22. Kapitel

1948

Weil Georg, Ibolya und Anikó fleißig waren, freundlich und anspruchslos, sich nicht provozieren ließen und alle Demütigungen teilnahmslos ertrugen, schlichen sich hier und da Gesten der Milde und Menschlichkeit ein. Die schäbige Dachkammer füllte sich dank der Spenden der Diakonie langsam mit Besitz. Ibolya stieg in der Küchenhierarchie auf, durfte bald auch Brot backen, wofür sie ein Lob der Bäuerin Beth erhielt. Der alte Deutschlehrer nickte anerkennend, als er Anikó ihr Deutschdiktat zurückgab – null Fehler. Er beobachtete Anikós Entwicklung, als wäre sie ein kleines Tier in einer Versuchsanordnung. Mit Interesse, doch ohne Anteilnahme.

Und Georg bekam vom Bauern einen kleinen Acker, ein schmales Stück Land zwischen zwei Gräben, für die Maschinen unzugänglich, auf dem er für seine Familie Karotten, Kohl und Steckrüben anpflanzte. Außerdem durfte er bei der Ernte der Frühkartoffeln ein paar für sich behalten. Obwohl Ibolya mit ihm schimpfte, sie hätten anderes viel dringender gebraucht, tauschte er die Kartoffeln gegen ein Märchenbuch für seine kleine Tochter ein.

Anikó schlang die Arme um den Vater, als er ihr das Geschenk überreichte. Es war eine großartige Überraschung! Ihr erstes echtes deutsches Buch.

Bislang hatte sie nur ihre Schulbücher gehabt, die sie schon in- und auswendig kannte. Als sie die Bücher am Anfang des Schuljahres bekommen hatte, waren sie zerfleddert und zerknickt gewesen, einige Seiten fehlten komplett. Neidisch hatte sie Theres' Bücher beäugt, die ganz neu und sauber waren. Wie gerne hätte sie an den Seiten geschnuppert und ihre Finger über die weißen Seiten streichen lassen.

Aber nun hatte sie ihr eigenes, fast neues Buch, das sie hütete wie einen kostbaren Schatz. Wieder und wieder las sie die Geschichten der Prinzessinnen, Hexen und Stiefmütter, versank in den Zeichnungen der Schlösser und Wälder.

Auch wenn sie sonntags ihre Verwandten trafen, die sie nach und nach wiedergefunden hatten, steckte Anikó ihre Nase lieber in ihr Märchenbuch, als mit den anderen Kindern zu spielen.

»Eure Anikó will wohl Professor werden«, scherzte Onkel Josef, der Seiler aus dem Dorf.

»Anikó ist eine Leseratte«, hänselte sie Cousine Hildegard, und Cousin Matthias verpasste ihr eine kleine Kopfnuss, sodass sie mit der Stirn gegen das Buch stieß.

Für ihre Eltern waren die Zusammenkünfte mit den anderen Ungarndeutschen der Höhepunkt der Woche. Sie unterhielten sich in ihrer Sprache, sangen ihre Lieder, tanzten ihre Tänze. Nach Monaten der Isolation war es wie Aufatmen nach zu langer Zeit unter Wasser.

Oft war in diesen Runden nun die Rede von den Kommunisten, die jetzt in Ungarn regierten. Und dass dort alles verboten sei, das deutsch war. Die, die dortgeblieben oder zurückgegangen waren, traf es noch schlechter als die Vertriebenen.

Die Meinungen dazu gingen auseinander. Als sie Wilhelmina Batka auf dem ungarndeutschen Faschingsfest wiedertrafen, das der neu gegründete Heimatverein der Vertriebenen organisiert hatte, eine Cousine zweiten Grades des Vaters, brüstete sie sich damit, ihren Koffer noch immer nicht ausgepackt zu haben. Seit anderthalb Jahren stand er geschlossen neben ihrem Bett, sie weigerte sich, ihn zu öffnen. So sicher war sie, in die liebe Heimat zurückzukehren.

Tante Agarthe hingegen sprach mit ihren Söhnen Bernard und Raimund kein Ungarisch mehr und gab sich Mühe, selbst Hochdeutsch zu lernen. »In Ungarn waren wir die Drecksdeutschen, in Deutschland sind wir Zigeuner. Das muss ein Ende haben. Meine Söhne werden Deutsche.« Agarthe schwor ebenfalls, nie nach Ungarn zurückzukehren, selbst wenn sich die Gelegenheit jemals wieder bieten sollte. »Dai hom uns oasi gschmissn, do geh i nimma zruck.«

Zur Gründung der Bundesrepublik bekamen sie einen neuen Pass. Nun waren sie Deutsche. »Papier-Deutsche«, sagte Georg, »im Herzen bleiben wir immer Ungarn«, und schob die Pässe weit nach hinten in die Schublade des Sekretärs.

Sie waren schon anderthalb Jahre auf dem Hof, da klopfte es eines Nachmittags an die Tür ihrer Kammer. Anikó war allein und brütete über den Aufgaben für Mathematik.

Sofort richtete sie sich auf, wer konnte das sein? Mutter und Vater hätten gewiss nicht geklopft.

Noch einmal klopfte es, sodass sich Anikó schließlich in einem »Herein?« probierte. Wie das klang.

Langsam öffnete sich die Tür, und Theres' Kopf erschien im Türrahmen. Sie räusperte sich, bevor sie sagte: »Also, ich verstehe die Aufgaben nicht ganz. Könntest du ...?«

Anikó richtete sich zu ihrer vollen Größe auf. Obwohl sie immer noch einen Kopf kleiner als Theres war, fühlte sie sich riesig.

»Was könnte ich?«

»Ja, also ich verstehe nicht ganz, wie ...«

»Was verstehst du nicht?«

»Herrgott, du weißt doch, dass ich im Rechnen eine Niete bin. Gar nichts verstehe ich, beim Test falle ich durch. Meine Mutter wird außer sich sein, und mein Vater verpasst mir sicherlich eine Backpfeife, die sich gewaschen hat. Hilfst du mir jetzt also mit den Aufgaben, oder nicht?«

»Das könnte ich.« Anikó lächelte. Nicht nur im Deutschunterricht war sie die Beste, auch im Kopfrechnen wusste sie das Ergebnis schon lange, bevor die ersten Hände in die Höhe schnellten, und in Religion konnte sie die Psalmen fehlerfrei aufsagen. »Sehr gerne sogar, Theres. Aber die Frage ist: Was bekomme ich dafür?«

Von dem Tag an gehörte Anikó dazu. Ihre Bedingungen für übernommene Matheaufgaben und gelegentliche Nachhilfestunden waren, dass sie fortan nebeneinander zur Schule liefen und dass sie die Pausen mit Theres und ihren Freunden verbringen durfte.

So schwer war es doch eigentlich gar nicht. Leistung und Anpassung führten zu Anerkennung, das hatte Anikó verstanden.

23. Kapitel

1963

Margarete tritt an die Fahrbahnkante, um auf sich aufmerksam zu machen. In einem warmen Schwall aus Dieselgeruch und Staub kommt der Autobus zum Stehen, die Türen öffnen sich mit einem erschöpften Seufzen.

Sie steigt die Stufe hoch zum Fahrer. »In die Stadt«, sagt sie leise und legt die Münzen in die Schale. Der Busfahrer, ein korpulenter Mann mit rotem Gesicht und schweißnasser Stirn, nickt.

Sie geht den Mittelgang bis nach hinten durch, vorbei an den trägen Gestalten, die wie zerschmolzen auf den Bänken kauern.

Bevor sie sich für einen Sitzplatz entscheiden kann, fährt der Bus wieder an, und Margarete, die sich am Haltegriff festhält, landet schwungvoll auf der Bank neben ihr. Sie rückt zum Fensterplatz durch und lässt sich in den Sitz sinken, ihr Blick schweift über die vorbeiziehende Landschaft. Die Blätter hängen schlaff, manche Bäume haben ihr Laub schon abgeworfen, viel zu früh in diesem Jahr. Der Rasen der Vorgärten ist gelb, die Fenster der Häuser sind weit geöffnet, als japsten sie nach Luft.

Der Autobus fährt die vertraute Strecke, in den Ort und

über den kleinen Marktplatz, auf dem jetzt Paare schlendern, die Männer mit hochgekrempelten Hemdsärmeln, die Frauen ohne Strümpfe, Kinder essen Eis aus großen Waffeln. Das italienische Restaurant hat sogar Tische und Stühle auf den Gehweg gestellt, man kann im Freien essen.

Margarete bleibt sitzen, fährt weiter durch den kleinen Wald, in dem es schon duster ist um diese Uhrzeit, durch die Felder, die bereits abgeerntet und für die nächste Saat vorbereitet werden. Würde Georg das sehen, er würde jammern. Die Deutschen gehen so schlecht mit ihrer Erde um, dieser Boden müsste länger brachliegen, damit er ruhen kann, damit er Kraft finden kann.

Dann erreichen sie die ersten Häuser der Stadt, die großen Gärten, die schönen Villen. Anschließend die modernen Hochhäuser und zuletzt die renovierten Straßen der Altstadt. Der Fahrer hält nicht an allen Stationen, niemand steigt mehr ein. Am Marktplatz verlassen die letzten Fahrgäste den Bus, nur Margarete bleibt sitzen, bis der Fahrer am Hauptbahnhof »Endstation« ruft.

»Gute Reise«, wünscht er, als sie mit ihrem Koffer auf den Bussteig tritt.

Sie weiß noch immer nicht, wohin, will aber nicht so aussehen, als ob sie orientierungslos wäre. So läuft sie in das Bahnhofsgebäude, steht vor der riesigen Anschlagtafel, auf der die Abfahrten vermerkt sind, legt den Kopf in den Nacken und lässt die Möglichkeiten der fremden Destinationen durch ihre Gedanken ziehen.

Nichts bleibt haften, sie sieht sich nicht in einer dieser Städte, viele kennt sie nicht einmal. So geht sie statt zu einem Gleis zum Hinterausgang. Durchquert den Bahnhof und kommt auf der anderen Seite, der dunklen, wieder raus.

Alle Bahnhöfe haben diese dunkle Seite. Vorne sind sie herausgeputzt und ordentlich. Hinten schlecht beleuchtet, heruntergekommen, besiedelt von zwielichtigen Gestalten.

Von hier aus geht sie durch die Unterführung, das *Klack-Klack-Klack* ihrer Absätze ist ein gefährliches, ein verräterisches Geräusch. Eine junge Frau, allein, hilflos, ohne Begleitung. Sie müsste Angst bekommen, schneller laufen, sich umsehen, hoffen, gleich eine vertrauensvolle Person am anderen Ende der Unterführung zu erspähen, ein Paar am besten oder eine gemischte Gruppe. Nur bloß keinen Mann oder gar eine Gruppe Männer, die um diese Uhrzeit, in dieser Situation einem Rudel Wölfe gleichen. Margarete müsste Angst haben, doch sie fühlt eine Gleichgültigkeit, die sie erschreckt. Und befreit. Sie geht gemäßigten Schrittes, sieht sich nicht um. Soll doch einer kommen. Soll er nur.

Sie hat das Ende der Unterführung erreicht, nichts ist passiert, gar nichts, und so geht sie weiter den dämmrigen Weg durch den kleinen Park. Hier lungern die Trinker, die ohne Wohnung und Arbeit, die Versehrten. Tunlichst soll man sich fernhalten von diesem Park, das weiß sie, seit sie ein kleines Mädchen war.

»Hallo, Hübsche!«, hört sie da auch schon den ersten rufen. Es sind vier Männer, registriert sie aus dem Augenwinkel, sie stehen bei der Parkbank, haben Flaschen in den Händen, einer hält einen Schäferhund an der Leine, der bedrohlich knurrt, als Margarete sich nähert.

»Puppe, bleib doch mal stehen.«

Sie geht weiter.

»Heißes Fahrgestell!« Sie hört ein Pfeifen und das Knirschen von Schritten auf dem Kies. Mindestens einer folgt ihr. Sofort sind ihre Müdigkeit und Erschöpfung wie verflogen, sie ist hellwach. Die Schritte nähern sich, schon spürt sie eine Hand auf ihrer Schulter. »Setz dich zu uns, wir wollen ein bisschen Gesellschaft.«

Bevor Margarete nachdenken kann, schnellt sie herum, lässt den Koffer fallen und stößt den Mann mit beiden Händen von sich weg. Er taumelt und weicht einige Schritte zurück. Es ist ein dürrer Typ, seine Kleidung ist nachlässig und schmutzig.

»Was soll das?«, ruft er empört, seine Freunde grölen im Hintergrund.

»Fassen Sie mich nicht an«, faucht Margarete. »Nehmen Sie Ihre dreckigen Finger weg.« Und statt zurückzuweichen, wegzurennen oder um Entschuldigung zu bitten, geht sie einen Schritt auf ihn zu, ihre Hände erhoben wie Waffen.

»Nun hab dich nicht so, du frigide Kuh!«, ruft er. »Das war ein Kompliment!«

Margarete wirft ihm einen letzten wütenden Blick zu, dann dreht sie sich um, nimmt den Koffer und setzt ihren Weg fort. Ihr Herz rast, doch sie bemüht sich wieder um einen ruhigen Gang.

»Darf man Frauen keine Komplimente mehr machen?«, ruft er, doch er scheint ihr nicht zu folgen, die Stimmen der anderen Männer gleichen sich seiner Lautstärke an, sicherlich werden sie noch lange über diesen Vorfall lachen.

Sie beschließt, zum Marktplatz zu gehen, umrundet den

Bahnhof und läuft den Weg zurück, den sie der Autobus vor einer halben Stunde gebracht hat. Ihre Schuhe drücken unerträglich, sicherlich wird sie sich Blasen laufen. Sie verteufelt diese Absätze, außerdem die Riemchen, die Schleifchen, die Schnallen, die Ziernähte, den Lack. All diese unpraktischen Verzierungen, ohne die offenbar kein Damenschuh auskommt. Wie oft schon hat sie sehnsüchtig auf Männerschuhe geschielt. Einfache, flache Lederschuhe. Gemacht zum Laufen. Das sollte doch die Aufgabe von Schuhen sein, das Laufen erleichtern, nicht erschweren.

Wie auf Knopfdruck gehen die Straßenlaternen an und tauchen die Stadt in eine goldgelbe Dämmerung. Margarete lässt ihren Blick über die Menschen schweifen – wie sie in den Cafés sitzen, Biergläser und Zigaretten in den Händen, sich unbeschwert unterhalten, scherzen, lachen – eine Außerirdische könnte sich nicht fremder fühlen.

Trotzdem beschließt sie, sich in eins der Cafés zu setzen. Den Koffer stellt sie neben sich ab.

Kaum sitzt sie, kommt auch schon der Kellner und fragt, was er ihr bringen kann. Es ist ein junger Kerl, der seine dunklen Haare zu einer Tolle frisiert hat, am Handgelenk trägt er ein kleines Kettchen.

Margarete weiß nicht, was sie will, stammelt, entschuldigt sich.

»Sie sehen aus, als könnten Sie einen Weißwein vertragen, einen Grauburgunder«, sagt er. »Einverstanden?« Sein Lächeln ist unverfroren direkt.

»Einverstanden.« Sie nickt und meint, er hätte ihr zugezwinkert, als er gegangen ist.

Verlegen streicht sie ihr Haar hinters Ohr. Was wird er

über sie denken? Dass sie auf Reisen ist? Oder auf jemanden wartet? Auf jeden Fall gehört es sich nicht, so ganz allein im Café. Und ihre Frisur.

»Voilà, Madame«, sagt er, als er ihr kurze Zeit später den Wein serviert. »Und ein paar Nüsschen.«

Er stellt das Schälchen vor sie und streift ihre Hand. Erschrocken zieht sie sie weg, diesmal hat sie es sich nicht eingebildet. Doch bevor sie sich empören kann, ist er schon weg.

Der Wein tröstet. Er ist kühl und schmeckt fruchtig, säuerlich. Schon nach wenigen Schlucken fühlt sie sich schummerig. Sie kann sich nicht erinnern, wann sie zuletzt etwas gegessen hat. Hat sie heute überhaupt gegessen?

Das Café ist gut besucht. Paare, Familien, Gruppen von Studenten sitzen zusammen, reden und lachen. So schön können Sommerabende sein, sie hatte es vergessen. Früher im Dorf fingen die Tage manchmal erst nach Sonnenuntergang richtig an. Wenn es so heiß war, dass die Luft in den Augen brannte und man sich nur in den hinteren Zimmern des Langhauses aufhalten konnte. Nach Sonnenuntergang trafen sie sich auf dem Dorfplatz, alle waren da, nicht selten drehte sich ein geschlachtetes Schwein am Spieß über dem Feuer. Alle hatten irgendetwas mitgebracht und beigesteuert, und wenn es nichts zu essen oder trinken war, dann Musik, Tanz oder gute Laune.

Während manche Erinnerungen verblassen, immer vager und unbeständiger werden – sie kann sich zum Beispiel nicht mehr daran erinnern, wie ihr Klassenzimmer in Ungarn aussah oder wie die Ställe des Nachbarn aufgeteilt waren –, werden andere, wie die an die Sommerabende in Ungarn, immer lebendiger. Dabei weiß sie nicht, wo die Grenzen verlaufen. Was wirklich erinnert ist und was hinzugeträumt oder erfunden. Aber ist das wichtig? Schließlich gehören diese Erinnerungen nur ihr. Solange sie sie mit niemandem teilen muss, dürfen sie durchzogen sein von feinen Traumfäden, gespickt mit schönsten Fantasien.

Was Dr. Prieur dazu wohl sagen würde? Wie würde er urteilen über ihre Erinnerungen und Sehnsüchte? Der Gedanke lässt sie schaudern. Gut, dass sie nicht mehr hingegangen ist.

Ihr Blick haftet sich jetzt an den jungen Kellner, sie beobachtet, wie er das Tablett durch die engen Stuhlreihen balanciert, schäkert und lacht, hier und da für ein kleines Gespräch stehen bleibt und sich vertraut zu seinen Gästen hinunterbeugt. Er erinnert sie an Theres, die Tochter der Bauersfamilie, bei der sie damals einquartiert wurden. Auch deren Bewegungen hatten dieses geschmeidige Selbstvertrauen, diese ureigene Eleganz.

Noch bevor sie ihr Glas ausgetrunken hat, steht der Kellner plötzlich mit einem neuen vollen Glas vor ihr.

»Ein zweites, richtig?«, fragt er.

»Sie können Gedanken lesen, sehr freundlich.«

Er stellt das Glas vor ihr ab und setzt sich ungefragt auf den Stuhl neben ihr. »Ich kann nicht nur Gedanken lesen, sondern auch in die Zukunft schauen.« Unvermittelt sieht er ihr direkt in die Augen. »Sie sind eine wunderschöne Frau, das Glück wartet auf Sie.«

»Ach ja?«

»Bald schon wird sich Ihnen die große Liebe zeigen.« Kaum hat er den Satz gesagt, steht er auf und wirbelt davon. Nachdem sie sich wieder gefangen hat, sieht sie sich um: Hat jemand dieses Gespräch belauscht? Wie peinlich. Doch die anderen Gäste beachten sie gar nicht, sind in ihre Gespräche vertieft. Was sollte das denn? *Sie sind eine wunderschöne Frau, das Glück wartet auf Sie*? Welches Glück? Sie lächelt benommen, der Wein tut seine Wirkung.

Die Kinder, fährt es ihr in den Magen.

Sie hat ihre Kinder allein gelassen.

Ein Gedanke wie ein Schlag mit einer Faust aus Stahl.

Wie konnte sie nur?

Wie unverantwortlich!

Hektisch zählt sie ihr Geld ab, ihre Gedanken überschlagen sich, wie viel werden die zwei Gläser Wein kosten? Und die Nüsse, muss sie die auch bezahlen, oder waren die gratis? Sie hatte sie doch überhaupt nicht bestellt, nichts von alldem hat sie bestellt, er hat es einfach gebracht.

Sie nimmt den letzten Schein aus ihrem Portemonnaie, legt ihn auf den Tisch und stellt das noch fast volle Weinglas darauf. Dann greift sie nach ihrem Koffer und hastet zurück zum Bahnhof. Sie muss den Autobus nach Hause erwischen. Vielleicht ist ihnen etwas zugestoßen? Was, wenn Anja sich verschluckt hat, an ihrem Erbrochenen erstickt ist? Und Karen. Sie saß einfach im Garten. Womöglich ist sie auf die Straße gelaufen, vor ein Auto, oder hat sich die Gartenschere aus dem Schuppen geholt, den Dünger getrunken.

Mein Gott, was hat sie getan?

Ihr Finger zittert, als sie versucht herauszufinden, wann der nächste, der vielleicht letzte Bus nach Hause fährt.

Wenn Lenz schon zu Hause ist, er wird entsetzt sein,

wie unverantwortlich sie gehandelt hat. Sie selbst ist es ja, sie ist entsetzt von sich selbst. Sie kann die kleinen Zahlen nicht entziffern, ihr Blick verwässert hinter ihren Tränen. Sie sitzt hier in einem Café und trinkt Wein, lässt sich vom Kellner schöne Augen machen – vom Kellner! –, während ihre Kinder zu Hause in Gefahr sind, ihre kleinen Mädchen. Wie konnte sie nur?

Reiß dich zusammen.

Reiß. Dich. Zusammen.

Sie atmet durch. Versucht, sich zu beruhigen. Es ist dunkel, sie kann die kleinen Zahlen auf dem Fahrplan kaum erkennen. Schließlich holt sie ein Streichholz aus ihrer Handtasche, entzündet es, und im kurzen Schein des Feuers liest sie: 21.05 Uhr.

Die letzte Fahrt.

Ihr Blick springt zur großen Uhr am Bahnhof.

21.52 Uhr.

Vor einer Dreiviertelstunde.

Sie muss ein Taxi nehmen, eilt auf die andere Straßenseite, wo normalerweise immer welche stehen, doch heute ist da keins. Warum ist da keins?

Sie könnte ihrem Vater Bescheid geben, damit er sie abholt. Aber dafür müsste sie bei deren Nachbarn anrufen, sie selbst haben noch kein eigenes Telefon, und die Gerüchte um Margarete würden sich wochenlang in der Siedlung halten. Wie sollte sie Georg überhaupt erklären, warum sie mitten in der Nacht mit einem Koffer in der Hand und zwei Glas Wein im Kopf am Bahnhof steht und ihre Kinder allein gelassen hat?

Hilflos sieht sie sich um, beschließt dann, zurückzugehen in die Innenstadt, in einem Café wird man ihr ein Taxi rufen können. Oder wenn sie ein Telefonhäuschen sieht, kann sie sich selbst eins rufen.

Mein Gott, was hat sie getan?

Alle Kraft hat sie verlassen. Der Koffer ist schwer, ihr Arm ist taub. Am liebsten würde sie sich einfach hier auf den Boden setzen. Aufgeben. Es ist unverzeihlich. Nichts wird jemals wieder so sein wie zuvor.

»Margarete?«

Jemand ruft sie.

Irritiert blickt sie sich um. Oder hat sie sich getäuscht? Nein, da ist es wieder.

»Margarete?« Eine dunkle Gestalt kommt auf sie zu. »Mensch, du bist es wirklich!«

24. Kapitel

1950

Anikó war zehn Jahre alt, da packten sie erneut ihre Koffer und verließen den Hof, den sie drei Jahre bewirtschaftet hatten, als sei es ihr eigener. Der Abschied von den Beths war schwer, die Erwachsenen hatten versteinerte Mienen, Theres schluchzte an Anikós Schulter.

»Ihr seid als Fremde gekommen und geht als Freunde«, sagte der Bauer pathetisch und klopfte Georg auf die Schulter. Für sie bedeutete der Auszug der Seiers einen herben Verlust – Theres musste in Zukunft ihre Hausaufgaben wieder allein machen, der Bauer verlor seinen besten Arbeiter, die Bäuerin ihre Wäschefrau.

»Ihr werdet immer in unseren Herzen sein«, versicherte Georg und bedankte sich noch einmal für die Gastfreundschaft auf dem Beth'schen Hof. Dass die Polizei damals für die Einquartierung sorgen musste, hatte man längst vergessen, und dass die Seiers bis zuletzt nichts außer Kost und Logis bekommen hatten, ebenso. Lieber wollte man die Völkerfreundschaft in Erinnerung behalten, den Aufschwung, den sie gemeinsam erlebt hatten, wie nach den schweren Jahren endlich bessere kamen.

Dass sie wirklich ihr eigenes Haus beziehen würden,

glich einem Wunder. Unzählige Stunden hatte Georg mit den Mitarbeitern der Interessengemeinschaft über dem Antrag für den Lastenausgleich gebrütet, Abend für Abend hatte Ibolya ihn kopfschüttelnd ins Dorf ziehen lassen, wo er sich mit anderen Ungarndeutschen traf und diese komplizierten Formulare diskutierte. Wozu das alles? Sie glaubte nicht daran, dass sie Geld für ihre verlorenen Ländereien bekommen würden, und vielleicht wollte sie dieses Geld auch gar nicht haben, bedeutete es doch, dass sie ihren Hof endgültig verloren hatten – unfreiwillig verkauft für einen Spottpreis.

Anikó beschäftigte dieses Wort, das nun jeden Abend durch die kleine Dachkammer surrte wie ein dicker Brummer – *Lastenausgleich*. Das Deutsche bot noch immer Überraschungen, wie sollte das gehen, ein Lastenausgleich? Und: Welche Last war damit gemeint? Die Last, dass sie Ungarn verlassen mussten? Dass ihnen nichts mehr gehörte? Dass Anikó nie erfahren würde, welche Fellfarbe die Kätzchen bekommen hatten? Die Tränen der Mutter? Die Zeit im Lager? Und wodurch sollte diese Last jemals ausgeglichen werden? Geld? Dann müssten sie sehr, sehr reiche Leute werden.

Ganz so viel Geld wurde es letztendlich nicht, aber als ihre Eltern den Bescheid in den Händen hielten und sich die stattliche Summe bald auf ihrem neu eröffneten Konto befand, konnten sie ihr Glück kaum fassen. Natürlich war es ein Witz im Vergleich dazu, was ihre Ländereien in Ungarn tatsächlich wert waren, aber sie hatten sich schon so daran gewöhnt, nichts zu haben, dass ihnen das Geld nun wie ein Geschenk des Himmels vorkam.

Die Interessengemeinschaft der Heimatvertriebenen erwarb günstigen Baugrund am Stadtrand, und in Windeseile wurde eine Siedlung aus der Erde gestampft. Die Grundstücke und Immobilien waren schnell vergeben, das halbe Dorf sollte hier wieder zusammenfinden.

Beim Bau packten alle mit an, und in jeder freien Minute fuhr Georg nun zur Siedlung.

Am Wochenende wurde Anikó mittags mit dem Fahrrad losgeschickt, um den Männern Essen und Bier zu bringen. Über eine Stunde war sie unterwegs, und ihre Beine brannten, wenn sie dort ankam. Anikó gefielen die Ausflüge in die Siedlung. Jedes Mal sah es anders aus, und die Häuser schossen wie Pilze aus dem Boden. Mit Interesse beobachtete sie die Baufortschritte, konnte sich jedoch nicht vorstellen, hier einmal zu Hause zu sein. Mitten auf einer platten Wiese, kein einziger Baum wuchs hier, es gab keine Büsche, keine Felder oder Weiden. Nur aufgerissene Erde und in der Ferne die Dächer der Stadthäuser. Fünf Straßenzüge würden sie besiedeln, und noch bevor die Häuser standen, kam ein Bauarbeiter von der Stadt und brachte Straßenschilder an: Breslauer Straße, Danziger Weg, Schlesische Straße, Stettiner Straße, Königsberger Ring. Die Straßen waren aus Asche, die die Schuhsohlen schwarz färbte, und wenn man nicht aufpasste, auch die Knie oder Hosenbeine. Später würden sie asphaltiert werden, versprach man ihnen.

Alle Häuser sahen gleich aus. Unten konnte man zwischen den grauen Steinen bald die Umrisse der Stube erkennen, die Küche und ein kleines Bad, die Toilette würde sich draußen auf dem Hof befinden, für jede Familie eine eigene. Oben ein Schlafzimmer, in dem sie gemeinsam schlafen würden, und eine kleine Abstellkammer. Außerdem hatte jedes Haus einen großen Garten, in dem man Obst und Gemüse anbauen, Hühner, Hasen und vielleicht auch ein Schwein halten konnte.

Im Haus links von ihnen würden Tante Elsbeth und Onkel Michail wohnen, rechts Cousin Martin. Gegenüber der Bäcker aus dem Dorf, der wie die anderen Männer auch in der Fabrik arbeiten würde.

Mittags aßen die Männer ungarische Eintöpfe, bei der Arbeit sangen sie die alten Lieder. Es war, als würden sie sich ihr Ungarn in die Mauern der neuen Häuser einbetonieren.

Einmal, am Abend, als Anikó von der Baustelle zurück auf den Hof kam, sich mit müden Beinen die Stiege hochschleppte und die Asche der Siedlungsstraße mit in die Beth'sche Dachkammer trug, beklagte sie sich bei der Mutter, dass der Weg zur Dorfschule mit dem Fahrrad zukünftig so weit sein würde. Über zwei Stunden wäre sie jeden Tag unterwegs.

»Aber nein, mein Liebling«, ihre Mutter strich ihr die feuchten Haarsträhnen aus der Stirn, »du gehst auf eine Schule in der Stadt.« Sie lächelte, als sei alles in schönster Ordnung, doch Anikó fiel aus allen Wolken, schließlich befand sie sich kurz vor dem Wechsel auf die weiterführende Schule. Und wenn sie jetzt auf eine andere Schule kommen würde, war ihr Traum vom Gymnasium in Gefahr.

»Was willst du denn auf dem Gymnasium?«, fragte Ibolya. »Die Volksschule reicht doch völlig aus. Dieses Land braucht Arbeiter.«

Am nächsten Tag hatte Anikó versucht, Georg zu überzeugen, weiter zur Dorfschule gehen zu können. Doch auch bei ihm biss sie auf Granit. Sie würden umziehen, Anikó würde auf die Stadtschule gehen, Georg in der Fabrik arbeiten. Es war beschlossene Sache.

Nun, am Tag des Umzugs, holte sie Cousin Martin mit einem alten Unimog ab, der den Krieg überstanden hatte. Anikó und Ibolya saßen auf der Pritsche, der Dieselgeruch brannte in der Nase, und der Beth'sche Hof schrumpfte mit jedem Meter, den sie sich entfernten, wieder zu dem kleinen Kasten zusammen, den Anikó vor fünf Jahren entdeckt hatte. Sie würde den Hof vermissen, die Kühe und Pferde und Asta, den Hofhund. Dass sie nun zu Stadtmenschen werden würden, war ihr nicht geheuer. Der Vater in einer Fabrik statt auf dem Feld, vor dem Fenster Straßen statt Weiden – unvorstellbar.

Als sie vor ihrem Haus ankamen, überreichte Georg ihr bedeutungsvoll den Schlüssel. Anikó ließ ihn ins Schloss gleiten, drehte zweimal und öffnete die Tür zu ihrem neuen Heim.

»Willkommen zu Hause«, sagte Georg, umarmte Ibolya und küsste Anikó auf den Schopf.

Die Wände waren erst am Tag zuvor tapeziert worden, der Teppich im Schlafzimmer lag noch als riesige Rolle unter der Dachschräge und wartete darauf, verlegt zu werden. Alles roch neu und strahlte eine feuchte Kühle aus. Ihre wenigen Habseligkeiten verloren sich im Haus, aber bald würde Georg seine erste Lohntüte bekommen, und dann würde es endlich wirklich vorangehen.

Als sie am nächsten Morgen ihren Tornister packte, hatte sie weiche Knie. Es waren nur noch wenige Wochen Zeit, um den Lehrer von sich zu überzeugen und die Empfehlung für das Gymnasium zu erhalten. Sie machte sich keine allzu großen Hoffnungen, dass er ihre Zeugnisse aus der Dorfschule anerkennen würde, sie musste absolute Bestleistung bringen. Und zwar in kürzester Zeit. Wichtig war, dass er sie vom ersten Tag an ernst nahm, sie durfte sich aber auch nicht aufdrängen, zu strebsame Schüler mochten die Lehrer schließlich auch nicht.

Zur Schule war es nicht weit. Zusammen mit den anderen Kindern marschierte sie in aller Frühe über die brache Fläche hinter der Siedlung, was ihnen dreckige Schuhe bescherte und später Schimpfe der Mütter.

Und kaum bogen sie auf den Pausenhof ein, drehten sich alle nach ihnen um.

»Da sind die neuen Kinder«, rief ein Junge aufgeregt und zeigte mit dem ausgestreckten Finger auf sie. »Die aus der Paprika-Siedlung!«

Anikó schaute auf ihre Schuhspitzen. Wieder hatte sich nichts geändert, alles würde so sein wie auf der Schule im Lager und der Dorfschule, bevor sie die Allianz mit Theres gebildet hatte. Das Hänseln und die Beleidigungen auf dem Pausenhof, die Papierkügelchen, die im Unterricht ihren Hinterkopf trafen, die Steinchen, die auf dem Nachhauseweg gegen ihren Tornister klackerten. Wie hatte sie nur annehmen können, dass es jemals aufhörte?

»Na, na, na, das wollen wir hier nicht hören!« Eine große Frau war auf den Jungen zugegangen und hob mahnend den Zeigefinger. »Otto, wenn ich so etwas noch einmal höre, musst du Strafarbeiten machen, hast du mich verstanden?« Sie war eine imposante Erscheinung, fast so groß wie Georg, gertenschlank, trug ihre Haare kinnlang und hatte die strahlendsten blauen Augen, die Anikó je gesehen hatte.

»Ihr müsst die Kinder aus der neuen Siedlung sein, richtig?« Sie reichte jedem einzelnen die Hand und stellte sich vor. »Mein Name ist Veronika Vogel, ich bin eure Lehrerin.«

Veronika Vogel war eine Inspiration. Ihr Wissen schien grenzenlos, auf jede Frage ihrer Schüler hatte sie eine Antwort, und sie vermittelte ihr Wissen mit Begeisterung und Elan.

Doch was das Bemerkenswerteste an ihr war: Sie forderte ihre Schülerinnen und Schüler immer wieder auf, anders zu denken. Sie sollten sich darüber bewusst werden, dass sie freie, unabhängige Menschen waren und das Recht auf eine eigene Meinung hatten. Die sie aussprechen und vertreten sollten.

Kam Anikó von der Schule nach Hause und erzählte ihrer Mutter davon, schüttelte Ibolya nur den Kopf. »Wozu soll das gut sein?«, fragte sie. »Diese Frau ist eine Aufwieglerin. Mit Freundlichkeit und Gehorsam kommt man durchs Leben, merk dir das.«

Doch letztendlich waren es Anikós neu erworbene Argumentationsfähigkeiten, die ihren Traum vom Gymnasium Wirklichkeit werden ließen. Und fortan war es ihr Ziel,

Lehrerin zu sein. Eine wie Frau Vogel. Obwohl sie Anikó nur sieben Wochen lang unterrichtete, beeinflusste sie ihr ganzes Leben.

25. Kapitel

Gitte sieht aus wie immer. Sie hat sich überhaupt nicht verändert in den letzten drei Jahren, vielleicht trägt sie ihre Haare nur noch ein Stückchen kürzer. Margarete lässt sich von ihr umarmen, murmelt erstaunt eine Begrüßung.

»Alles in Ordnung bei dir?« Ihre Freundin mustert sie kritisch. »Warst du auf Reisen?«

Verlegen wischt Margarete sich übers Gesicht. »Ich habe den Bus verpasst.«

»Und deshalb läufst du heulend durch die Stadt?«

»Es ist ein bisschen komplizierter. Ich brauche ein Taxi. Habe aber kein Kleingeld mehr, um mir eins zu rufen.«

»Du kannst bei mir telefonieren. Ich wohne gleich da drüben.« Sie deutet auf einen Häuserzug am Ende der Straße, in der Dunkelheit schwer zu erkennen.

Erleichtert folgt Margarete Gitte, die unbekümmert erzählt, dass sie jetzt auf der Universität sei, das Lehramtsstudium habe sie geschmissen, jetzt studiere sie Ethnologie und Philosophie. Gerade habe sie sich mit ein paar Freundinnen im Park getroffen. Zwei Flaschen Weißwein hätten sie getrunken und dazu Käse gegessen. Gitte trägt einen weit schwingenden, luftigen Rock, um den Margarete sie beneidet. Und ihre Füße stecken in flachen Riemchensandalen, die unverschämt bequem aussehen.

»Was macht die Familie?«, fragt Gitte.

»Der geht's gut. Sehr gut. Ich habe noch ein zweites Kind bekommen, Anja.«

»So viel zum Thema: Ich bin bald zurück an der Uni.« Gitte zwinkert ihr zu, doch Margarete schweigt, es war kein freundliches Zwinkern.

»Wohnst du noch hier in der Gegend? Wir haben uns überhaupt nicht mehr getroffen.«

»Nein, wir wohnen jetzt außerhalb. In einem Haus.«

Gitte stößt einen Pfiff aus. »Dann hast du ja, was du immer wolltest. Und Lenz verdient gut, nehme ich an?«

Margarete nickt und ärgert sich. Was ist denn schlecht daran? Ihr Leben ist ganz normal, kein Grund für Kritik.

»Hier sind wir.« Gitte bleibt vor einem wenig vertrauenerweckenden Altbau stehen. Vor dem Krieg war das Haus sicherlich eine Schönheit, doch jetzt gleicht es einer Ruine.

Gitte stemmt sich mit der Schulter gegen die schwere Holztür. »Die klemmt«, keucht sie. »Aber wir dürfen uns nicht beschweren, sonst gibt es ja keine Wohnungen für Studenten.«

»Wir?«

»Ja. Wir. Die anderen lernst du gleich kennen. Komm.« Sie nimmt Margarete den Koffer ab und geht vor. »Die Glühbirne im Erdgeschoss ist kaputt, ab dem ersten Stock wird die Sicht besser. Halt dich lieber am Geländer fest, die Stufen sind uneben. Und manchmal lassen die anderen ihren Müll hier liegen, stolpere nicht.«

Margarete versucht, etwas zu erkennen, aber es ist gespenstisch dunkel im Treppenhaus. Und es riecht modrig.

»Viel Gepäck hast du aber nicht dabei«, stellt Gitte fest. »Wo warst du denn?«

»Nirgendwo«, gesteht Margarete. »Ist es noch weit? In welchem Stockwerk wohnst du?«

»Im fünften.«

»Himmel …«

»Und wo wolltest du hin?«

»Weg«, sagt sie leise und hofft, dass Gitte endlich ihre Fragerei einstellt.

»Und deine Familie?«

»Ist zu Hause.«

»Du wolltest allein Urlaub machen? Wie progressiv, hätte ich dir gar nicht zugetraut.«

»Sie wissen nichts, ich muss zurück.«

Gitte bleibt stehen und dreht sich zu Margarete um. »Du bist abgehauen?«

Margarete schluckt, aber die Tränen lassen sich nicht mehr aufhalten. Entschlossen wischt sie sich über die Wangen. »Es war ein Fehler. Ich will mir nicht ausmalen, was alles passiert sein kann. Ich muss zurück, und zwar schnell.«

»Jaja, schon klar. Aber beruhig dich erst mal. Du bist ja gleich wieder zu Hause, sie werden doch mal ein, zwei Stündchen ohne dich auskommen können.«

Margarete beißt die Zähne aufeinander. Gitte kann das nicht verstehen, sie ist keine Mutter, sie weiß nicht, dass Karen und Anja nicht mal eben ein, zwei Stunden ohne sie sein können. Sie kennt diese absolute Abhängigkeit nicht, weiß nicht, wie es ist, jede Sekunde des Tages für die Kinder zur Verfügung stehen zu müssen, immer wachsam zu sein, sechs Augen und acht Arme zu brauchen, weil man immer vorhersehen muss, was als Nächstes passieren wird. Gitte hat keine Ahnung davon, wie zehrend es ist, Mutter zu sein. Dass es keine Pause gibt, keine Minute lang und schon gar nicht für ein paar Stunden.

Atemlos schließt sie zu Gitte auf, die vor einer Wohnungstür in der obersten Etage stehen geblieben ist. Es gibt kein Schloss, es ist eine normale Zimmertür, bei deren Öffnung Margarete Stimmen und Musik entgegenschlägt. Vom langen Flur, der sich hinter der Tür erstreckt, gehen sechs oder sieben Türen ab, die Stuckverzierungen an der hohen Decke lassen erneut die einstige Schönheit dieses Hauses erahnen.

»Wie viele Menschen wohnen hier?«

»Manu, Gloria, Fritz und ich.«

»Fritz? Du wohnst mit einem Mann zusammen?«

»Warum nicht.« Gitte zuckt mit den Schultern. »Aber Manu ist der Mann. Fritz ist mehr Frau als wir beide zusammen.«

»Aber … aber es ist verboten. Habt ihr denn keine Angst, dass die Polizei Wind davon bekommt?«

»Es gibt keine nervige Zimmerwirtin. Glorias Vater ist der Hauptmieter, und wir, die braven Studentinnen, sind Untermieterinnen. Was soll schon dabei sein? Du wirst uns doch nicht verpfeifen, richtig?« Lachend wirft Gitte ihre Tasche auf eine völlig überladene Garderobe, schleudert ihre Sandalen in eine Ecke und geht in Richtung des Zimmers, aus dem die Stimmen dringen.

Sie sitzen auf Kissen auf dem Boden, Kerzen erhellen den Raum, ein Plattenspieler in der Ecke spielt Jazz. Das Fenster ist weit geöffnet, wie ein Scherenschnitt zeichnen sich die Dächer der Stadt vor dem dunklen Himmel ab, nur ein paar letzte orangerosa Schlieren erinnern an den vergangenen Sommertag. Der Raum, obwohl nur spärlich möbliert, strahlt eine große Behaglichkeit und Friedlichkeit aus.

»Sagt hallo zu meiner alten Freundin und Kommilitonin von der Pädagogischen Hochschule«, ruft Gitte den anderen zu. »Margarete hat sich im Dunkel der Stadt verirrt und wurde von ihrer ritterlichen Freundin Gitte aufgesammelt und in diese Festung gebracht, auf dass wir sie königlich bewirten und ihr eine Droschke rufen.« Sie lässt sich auf ein Kissen fallen. »Komm, setz dich.« Sie klopft auf den Platz neben sich.

»Willkommen, Eure Majestät«, sagt eine der Frauen. Sie trägt ein tief ausgeschnittenes Kleid und hat ihre langen dunkelblonden Haare zu einem Turban aufgewickelt und ein Tuch darum geschlungen. Sie hat große Augen, üppige Brüste und ist von einer verwegenen Schönheit, die Margarete sprachlos macht. Das muss Fritz sein. Sie deutet eine Verbeugung an, die anderen lachen.

Margarete grüßt verlegen zurück. In ihrem Kostüm und den hochhackigen geschlossenen Schuhen fühlt sie sich völlig fehl am Platz.

»Kann ich telefonieren?«

»Trink erst mal einen Schluck mit uns.« Gitte hat eine Flasche aus dem Behelfsregal hinter sich geangelt und reicht Margarete ein kleines Glas mit einer milchig-trüben Flüssigkeit.

»Was ist das?«

»Wird dir guttun, beruhigt die Nerven.«

Der Schnaps brennt in der Kehle, schmeckt aber nicht

schlecht, nach Anis und anderen Gewürzen. Sofort schenkt ihr Gitte einen zweiten ein.

»Was hast du studiert?«, will Manu wissen. Er trägt eine Brille mit dunklem Rahmen, bei seinem Hemd sind die obersten zwei Knöpfe geöffnet, und als er an seiner Zigarette zieht, schließt er seine Augen zu schmalen Schlitzen.

»Deutsch, Mathematik, Geschichte und Werken auf Lehramt, wie ich«, antwortet Gitte an Margaretes Stelle. »Und sie war so irre gut, das könnt ihr euch nicht vorstellen. Einmal hat sie den Didaktik-Dozenten im Seminar für seine veralteten Ansichten kritisiert, von wegen Kinder bräuchten autoritäre Führung, ihr wisst schon. Nach und nach haben sich immer mehr Studentinnen zu Wort gemeldet und ihn ebenfalls kritisiert, das war ein Fest, sage ich euch, ihr hättet euren Spaß an ihr gehabt.«

Margarete lächelt und nippt an dem Glas, das Gitte ihr erneut gefüllt hat. Ganz so war es nicht, sie hatte seinen Argumenten damals nur die Erkenntnisse der Reformpädagogen der 1920er-Jahre entgegengestellt, ihn nicht wirklich offen kritisiert. Das hatten dann die anderen Studentinnen übernommen.

»Du musst es in einem Zug trinken«, sagt Fritz. »Nach dem dritten oder vierten Glas wird es besser.«

»Und wo arbeitest du jetzt?«, will nun die andere Frau wissen. Sie ist klein und sehr dünn, trägt Hosen, und ihr dunkelblondes Haar hat sie zu einem einfachen Zopf zusammengebunden.

»Ich arbeite nicht. Ich bin verheiratet.«

Die Runde verstummt. Alle Blicke sind nun auf Margarete gerichtet. »Wie schade«, murmelt Manu.

Sie fühlt sich immer unwohler, bittet Gitte noch einmal nach dem Telefon. Sie schaut auf ihre Armbanduhr, es ist jetzt fast halb elf. Sie ist seit Stunden ohne eine Nachricht an ihre Familie verschwunden, wieder zieht sich ihr Magen zusammen.

»Na, dann komm, wir müssen auf den Flur. Es ist eigentlich die Leitung der Nachbarn.« Gitte kichert.

Als Margarete aufsteht, merkt sie den Alkohol. Sie muss sich zusammenreißen. Und niemals wird sie auch nur ein Wort über diesen Ausflug verlieren. Sie muss sich eine gute Geschichte einfallen lassen, eine Notlüge, die erklärt, warum sie die Kinder allein gelassen hat und Stunden gebraucht hat, um zurückzukommen.

Gitte geht voran, raus aus der Wohnung, über den Flur und öffnet ganz selbstverständlich die Nachbarwohnung, die ebenfalls nur mit einer einfachen Zimmertür verschlossen ist.

»Da.« Sie deutet auf ein schwarzes Telefon, das auf einer kleinen Kommode im Flur steht.

Die Wohnung ist menschenleer und sieht unbewohnt aus, Margarete ist das alles nicht geheuer.

»Und hier kann ich einfach …«

»Jaja, das ist in Ordnung.«

»Wer wohnt hier denn?«, flüstert Margarete.

»Andere Studenten. Mach dir keine Gedanken, es ist wirklich in Ordnung.«

Margarete nickt, steckt ihren Finger in die Wählscheibe und beginnt, sie zu drehen.

»Wie ist die Adresse?«, ruft sie Gitte hinterher, bekommt jedoch keine Antwort.

Eigentlich wollte sie sich ein Taxi rufen, doch dann wählt sie eine andere Nummer.

Sie lässt es ein paarmal klingeln, so spät am Abend, ja fast schon mitten in der Nacht zu telefonieren, gehört zu den unerhörtesten Dingen, die sie je getan hat.

»Ja?«, meldet sich endlich eine verschlafene Stimme am anderen Ende.

»Hilda?«

»Margarete, wo steckst du?« Hilda klingt augenblicklich hellwach. »Was ist passiert? Geht's dir gut?«

»Alles in Ordnung.« Sie versucht, ihre Stimme unter Kontrolle zu halten. »Was ist mit den Mädchen?«

»Die sind hier, Karen ist rübergekommen, dann habe ich Anja geholt. Ich habe mir schreckliche Sorgen gemacht. Ist was mit deinen Eltern? Bist du krank? Was ist passiert?«

»Nein. Es ist nichts. Ich wollte nur weg.«

»Wie *weg*?«

Bei der Erinnerung an den Nachmittag ist alles zurück: die Enge, die Verzweiflung, das Gefühl, ständig zu scheitern, dass ihr alles entgleitet.

»Ich kann nicht mehr, Hilda. Es zerreißt mich. Lenz mit seinen anderen Frauen, dieses Haus, die Kinder. Es geht einfach nicht. Ich bin das nicht. Das ist nicht das Leben, das ich führen wollte, verstehst du? Du musst dich um die Mädchen kümmern. Bitte. Und sag meinen Eltern, dass es mir gut geht, ja?«

»Aber was ist denn passiert?«

»Es tut mir leid, Hilda. Schrecklich leid.« Ihre Stimme bricht. »Aber ich kann nicht mehr.«

Dann legt sie auf.

Schlägt sich die Hand vor den Mund, um nicht laut aufzuschluchzen. Sie fühlt sich hohl. Da, wo sonst die Verzweiflung sitzt, klafft ein tiefer Krater.

Sie hört die Stimmen der anderen, sie sind in ein hitziges Gespräch vertieft, Gitte ist die Lauteste von allen, Margarete kann nicht verstehen, was sie sagt, aber sie versucht, die anderen zu überzeugen.

Margarete geht zurück in die andere Wohnung, sieht sich um in diesem langen, dunklen Flur. Alles scheint von einer schneidenden Klarheit zu sein, von einer Schärfe, die in den Augen brennt. Sie geht zurück in diese Art Wohnzimmer, lässt sich kraftlos auf ein Kissen sinken.

»Wann kommt dein Taxi?«, fragt Gitte.

»Es kommt kein Taxi«, antwortet sie leise.

»Nein?« Gitte sieht sie erstaunt an.

Weil Margarete nichts mehr sagt, nur auf den Boden starrt, hebt Gitte unbekümmert die Schultern. »Fein, dann bleibst du also hier.«

Sie schenkt neue Schnäpse ein, diesmal sind sie grasgrün, und reicht Margarete einen. »Warte«, sagt sie, bevor Margarete sich das Glas an die Lippen setzen kann, und hält ein Feuerzeug an die Oberfläche der Flüssigkeit. Augenblicklich fängt das Getränk Feuer, eine blau-rote Flamme züngelt über dem Glas. »Jetzt«, sagt Gitte und entzündet ihr Glas ebenfalls. »Auf unsere neue Mitbewohnerin!«

26. Kapitel

1951

»Mein Name ist Margarete Seier, ich bin elf Jahre alt, mein Lieblingsfach ist Deutsch. Mein Vater ist Lagerarbeiter, meine Mutter Hausfrau.«

Der Lehrer runzelte die Stirn, und kurz bangte sie, ob sie damit durchkommen würde. Doch schließlich hakte er etwas auf der Liste ab und rief das nächste Mädchen mit seinem Nachnamen auf.

Anikó, die von nun an Margarete hieß, hielt noch einen Moment die Luft an, dann ließ sie sich erleichtert auf ihren Stuhl sinken. Das war einfacher gewesen als gedacht. Aber warum auch nicht? Aus György war an seinem ersten Tag in Deutschland ein guter Georg geworden, aus Ibolya eine Violetta, die keine sein wollte. Warum also sollte Anikó keine stolze Margarete werden?

Für die Lehrer würde sie zukünftig *Fräulein Seier* sein, für ihre Mitschülerinnen *Margarete*.

Der Name hatte ihr schon immer gefallen. Margarete, die Perle. Margarete, die Reine. Goethes Gretchen, warum auch nicht? Und sie war es leid, gleich nach der Nennung ihres ungarischen Namens die immer selben Fragen beantworten zu müssen:

Anikó, die Silben dehnend, langsam abtastend, wie ein saures Bonbon, *woher kommt das?*

Ist das polnisch?

Seit wann lebst du in Deutschland?

Und wo kommst du eigentlich her?

Von jetzt an war sie Margarete, und niemand würde mehr Fragen stellen. Hier, auf dem Gymnasium, das sie sich so hart erkämpft hatte, würde sie bestimmen, wer sie war.

Es hatte zähe Diskussionen mit den Eltern gegeben, und schließlich war es nur die schriftliche und ausdrückliche Empfehlung ihrer Lehrerin, Frau Vogel, die Georg überzeugt hatte.

Ibolya konnte es bis zuletzt nicht verstehen.

»Wozu willst du aufs Gymnasium? Du willst doch später heiraten.«

»Ich will Lehrerin werden«, erklärte Anikó und fügte in Gedanken hinzu: wie Frau Vogel. »Und dazu muss ich aufs Gymnasium gehen und studieren.«

»Lehrerin?«, fragte Ibolya ungläubig. »Du weißt, dass hier nur unverheiratete Frauen unterrichten dürfen?«

»Na und?«

»Willst du denn später keine Mutter sein und Kinder haben?«

»Ich habe dann doch Kinder, sehr viele sogar. Dreißig bis fünfzig in jeder Klasse«, erwiderte Anikó triumphierend.

Nur ein anderes Mädchen, das sie aus dem Verein der Heimatvertriebenen kannte, hatte sie vor Schulbeginn auf dem Pausenhof entdeckt. Wie Margarete trug sie ihre dunklen

Haare zu zwei ordentlichen Zöpfen geflochten, und obwohl sich die beiden kannten und sahen, hatten sie einen extragroßen Bogen umeinander gemacht, nur um nicht als Teil von etwas wahrgenommen zu werden, mit dem sie nicht in Verbindung gebracht werden wollten.

Nun, da sie die erste Hürde der Vorstellung und Neuerfindung genommen hatte, lehnte Margarete sich einen Moment zurück, ließ den Blick über die blonden Hinterköpfe ihrer Mitschülerinnen schweifen und hörte der Vorstellung der anderen zu. *Renate, Eva-Maria, Elisabeth. Vater Arzt, Vater verstorben, Vater a.D.*

Sie hatte mitgezählt, von den zweiundfünfzig Mädchen, die zum Probeunterricht angemeldet worden waren, kamen sechsundzwanzig aus Beamtenfamilien, zwölf aus Akademikerfamilien, fünf Väter waren tot, drei außer Dienst, einer in Rente. Drei Väter waren Handwerker, nur zwei Arbeiter wie Georg.

»Lediglich die Hälfte der Fräulein wird hierbleiben«, erklärte der Lehrer, als die Vorstellungsrunde beendet war. »Für die anderen ist das Gymnasium nichts.« Er war von kleiner, gedrungener Statur, trug einen beigefarbenen Anzug und eine schwarz umrandete Brille. »Auf dem Gymnasium wird die Elite ausgebildet. Wir unterrichten hier zukünftige Beamtinnen, Lehrerinnen, Verwaltungsangestellte. Wen das schon einschüchtert, hat hier nichts verloren.«

Margarete reckte das Kinn und nahm die Schultern zurück. Wenn sie eins von Frau Vogel gelernt hatte, dann ihre Position zu verteidigen. Sie gehörte hierher und würde auch bleiben, ganz gleich, wie sehr sie dafür kämpfen müsste. Auch wenn das bedeutete, dass sie härter arbeiten, mehr lernen und präziser argumentieren musste. Sie sich immer noch ein wenig mehr anstrengen müsste als die besten Klassenkameradinnen. Und es würde nicht ausreichen, schlau und ehrgeizig zu sein. Zusätzlich musste sie bescheiden, hilfsbereit und freundlich auftreten. Es würde kein einfacher Weg werden, aber es war ihrer. Sie war bereit. Und der Vers, den Frau Vogel ihr zum Abschied ins Poesiealbum geschrieben hatte, würde zu ihrem Leitspruch werden:

Quält dich in tiefer Brust
Das harte Wort »Du musst«
Dann denke bei dir still
An das stolze Wort »Ich will«.

Oft wiederholte sie in Gedanken diese Zeilen, wenn sie später über ihren Hausaufgaben brütete, sie zusätzlich zu den eigentlichen Hausaufgaben seitenweise Rechenaufgaben löste oder den Deutschaufsatz zum dritten Mal abschrieb, weil ihr wieder Fehler unterlaufen waren, die das Schriftbild störten. Sie *musste* nicht die Beste sein, sie *wollte* es. Es war ihre Entscheidung, und dafür würde sie hart arbeiten.

Doch Margarete hatte nicht damit gerechnet, dass ihre Entscheidung fast täglich erneut auf die Probe gestellt werden würde. Sie hatte angenommen, dass die Aufnahme auf das Gymnasium der schwierigste Teil sein würde. Dass der Schulbesuch dann bald selbstverständlich werden würde.

Doch über allem schwebte nun immer die Angst, vom Gymnasium abgehen zu müssen, es nicht zu schaffen. Die

Angst wurde zu ihrem stummen Begleiter, und jeder einzelne Tag geriet zur Willensprobe. Da war zum einen das Geld, monatlich zwanzig Mark Schulgeld, und dann weitere Ausgaben für Bücher, Hefte, Stifte, Ausflüge – alles kostete extra, und das Unterrichtsmaterial am Gymnasium war so viel teurer als das auf der Volksschule. Noch jahrelang würde Margarete ihren Eltern auf der Tasche liegen, während die gleichaltrigen Mädchen aus der Siedlung schon längst in Lohn und Brot standen, den Eltern Geld abgaben, statt ihnen weiter Kosten zu verursachen.

Zu jedem Schuljahreswechsel wurde die Klasse kleiner, viele ihrer Mitschülerinnen kapitulierten, auch solche, die keine Geldsorgen hatten. Wozu die ganze Plackerei, wenn sie zukünftig ja doch nur heiraten und einen Haushalt führen würden? Sie wechselten auf die benachbarte Hauswirtschaftsschule, wo sie ihr »Pudding-Abitur« ablegten.

Wenn sie nach dem Unterricht ihren Tornister schulterte und sich auf den Weg in die Siedlung machte, verwandelte sie sich mit jedem Meter von Margarete zurück in Anikó.

Es war, als würde sie zwei Leben führen. In der Stadt versteckte sie ihre Herkunft, so gut es ging. Niemals sprach sie auch nur ein Wort Ungarisch, und sie achtete genau darauf, dass ihre Pausenbrote genauso aussahen wie die der anderen Mädchen. In der Siedlung aber benutzte sie die Sprachen ihrer Eltern, liebte die Gewürze, die das Essen ihrer Vorfahren schon seit Generationen verfeinerten, und beging die alten Traditionen und Bräuche. An Fronleichnam legte sie mit den Frauen der Siedlung einen wunderschönen Blumenteppich, im August tanzte sie mit ihren

Cousins auf dem Schwabenball, an Weihnachten hing sie zusammen mit Ibolya Salonzucker an den kleinen, buschigen Tannenbaum.

Ihre Mutter war wieder zu der Frau geworden, die Anikó aus Ungarn kannte. Zupackend und fleißig, aber immer bereit, ihre Arbeit für einen kleinen Plausch zu unterbrechen. Ihre Umarmungen wurden weicher, ihr Lächeln breiter. Und so gewissenhaft und ehrgeizig, wie sie einst ihren Hof bewirtschaftet hatte, arbeitete sie nun im kleinen Garten, baute Zwiebeln an, Kartoffeln, Mais und Paprika. Nach der Ernte lagerte sie das Gemüse sorgfältig, kochte oder weckte es ein. Das scheckige Schwein, das schon bald draußen im kleinen Stall stand, fütterte sie mit dem, was in der Küche übrig geblieben war, und kraulte ihm oft das struppige Fell. Jeden Morgen ging Ibolya in den Stall, um zu sehen, ob die Hühner Eier gelegt hatten. Häufig nahm sie sich einen Moment, hob eins der Tiere auf den Arm, strich über ihr zartes Gefieder und lauschte versonnen ihrem Gurren und Glucksen.

Wenn Anikó sie so fand, bevor sie sich zur Schule verabschiedete, wünschte sie sich eine Welt, in der Mütter genau so sein durften. Voller Liebe und Fürsorge für alles Lebendige, mit fleckiger Schürze, breitem Lächeln und krausem Haar, das mit einem Tuch gebändigt werden musste. Manchmal nach Zimt, manchmal nach Knoblauch duftend, mit braunen Halbmonden aus Erde unter den Fingernägeln, roten Wangen und einem Körper, der weich war und Geborgenheit schenkte.

Die Mütter ihrer Mitschülerinnen waren ganz anders. Nach dem Unterricht warteten streng dreinblickende

Frauen in eleganten Kostümen mit wespenschlanken Taillen am Schultor. Und noch bevor sie ihre Töchter begrüßten, richteten sie schon etwas an deren Aussehen – zupften an Haarsträhnen herum, legten Rüschen zurecht oder rieben augenrollend an Tintenflecken herum.

Diese Mütter waren Wesen wie aus den Illustrierten, die Margarete im Laden der alten Feuerlein bewunderte. Häufig musste Margarete ihrer Mutter etwas aus der Stadt mitbringen, denn Ibolya hasste es, einkaufen zu gehen. Die Leute würden sie nicht verstehen und sie auslachen, klagte sie. Sie wolle nicht hinaus, das sollten Anikó und Georg erledigen. Und ließ es sich doch einmal nicht vermeiden, mussten Georg oder Anikó einen Zettel schreiben, auf dem stand, was sie kaufen wollte. Den legte sie der Feuerlein stumm auf den Tresen und nickte nur, wenn sie ihr die gewünschte Ware zeigte.

Margarete störte sich nicht an den kleinen Aufträgen. Sie mochte den Laden mit seinen unzähligen Schubladen, Fächern und Schütten sehr. Die ordentlich aufgestapelten Waren, der Geruch nach Seife und die kleinen Papiertüten, in denen Frau Feuerlein die Einkäufe abpackte. Alles hier war so schön aufgeräumt und ordentlich. Und häufig gab ihr Frau Feuerlein mit der gewünschten Ware ein zuckriges Bonbon oder einen Apfel.

Am besten gefielen Margarete aber die Zeitschriften, die auf dem Tresen auslagen. Während sie wartete, bis sie dran war, warf sie sehnsüchtige Blicke auf die abgebildeten Frauen auf den Titelseiten. Mit ihren aufwendigen Frisuren, den spitzen Brüsten und adretten Posen. So sollten Mütter hier aussehen und sich verhalten. Selbstbewusst kokettierend, nicht wie ihre, die in der Stadt erstarrte wie ein Reh im Scheinwerferlicht, hilflos und unsicher. Würde Margarete irgendwann doch Mutter werden, sie würde wie die Zeitschriftenfrauen aussehen, das schwor sie sich. Man musste nur die richtigen Kleider tragen, sich frisieren können und auf seine Haltung achten. Das würde sie schaffen. Liebevoll und nachsichtig wie ihre eigene Mutter würde sie aber ebenfalls sein. Das eine schloss das andere ja nicht aus.

Von den Vätern wusste Margarete nicht genau, wie sie zu sein hatten. Es gab kaum welche, die für einen Vergleich taugten. Manchmal sah sie Männer mit ihren Familien am Wochenende bei einem Spaziergang oder in der Eisdiele. Immer trugen sie Anzüge und Krawatten, rauchten viel und unterhielten sich fast nie mit den Kindern.

Was das betraf, gab Georg mittlerweile einen guten deutschen Vater ab. Er hatte sich verändert, aus dem ehemaligen Dorfvorstand und fleißigen Landwirt war ein gebeugtes Wesen geworden, das Anikó nur noch selten und meistens schlafend begegnete. Montag bis Samstag kam ihr Vater nun so erschöpft aus der Fabrik nach Hause, dass er nach dem Abendbrot am Esstisch einschlief. Sitzend sank ihm das mächtige Kinn auf die Brust, und er schnarchte so laut, dass das Bier im Glas vor ihm vibrierte.

Früher bestimmten die Tages- und Jahreszeiten Georgs Arbeit. Im Sommer wurde zeitig aufgestanden und hart geschuftet, im Winter kehrte Ruhe ein. Dann saß er bei Ibolya und Anikó in der Stube oder bei Beths unterm Dach, sie hatten geredet, Karten- oder Würfelspiele gespielt. Doch die Fabrik, in der er jetzt arbeitete, stand niemals still.

Nur sonntags, wenn Georg wieder zu György wurde, bei Schnaps- und Paprikawurst mit den Nachbarn feierte, Späße machte, ausgelassen mit seiner Frau tanzte und seine Tochter hochhob und durch die Luft wirbelte, obwohl sie eigentlich schon viel zu groß dafür war, nur dann, in diesen seltenen, kostbaren Stunden, erinnerte er Anikó an den Mann, den sie als kleines Mädchen gekannt hatte.

27. Kapitel

1963

Sie hat schon Kopfschmerzen, bevor sie die Augen öffnet. Und kaum ist sie wach, denkt sie an ihre Mädchen und wünscht sich, sie wäre tot.

Wie spät mag es sein? Die Sonne greift bereits beherzt durch die nachlässig geschlossenen Gardinen, kleine Staubpartikel schweben im Licht. Jemand liegt neben ihr im Bett.

Gitte, stellt Margarete erleichtert fest. Sie hat sich auf die Seite gedreht, ihre kurzen Haare stehen in alle Richtungen ab. Wie sie selbst trägt Gitte nur Unterwäsche. Margarete erinnert sich nicht, wie sie in dieses Zimmer gekommen ist, Gittes Schlafzimmer vermutlich. Auch hier hohe Decken, alte Holzdielen, Stuck. Und Chaos auf dem Boden. Einen Schrank scheint Gitte nicht zu besitzen, stattdessen erkennt Margarete einen alten, großen Seemannskoffer, der geöffnet in einer Ecke steht, darin türmen sich Klamotten. Vor einem der großen Fenster befindet sich ein Schreibtisch, der unter Bergen von Büchern und Papieren ächzt, an der Wand hängen nachlässig befestigte Kunstdrucke.

Margarete möchte die Augen wieder schließen, möchte zurück in die Nacht, in den Schlaf, um vergessen zu können, wo sie ist und was sie getan hat. Um nicht darüber nachdenken zu müssen, wie sie diesen Fehler wiedergutmachen kann.

Sie hat Karen erneut im Stich gelassen. Und als Anja heute Morgen aufgewacht ist, war Margarete zum ersten Mal in ihrem Leben nicht da, sie hat sie nicht begrüßt und nicht mit ihr gekuschelt, sie nicht gewickelt und angezogen.

Na los.

Steh doch auf.

So schwer ist es nicht. Aufstehen, sich anziehen, die Haare irgendwie richten, die verschmierte Wimperntusche unter den Augen wegwischen, sich Geld von Gitte nehmen und dann auf zum Bahnhof, zum Autobus, in das Haus auf dem Berg, das kein Zuhause ist, zu den Menschen, die sie liebt und die doch keine Familie sind.

Die Verzweiflung trifft sie mit voller Wucht. Margarete weint, krümmt sich lautlos wie unter Schmerzen.

Sie muss zurück.

Sie muss.

Muss.

Und bleibt doch liegen. Bis das lodernde Gefühl weniger wird, ersetzt wird durch die dumpfe, lähmende Resignation, die sie schon gestern gespürt hat. Sie glättet alle Gedanken, nimmt dem Schmerz die Spitzen, macht ihn dumpf.

Gitte schläft noch immer regungslos. Margarete starrt an die Decke und folgt mit ihrem Blick den hellbraunen Rändern der Wasserflecken.

Sie kann nicht zurück.

Nicht mehr.

Das Frühstück besteht aus einem Brot mit Honig, das sie im Stehen essen, an die kleine improvisierte Küchenzeile gelehnt. Den Kaffee hat Gitte in einer Edelstahlkanne direkt auf dem Herd aufgekocht. Zwei Löffel Zucker waren nötig, um ihn genießbar zu machen. Beim ersten Schluck zog sich Margaretes Kopfhaut zusammen, augenblicklich fühlte sie sich wach.

Gitte trägt einen Rock, dessen Bündchen sie einmal umgeschlagen hat und der dadurch schon über dem Knie endet. Unerhört kurz. Und das bei ihren Beinen. Gitte hat noch nie dem Idealbild einer modernen Frau entsprochen, doch es scheint ihr heute noch weniger auszumachen als damals. Außerdem trägt sie ihre Bluse bis zum dritten Knopf geöffnet, es wäre ein Leichtes, einen Blick zu erhaschen.

Margarete hat ein frisches Kostüm gewählt, das sie in ihrem Koffer gefunden hat. Sie konnte sich nicht erinnern, es eingepackt zu haben. Der Stoff ist fest und warm, schon jetzt schwitzt sie am Rücken und unter den Armen.

»Ich muss gleich los«, sagt Gitte kauend. »Kommst du mit? Eine Einführung in die Philosophie Hegels.«

Margarete stiert in ihren Kaffee. »An einem Samstag?«, fragt sie kraftlos.

»Der Jahrgang ist so voll, manche Seminare müssen am Wochenende stattfinden. Komm, wir sitzen zusammen, wie früher. Und machen uns über die Streber lustig, die ständig blöde Fragen stellen.«

Margarete lächelt matt.

Gitte spült ihre Tasse kurz unter fließendem Wasser ab und stellt sie zurück auf die Fensterbank. Das restliche Geschirr, das sich schmutzig in der Spüle stapelt, lässt sie, wo es ist. »Na, komm schon. Oder hast du andere Pläne?«

Sie reden nicht darüber, warum Margarete noch immer hier ist. Gitte akzeptiert diesen Zustand, der eigentlich keiner ist, als ganz normal.

»Na gut«, sagt Margarete schließlich. »Warum nicht?«

»So gefällst du mir. In zehn Minuten geht's los.«

Margarete versteht nicht viel vom Seminar. Gitte hat sie nicht vorgestellt, so voll wie es ist, fällt sie nicht auf. Sie sitzen nebeneinander in der letzten Reihe, es wird geraucht, die Luft ist schneidend. Irgendwann wird auf Bitten einer Studentin das Fenster geöffnet, sie könne die Luft nicht ertragen. Das Gelächter der männlichen Kommilitonen ist groß.

Dieses Universitätsseminar erinnert sie an ihre Seminare an der Pädagogischen Hochschule. Wie gerne sie studiert hat. Und wie selbstverständlich sie davon ausgegangen ist, dass sie ihr Studium fortsetzen würde.

Sie wollte Karen stundenweise zu ihren Eltern geben und dann weiterstudieren. Es war ihr damals selbstverständlich erschienen. Wann ist ihr Leben ihr entglitten? Welche Entscheidung war die falsche? Oder waren es mehrere? Wo hätte sie standhafter bleiben müssen, was lag in ihrer Hand? Waren es die Kinder? Oder Lenz? Sie hatte doch immer von einem Mann wie ihm geträumt. Das Haus. Mit dem Umzug in die Vorstadt waren die Wege zu weit geworden. Ihre Eltern waren nicht mehr so leicht zu erreichen, und Anja, ach, Anja, dieses Kind forderte ihre ganze Energie.

Dass das Seminar beendet ist, merkt sie erst, als die anderen um sie herum aufstehen.

»Gehen wir in die Mensa?«, fragt sie Gitte.

Die schnaubt. »Viel zu voll. Es ist noch schlimmer geworden in den letzten Jahren. Manchmal stehst du eine Stunde lang an, bevor du dein Essen bekommst. Nein, wir holen uns was beim Bäcker und setzen uns in den Park.«

Die Stadt ist glutheiß, die Hitze steht in den Häuserschluchten. Margarete fühlt sich benommen. Zu Hause würde sie jetzt mit den Mädchen im Souterrain sein, dort ist es kühler. Und am späten Nachmittag vielleicht einen Bottich mit Wasser aufstellen, in dem sie planschen können. Was Hilda wohl mit ihnen macht? Oder ist Ibolya gekommen, um sie zu betreuen?

»Hallo, ich rede mit dir!«, holt Gitte sie aus ihren Gedanken. »Wie dir die Vorlesung gefallen hat, habe ich gefragt.«

»Entschuldige. Gut. Interessant, die Dozentin schien sehr von ihrem Thema überzeugt zu sein.«

Gitte hebt die Augenbrauen. »Früher warst du aber mehr auf Zack!«

Sie lassen sich im Schatten einer großen Kastanie nieder, Gitte liegt ausgestreckt im Gras, mit nackten Zehen zupft sie ein paar Grashalme aus.

Margarete sitzt aufrecht mit zur Seite angewinkelten Beinen, der Schweiß läuft ihr in kleinen Rinnsalen über den Rücken und die Schläfen.

»Willst du nicht mal was ausziehen? Du läufst hier immer noch rum wie eine Nonne.« Gitte lupft Margaretes Jackett. »Ich bitte dich, es sind über dreißig Grad.«

Sie hat recht. Margarete knöpft ihr Jackett auf und schlüpft aus den Schuhen – welche Entlastung! Sie spreizt die Zehen und fühlt einen leichten Luftzug. Himmlisch.

»Und jetzt diese Bluse«, fordert Gitte sie auf.

»Das geht nicht, ich trage darunter nur ein Mieder.«

»Na und? Wir sind hier für uns, weit und breit kein Mensch, was soll schon passieren? Schlimm genug, dass du dich immer noch in diese Mieder quetschst.«

»Nach zwei Schwangerschaften ist mein Körper nicht mehr so wie früher.«

»Du brauchst ihn nicht verstecken. Schon gar nicht vor mir.« Gitte seufzt, als würde sie mit einem störrischen Kind reden.

Eine Weile sitzt Margarete einfach nur da, beobachtet die wenigen Spaziergänger und Gassigeher auf den Wegen. Alle bewegen sich wie in Zeitlupe, die Hitze verlangsamt ihre Schritte, diese Temperaturen versetzen selbst den Park in einen Ausnahmezustand.

Und eigentlich hat Gitte recht. Das Mieder scheuert und drückt, es ist unerträglich. Wenn sie es abends auszieht, fühlt es sich an, als könne sie endlich aufatmen. Ihr Rumpf wird weich, alles lockert sich und gibt sich der Schwerkraft hin. Es ist ein erlösendes, ein erleichterndes Gefühl, ein tiefes Seufzen ihres Körpers.

Sie öffnet die obersten Knöpfe ihrer Bluse, fädelt ihre Arme durch die Ärmel, löst unter ihrer Bluse die Ösen des Mieders und zieht es sich schließlich über die Hüfte.

»So ist es besser«, sagt sie und grinst in Gittes Richtung.

»Du Teufelsmädchen!« Gitte knufft sie wieder.

»Sieht man was durch?« Margarete reckt ihr die Brust entgegen.

»Nichts. Jetzt komm neben mich aufs Gras, das ist schön kühl.«

Margarete legt sich auf den Rücken und verschränkt die Hände hinter dem Kopf, ihr Blick verfängt sich im Blattwerk der Kastanie, hier und da bewegen sich ihre sattgrünen Blätter sachte. Es ist friedlich und ruhig, Margarete spürt den kühlen Stoff der Bluse auf ihrer nackten Haut, ihr fallen die Augen zu.

Sie wird davon wach, dass sich Gitte aufgesetzt hat und zwei Äpfel aus ihrer Tasche holt. Sie reicht ihr einen, die Süße und Säure der Frucht holt Margarete aus ihrer friedlichen Benommenheit. Das schlechte Gewissen ist zurück, die Scham, die Ohnmacht.

»Ich weiß nicht, wie ich all das hier wieder rückgängig machen soll.«

Gitte sieht sie an. »Willst du das denn?«

Sofort stehen Margarete die Tränen in den Augen. »Ich muss zurück zu meinen Kindern. Sie werden mich vermissen, und wenn ich noch länger warte, werden sie mich hassen. Ich habe doch keine Wahl.«

»Man hat immer eine Wahl«, sagt Gitte leichtfertig und beißt in ihren Apfel. »Du kannst dich für das Leben entscheiden, das du leben möchtest. Du hast nur dieses eine, alles andere wäre doch Irrsinn.«

»Aber wie, ohne meine Familie zu verletzen?«

»Und genau das ist die Wahl, die du treffen kannst. Es ist nie einfach, für sich selbst einzustehen.« Sie wischt ihr eine Träne von der Wange und überrascht Margarete mit dieser zärtlichen Geste.

Für Gitte mag das stimmen. Sie hat Eltern, die sie bei allem unterstützen, was sie tut, und ihr das Studium finanzieren, egal, wie lange es dauern wird. Sie wird ein großes Haus erben, der Bruder wird den familieneigenen Betrieb übernehmen, Gitte wird man ausbezahlen. Das steht fest, seit sie das Licht der Welt erblickt hat. Natürlich kann sie alles sein, was sie sein möchte.

»Warum hast du mich nie besucht?«, wechselt Margarete das Thema.

Gitte setzt sich auf, der Moment des Trostes ist vorbei. »Weil du mich und unsere Idee an diesen Mann verraten hast! Wir wollten gemeinsam die Pädagogik revolutionieren, wie konntest du mich einfach im Stich lassen?«

»Ich war schwanger, was hätte ich denn tun sollen?«

»Auch da hattest du die Wahl.«

»Welche Wahl? Kein Mann hätte mich mit einem Kind noch genommen. Oder hätte ich deiner Meinung nach das Kind allein großziehen sollen, nur um mein Leben lang wie eine Aussätzige behandelt zu werden? Meine Eltern hätte ich damit bis aufs Mark blamiert. Was bleibt dann noch? Zu einer Engelmacherin gehen und mein Leben riskieren? Von welcher Wahl sprichst du?«

Wütend schüttelt Gitte den Kopf. »Du machst es dir so einfach, wenn du dein Leben immer an anderen ausrichtest.«

»Was soll daran einfach sein? Du hast doch keine Ahnung, wie es ist, wenn man sich tagtäglich bemühen muss, diesen Ansprüchen gerecht zu werden.«

»Aber genau das meine ich: Du sollst dich nicht bemühen müssen, lebe dein Leben, so wie *du* es willst. Triff Entscheidungen, die *dich* glücklich machen. Pfeif auf die anderen!«

Margarete atmet schwer. Gitte kann es nicht verstehen. Sie war immer Teil dieser Gemeinschaft, in die Margarete hofft, aufgenommen zu werden, seit sie ein kleines Mädchen war. Gitte kennt das Gefühl nicht, um Akzeptanz zu kämpfen. Wie es ist, ständig das eigene Verhalten zu hinterfragen und zu überprüfen. Immer abzugleichen, ob man sich konform verhält, denn nur Konformität wird von Gruppen akzeptiert. Gitte kann der bunte Papagei sein, sie kann aus der Reihe tanzen, sie darf anders und besonders sein – weil sie Teil der Gruppe ist. Margarete darf es nicht, weil sie am Rand steht und zuschaut.

Schweigend sitzen sie da, die schöne Stimmung ist verflogen.

»Komm«, sagt Gitte schließlich. »Gleich ist die Versammlung des AStA, da kommst du mit.« Sie steht auf, greift nach Margaretes Mieder, und ehe sie sichs versehen hat, landet es in ihrer Tasche.

»Nein!«, ruft Margarete entsetzt. »Gib her.«

»Hol's dir doch.« Gitte springt auf und rennt los.

28. Kapitel

Im gleißenden Sonnenlicht gehen sie zurück zur Universität. Und Margarete erlebt die Stadt, die sie seit ihrer Kindheit kennt, vollkommen neu. Gitte wählt Wege, die Margarete noch nie gegangen ist. Bleibt vor Schaufenstern stehen, an denen Margarete immer vorbeigeeilt ist, und erzählt Anekdoten zu Cafés und Bars, in die Margarete noch nie auch nur einen Fuß gesetzt hat. In derselben Stadt haben sie zwei völlig unterschiedliche Leben geführt. Kein Wunder, dass sie sich nie begegnet sind.

Die Studenten treffen sich im Innenhof der Universität. Margarete schätzt, dass es sechzig bis achtzig Personen sind, die sich hier versammelt haben. Vor allem Männer, doch auch einige Frauen kann Margarete erkennen. Die Stimmung scheint ausgelassen zu sein, in lockeren Grüppchen sitzen sie auf den Steinstufen im Schatten der hohen Hochschulmauern, die Männer haben ihre Jacketts abgelegt, viele der Frauen tragen weite Röcke oder sogar kurze Hosen.

Gitte wird von allen Seiten begrüßt und umarmt, Margarete erkennt Fritz und Gloria in der Menge.

»Schön, dass du da bist«, sagt Fritz. »Wirst du auch dem AStA beitreten? Wir besprechen unsere Forderungen nach besseren Studienbedingungen.«

Margarete nickt, obwohl sie nicht weiß, worum es hier geht. Sie weiß nur, dass sie Hunger und Durst hat. Bis auf das Honigbrot und den Apfel hat sie heute noch nichts gegessen.

Sie setzen sich, Margarete nestelt an ihrer Bluse herum. Dass sie nichts darunter trägt, ist ihr nun sehr unangenehm. Gitte ist schnell in ein Gespräch mit ihren Mitbewohnerinnen vertieft, eine Flasche Wein wird herumgereicht, Margarete nimmt drei große Schlucke und fühlt sich augenblicklich beschwipst.

Ein Student erhebt sich, der einzige, der sein Jackett noch trägt, und stellt sich in die Mitte des Platzes. Er begrüßt die Anwesenden und stellt die Tagesordnungspunkte vor, es ist ein seltsam förmlicher Akt in dieser legeren Hochsommeratmosphäre. Margarete hört nicht richtig zu, es scheint um die Studienbedingungen zu gehen. Die Seminare seien zu voll, die Räume zu klein, ein ungerechtes System entscheide über die Teilnahme an Kursen. Es müsse mehr Partizipation der Studierenden geben, Seminarsprecher sollten gewählt werden.

Margarete staunt über die Vehemenz, mit der die Ideen vorgetragen werden. Als sie noch eingeschrieben war, wäre sie niemals auf die Idee gekommen, Forderungen zu stellen. Sie hätte auch in der letzten Reihe gestanden und doppelt so viele Hausarbeiten erledigt, wenn es notwendig gewesen wäre.

Der Redner ereifert sich, und Zwischenrufe der anderen Studenten bestärken seine Forderungen. Alle machen mit. Es wirkt, als wären sie alle *eins*, ein organisches Gebilde, das pulsiert, sich aufbäumt. Und durch ihre bloße Anwesenheit ist Margarete ein Teil davon. Es ist aufregend und verwirrend.

»Willst du?« Der Mann neben ihr hält ihr eine Weinflasche entgegen.

Margarete nimmt sie zögerlich. Eigentlich müsste sie erst etwas essen, sonst ist sie gleich vollends betrunken.

Er scheint ihre Gedanken zu lesen. »Ich habe eigentlich auch schon zu viel«, sagt er und schmunzelt.

Margarete betrachtet ihn genauer. Er trägt eine helle Hose, dazu ein weißes Hemd, das er hochgekrempelt hat. Seine braunen Haare sind ein wenig zu lang. Er ist sehr schlank, doch auf seinen Wangen zeigen sich zwei Grübchen, wenn er lacht. »Ich bin Aro.« Er reicht ihr die Hand.

»Margarete«, stellt sie sich vor.

Er hält ihre Hand einen kleinen Moment zu lange und blickt sie unverwandt an. Das Dunkelbraun seiner Iris hebt sich fast nicht vom Schwarz der Pupillen ab.

Sie senkt den Blick, streicht sich eine Haarsträhne zurück.

»Bist du das erste Mal hier?«

»Merkt man das?«

Er zuckt mit den Schultern. »Hauptsache, wir werden immer mehr und immer lauter. Was studierst du?«

»Lehramt«, sagt sie, ohne zu zögern.

»In welchem Semester?«

»Ich habe pausiert und fange jetzt wieder an. Wahrscheinlich gehe ich ins fünfte.« Sie nickt ein paarmal. »Was machst du?«

»Meine Regierung will, dass ich Jura studiere. Also bin ich dafür eingeschrieben. Philosophie und Politik interessieren mich aber viel mehr.« Er erzählt von der Anwaltskanzlei seines Vaters, die er als einziger Sohn übernehmen soll – ob er nun will oder nicht.

Mittlerweile ist es dämmrig geworden, und es hat sich ein wenig abgekühlt. Irgendjemand hat Brot besorgt, das herumgereicht wird, man reißt sich einfach ein Stück ab. Sie ist sich sicher, noch nie etwas Besseres gegessen zu haben.

Der Redner wurde unter viel Applaus verabschiedet, nun finden wieder viele kleine Gespräche statt, ruhiger und friedlicher, es ist ein vielstimmiges Murmeln, keine Stimme hebt sich mehr ab. Eine Frau spielt Gitarre und singt dazu, einige stimmen mit ein. Margarete kennt das Lied nicht, der Text ist Englisch.

»Kommst du morgen wieder?«, will Aro wissen.

»Vielleicht.« Sie zuckt mit den Schultern. Wer weiß schon, was morgen ist.

»Wäre schön.« Er hebt seine Hand und streicht ihr über die Wange, eine Berührung sanft wie der Flügelschlag eines Schmetterlings. Margarete hält die Luft an. Doch er belässt es dabei, greift nicht nach ihr, zieht sie nicht an sich, beugt sich ihr nicht entgegen, um sie zu küssen. Es bleibt bei dieser einen kleinen Berührung.

»Danke«, flüstert sie und verliert sich wieder im Dunkel seiner Augen.

Etwas verändert sich. Die Gruppe wird unruhig, und dieser magische Moment zieht vorbei. Einige der Studenten recken die Köpfe, als würden sie auf etwas in der Ferne lauschen. Auch Margarete dreht den Kopf und meint, schwach die Sirenen eines Feuerwehrwagens oder Polizeiautos zu hören.

»Ah«, sagt Aro und streckt sich. »Gleich geht es wieder los.«

»Was geht los?«

»Die Bullen kommen.«

»Wieso?«

»Sie räumen den Platz. Ist jeden Abend das gleiche Spiel. Angeblich wegen Ruhestörung.«

»Ihr sitzt doch nur hier und unterhaltet euch.«

»Seit den Krawallen letztes Jahr in München haben die uns auf dem Kieker.«

Der erste Streifenwagen hält an, der zweite, der dritte. Wie auf ein unsichtbares Kommando öffnen sich die Wagentüren, und sechs Uniformierte steigen aus. Langsam kommen sie auf die Studentengruppe zu, umstellen sie.

Die Studenten am anderen Ende des Platzes stehen auf und gehen. Sie bewegen sich von den Polizisten fort. Manche langsam, fast genervt, andere zügigen Schrittes. Die Kette der Uniformierten kommt auf sie zu. Margarete und Aro sitzen zur Straße hin, bei ihnen werden die Polizisten zuerst ankommen.

Obwohl sie sich nichts vorzuwerfen hat, hämmert Margaretes Herz in ihrer Brust, sie fühlt sich hellwach. Panisch sieht sie sich um, alle sind nun in Aufruhr, nichts ist von der entspannten Stimmung geblieben. Die Luft brennt, ein Funke, und das alles hier explodiert.

»Lass uns gehen«, sagt sie zu Aro, versucht, Gitte in diesem Gewirr aus Menschen ausfindig zu machen.

Sie will sich nicht ausmalen, was passiert, wenn sie hier festgenommen wird. Sie werden Lenz anrufen, und er wird sie auf der Wache abholen wie einen entlaufenen Hund.

»Kannst du rennen?«, fragt Aro.

»Nicht mit diesen Absätzen.«

»Zieh sie aus. Und dann komm.«

Sie schlüpft aus ihren Schuhen, er nimmt ihre Hand, und sie laufen los. Sie rempeln sich durch die Menge der Menschen, jeder scheint sich jetzt der Nächste zu sein, und fliehen über die Stufen hoch zum Deutschen Seminar. Auf den ersten Metern spürt Margarete noch den Schmerz in ihren Füßen, kleine Steinchen bohren sich in ihre Fußsohlen, sie knickt auf einer harten Stufe um, ihre Füße schrammen über den groben Asphalt, doch irgendwann ist es ihr egal. Sie spürt die Füße nicht mal mehr und beginnt an Aros Hand zu fliegen.

Sie sprinten am Fakultätsgebäude vorbei, Margarete kennt den Weg und versteht, warum Aro ihn gewählt hat. Hinten gibt es eine kleine Mauer, die müssen sie überwinden, dann durchs Gebüsch, und schon sind sie auf dem Marktplatz mit seinen vielen Passanten, Gängen und Gassen, hier kann man schnell untertauchen. Sie sprinten über den Platz, Aro hält sie noch immer fest und wählt eine kleine Gasse, die in Richtung Westen führt. Margarete folgt ihm ohne Vorbehalte, sie rennen durch die Stadt, bald hat sie die Orientierung verloren, auf einem kleinen Weg, der zum Park zu führen scheint, wird er langsamer.

»Wir haben sie abgehängt«, sagt er keuchend. »Und ich habe Seitenstechen.« Er stützt sich auf seinen Knien ab. »Du bist schnell«, sagt er anerkennend.

Margarete japst nach Luft, lacht, wirft den Kopf in den Nacken und kann sich nicht erinnern, sich je lebendiger gefühlt zu haben.

»Das war irre!«, ruft sie. »Sind sie wirklich weg?«

Aro nickt. »Keine Sorge, so wie du gerannt bist, hätten sie uns nicht mal mit ihren Pferden einholen können.«

Sie streicht sich die Haare aus dem verschwitzten Gesicht, und weil sie bestimmt in alle Himmelsrichtungen abstehen, öffnet sie ihren Zopf, schüttelt ihr Haar und bindet es einfach zu einem hohen Pferdeschwanz zusammen.

Aro beobachtet sie fasziniert. »Du bist so schön«, sagt er. »Dein Haar. Darf ich es anfassen?«

»Du willst mein Haar anfassen?« Margarete lacht laut. »Nein.«

»In Ordnung.« Er senkt den Blick.

»Aber du darfst mich auf ein Eis einladen, wie klingt das?«

Es ist das beste Zitroneneis, das Margarete je gegessen hat. Nun schlendern sie durch die Gassen der Stadt, sie hat wieder Schuhe an den Füßen, und nichts erinnert an ihre wilde Flucht von gerade eben, sie sind einfach nur ein junges Paar, das einen Sommerabend genießt. Aro erzählt, dass sie sich nach den Versammlungen im Uni-Innenhof meistens in einer Kneipe beim Fluss treffen, dort will er hin – zum Schwofen.

Sie hakt sich bei ihm unter, und obwohl sie jetzt ganz entspannt gehen, kommt es ihr vor, als würde die Zeit verfliegen. Sie reden über ihre Kindheit – er von seinem strengen, anspruchsvollen Vater, dem er es nie recht machen konnte, der ihn immer zu schwach, zu weich, zu wenig ehrgeizig fand. Und sie von ihrem Leben in Ungarn, von der Vertreibung, wie es war, als kleines Mädchen in ein Land zu kommen, das sie nicht willkommen hieß. Es ist das erste Mal, dass sie darüber spricht und Worte für das findet, was sie tief in sich verschlossen hält. Aro ist ein guter Zuhörer, der nicht bewertet oder urteilt. Er fragt nur immer weiter, will wirklich verstehen. Als sie an der Kneipe ankommen, fühlt Margarete sich seltsam erschöpft und befreit, als hätte sie nach langer Traurigkeit endlich geweint.

In der Kneipe ist es eng und laut, alle, die sich gerade noch vor der Universität versammelt hatten, scheinen hier zu sein. Schon im Flur wird sie gegen Aro gedrückt, spürt die Wärme seines Körpers durch den Stoff ihrer Kleidung.

Drinnen bestellt er am Tresen zwei große Bier, sie kämpfen sich zu einem Tisch durch, an dem sie auch Gitte und Gloria wiedertreffen. Die Stimmung ist aufgekratzt, jeder hat etwas Lustiges über die Flucht durch die Stadt zu erzählen, diesmal hat es wohl keinen von ihnen erwischt, alle sind entkommen. Es wird getrunken, und die Männer rauchen so viel, dass Margarete bald die Augen brennen.

»Ich muss mal an die Luft«, sagt sie zu Aro, und obwohl er ganz nah neben ihr sitzt, muss sie rufen, um das Getöse zu übertönen.

Er begleitet sie durch die hitzigen Körper und das Stimmengewirr nach draußen. Wieder sind sie sich so nah, dass sie spürt, wie sich sein Brustkorb hebt und senkt, und dann ist da noch sein feiner Atem in ihrem Haar.

Kaum haben sie die Tür hinter sich geschlossen, schluckt die Nacht alle Geräusche, schlagartig ist es so viel ruhiger. Sie atmet tief durch, die frische Luft tut gut. Es ist sternenklar, die Grillen zirpen.

»Darf ich dich küssen?«

Die Frage überrascht Margarete mehr, als wenn er sie einfach geküsst hätte. Doch noch bevor sie überhaupt darüber nachgedacht hat, dreht sie sich zu ihm und drückt ihre Lippen auf seine.

Sachte zieht er sie an sich, seine Hand wandert über ihren Körper, als sei sie aus Porzellan. Wieder wundert sich Margarete, sie kennt nur Lenz' zielgerichtetes Verlangen.

Lenz.

»Nein«, sagt sie und schiebt Aro vorsichtig von sich.

Sofort hört er auf. »Gefällt es dir nicht?«

»Ich bin verheiratet.«

Er legt den Kopf schräg, sein Blick bohrt sich in ihre Augen, dann erscheinen die Grübchen auf seinen Wangen. »Das ist nicht die Antwort auf meine Frage.«

»Ich war nicht ehrlich zu dir.« Sie senkt den Blick. »Ich bin Ehefrau. Ich bin Mutter von zwei Kindern.«

»Aber jetzt«, zärtlich küsst er ihren Hals, »aber jetzt bist du doch einfach nur *du.*« Seine Hand wandert unter ihre Bluse. »Und ich bin *ich.*«

29. Kapitel

»Ich gehe zu Aro«, ruft sie Gitte ins Ohr, die noch immer am Tisch in der Kneipe sitzt. Es ist noch lauter geworden, aus Lautsprechern dröhnt Freddy Quinn, »Junge, komm bald wieder«, alle singen mit, und Margarete muss schreien, um sich verständlich zu machen.

»Du musst dich nicht abmelden, Herzchen. Tu, was dir gefällt, es ist eine freie Welt.«

Sie will sich nicht abmelden. Gitte soll nur wissen, wo sie ist, wohin sie geht. Die Freundin ist ihr letzter Faden, der sie mit der anderen Welt verbindet. Reißt er ab, könnte Margarete verschwinden, verloren gehen. Der Gedanke macht ihr Angst.

Die Freundinnen umarmen sich. »Danke, dass ich bei dir sein konnte.«

»Du bist immer willkommen. Und jetzt los, hab Spaß.«

Erst gehen sie in Gittes Wohnung, die Tür ist wie immer unverschlossen, und holen Margaretes Koffer. Aro besteht darauf, ihn zu tragen.

»Was ist da drin?«, fragt er. »Luft?«

»Schlechte Luft.«

Sie lachen. Hand in Hand gehen sie durch die traumstille Stadt, am Horizont wird es bereits hell.

»Hier sind wir.« Aro hält vor einem mehrstöckigen Haus in der Innenstadt. Renoviert. Repräsentativ.

»Du hast eine eigene Wohnung?«

»Mein Vater zahlt.«

»Und es interessiert ihn nicht, was du hier machst und wen du einlädst?« Margarete kann es kaum glauben. Keine neugierige Zimmerwirtin oder Herbergsmutter, die Besucher immer im Blick hat.

Alexander Romm, steht an der Klingel.

Margarete zeigt darauf und sieht ihn fragend an.

»Aro gefällt mir besser«, sagt er. »Ägyptisch für Kämpfer.« Er ballt die Hände zu Fäusten und schlägt ein paarmal lachend in die Luft.

Als er die Tür aufschließt, betrachtet sie seinen schmalen Rücken, er gefällt ihr, dieser Junge. Und wie es ist, sich für einen anderen Namen zu entscheiden, weiß sie nur zu gut.

Sie liegt in seinen Armen, ihr Atem beruhigt sich langsam, ihr Herz schlägt ruhiger. Noch immer ist ihr schwindelig, nein, kein Schwindel, ein Gefühl wie fallen war das.

Aro strahlt sie an, hellwach, küsst ihr wirres Haar.

Und auch sie fühlt sich, als könnte sie Bäume ausreißen, nicht, als wäre sie schon die ganze Nacht wach.

»Schön«, seufzt er, während seine Finger ihr Schlüsselbein streicheln.

Sie grinst und nickt stumm. Kann nicht glauben, was da gerade passiert ist. Und auch jetzt: kein beschämtes Wegdrehen, kein Räuspern, kein Haarerichten.

Ist es das, wonach sich ihr Mann sehnt? Was er bei den

anderen Frauen sucht? Den Kontrollverlust, die Enge, die Weite. Der rasante Wechsel von Bewegung und Stille.

Ein Wort schlüpft in ihre Gedanken: Ehebruch. Wieder so ein seltsamer Begriff. Der oder die es tut, bricht die Ehe, *knack*, wie einen morschen Zweig, in zwei Teile gebrochen. Vielleicht kann eine gebrochene Ehe wieder geklebt, repariert und mit ein paar Schönheitskorrekturen versehen werden, damit der Makel nicht gleich auffällt. Aber die Substanz der Ehe ist unwiderruflich zerstört. Wie oft hat Lenz ihre Ehe schon gebrochen? Und was genau bricht eine Ehe? Ist es der erste Blick? Schon die Möglichkeit, die man seinen Gedanken erlaubt? Oder die erste, fast zufällige Berührung? Der Kuss? Der Atem, heiß und feucht in der Kuhle zwischen Kinn und Hals. Oder ist es die Zufriedenheit dieses kurzen Augenblicks danach?

Der Gedanke begleitet sie in den Schlaf, erst weit nach Mittag wacht sie auf. Aro liegt noch immer nackt, mit von sich gestreckten Armen und Beinen neben ihr.

Die Zeit löst sich auf an diesem Tag. Schlafen, essen und trinken werden zu Möglichkeiten. Alle Grenzen, die Margaretes Leben immer klein und eng hielten, werden gesprengt. Aro zeigt ihr diese neue Welt. Und immer wieder fragt er: Willst du das? Ist das in Ordnung? Kommst du noch einen Schritt weiter?

Und sie will. Vor diese kleinen Entscheidungen gestellt, ist sie von einer Klarheit und einem Mut, der sie selbst immer wieder erstaunt. Das ist sie. Margarete.

Einmal nicht die schlechteste Version ihrer selbst. Sondern die stärkste, die mutigste, die mitreißendste.

Abends treffen sie sich wieder mit den anderen, sitzen

an der Ufermauer am Fluss und lassen die Füße über dem Wasser baumeln. Wieder ein Hitzeabend, dieser Sommer will einfach nicht klein beigeben. Sie legt ihren Kopf auf Aros Schulter, schaut aufs Glitzern des Wassers und lässt sich den Rücken von den letzten Sonnenstrahlen wärmen.

Gitte sitzt mit Gloria und Fritz ein paar Plätze weiter. Margarete kann nicht hören, worüber sie sprechen, doch wieder scheinen sie leidenschaftlich zu diskutieren.

Als es dunkel wird, kommt Gitte zu ihr und kniet sich hinter sie. »Mach mal Platz«, fordert sie Aro auf und drängelt sich an Margaretes Seite.

»Geht's dir gut?«, fragt sie leise, als sie sicher sein kann, dass Aro in ein Gespräch mit dem Studenten neben ihm vertieft ist.

»Mir ging's nie besser.«

»Bleibst du bei ihm?«

»Erst mal.«

»Pass auf, Margarete.« Ihr Ton wird ernst. »Aro ist ein netter Typ. Aber verwechsele das nicht mit dem, was du mit Lenz hast.«

»Wie meinst du das?«

»Er ist fast noch ein Kind, er kann nicht für dich sorgen.«

»Wer sagt denn, dass ich einen Mann brauche, der für mich sorgt?«

Gitte seufzt.

»Was? Was meinst du?«

»Nichts.«

»Jetzt sag schon!«

»Ach, Margarete. Warum musst du von einem Mann sofort zum nächsten? Kannst du nicht allein glücklich sein?«

Erschrocken sieht Margarete ihre Freundin an. Ihre Worte treffen sie hart.

»Entschuldige«, rudert Gitte zurück. »Ich wollte dich nicht verletzen. Ich will nur, dass es dir gut geht. Du darfst so viel mehr vom Leben verlangen. Du hast das verdammte Recht, glücklich zu sein.«

Glücklich, ein Wort wie ein Peitschenhieb. Es ging ihr immer darum, sich sicher zu fühlen, angesehen zu werden und dazuzugehören. Aber glücklich?

Glücklich war sie nach der Geburt von Karen. Sie ist glücklich, wenn sich morgens Anjas kleiner warmer Körper an sie schmiegt, ihr süßer Kinderatem ihre Wangen streicht. Es war Glück, dass Lenz sie zur Frau nahm. Dass sie damals das Haus bauen konnten und vom Beth'schen Hof wegkamen. All das war Glück. Ihr Glück – ein dankbares, demütiges Glück. Das Glück der Vertriebenen.

Das Glück, von dem Gitte spricht, ist fordernd und laut. Schmerzhaft und unbequem.

»Und du?«, fragt sie Gitte. »Bist du denn glücklich?«

Gitte hebt das Kinn, ihre Augen werden schmal. »Vielleicht nicht. Noch nicht. Aber ich bin frei.«

30. Kapitel

1953

»Du bist auch eingeladen. Ich durfte fünf.«

Mit diesen knappen Worten von Elisabeth Zarke war Margarete endlich in den inneren Kreis ihrer Klasse aufgenommen.

Die Geburtstagseinladung erfolgte mündlich in der großen Pause. Elisabeth hatte ihre vier engsten Freundinnen um sich versammelt, um die Einzelheiten der Einladung zu verkünden – Samstag, 11. April, fünfzehn Uhr, bei Elisabeth zu Hause. Man solle pünktlich sein und sich ein wenig hübsch machen. Margarete drückte sich unweit der kleinen Runde an der Schulwand herum und kaute auf dem harten Kanten ihres Butterbrots. Als Elisabeth dann auf sie zukam, dachte sie erst, es wäre ein Scherz, ein gemeiner. Doch Elisabeth meinte es offensichtlich ernst, und Margarete würde ihren ersten deutschen Kindergeburtstag erleben.

Sie fieberte der Geburtstagsfeier schon tagelang entgegen, so aufgeregt war sie. Was sollte sie schenken? Was anziehen? Und ihre Haare!

Sie rang ihrem Vater fünfzig Pfennig ab und kaufte eine Tüte Gummibären, um die sie eine hübsche Schleife band.

Am Samstagvormittag bettelte sie bei ihrer Mutter, ihr die Haare mit dem Bügeleisen zu glätten und sie zu zwei seidigen Zöpfen zu flechten. Außerdem wählte sie das karierte Kleid mit dem großen weißen Kragen, das sie ihrem Vater kürzlich abgeschwatzt hatte. Eine sehr gute Wahl, wie sich später herausstellte, schließlich unterschied sich ihr Kleid nur in der Farbe der Borte von dem des Geburtstagskindes. Ansonsten ähnelten sie sich wie ein Ei dem anderen.

Margarete bestand darauf, allein zu Elisabeth Zarkes Haus zu gehen, auch wenn das bedeutete, dass sie fast eine Stunde zu Fuß unterwegs war. Auf gar keinen Fall wollte sie ihre Eltern in der Nähe wissen, wenn sie ihre neuen Freundinnen traf.

»Kind, warum ist dir diese Geburtstagsfeier nur so wichtig?« Ibolya verstand es nicht. »Du bist doch ständig eingeladen.«

Das stimmte, in der Siedlung wurde oft gefeiert. Jubiläen, Namenstage, Hochzeiten, Geburtstage. Und immer waren alle dabei. Es gab das gleiche Essen, die gleichen Lieder, die gleichen Spiele. Margarete langweilte das alles sehr.

Elisabeths Geburtstagsfeier würde ganz anders werden, da war sie sich sicher. Und obwohl sie den weitesten Weg hatte, war sie zwanzig Minuten vor der Zeit da. Elisabeth lebte zusammen mit den Eltern und dem großen Bruder in einem modernen Siedlungshaus, sie hatte sogar ein eigenes Zimmer, hatte sie in der Schule erzählt. Margarete lief zunächst am Haus vorbei und schielte nur aus dem Augenwinkel zu den beiden Fenstern im Erdgeschoss, hinter denen Elisabeth gerade sicherlich ihre Geburtstagsfeier vorbereitete. Auf keinen Fall wollte Margarete zu früh erscheinen und so womöglich ihre Aufregung verraten. Es war wichtig, dass es so wirkte, als sei Elisabeths Einladung keine große Sache. Völlig normal. Nicht der Rede wert.

Auf ihrem kleinen Spaziergang durch das Wohnviertel sah Margarete makellose Vorgärten, blank geputzte Fenster und Männer, die ihre Autos polierten. Eine Frau schob ein Baby in der Karre, ein bauschiges Kissen türmte sich unter dem Verdeck, eine andere Frau ging mit einem kleinen, sehr flauschig aussehenden Hund an der Leine spazieren. Nirgendwo krähte ein Hahn oder meckerte eine Ziege. Die Straße war asphaltiert, keine Steinchen, keine Pfützen, keine Spurrinnen. Alles war so sauber und ordentlich hier.

Als es endlich so weit war, ging sie zurück zum Haus von Elisabeth Zarke, strich sich noch einmal über ihre seidigen Zöpfe und klopfte.

Elisabeth öffnete die Tür. »Du bist die Letzte«, sagte sie zur Begrüßung, ließ Margarete einfach stehen und verschwand im Flur.

Margarete betrat das Haus und überlegte, ob sie die Schuhe ausziehen sollte. Ihren Mantel ablegen? Wohin? Einfach an die Garderobe hängen, das tat man doch nicht. Oder sollte sie ihn über den Arm legen und erst einmal mit reinnehmen? Anlassen? Dann würde sie so aussehen, als wollte sie gleich wieder gehen.

Zum Glück kam in diesem Moment Elisabeths Vater. Er begrüßte Margarete freundlich, entschuldigte sich für seine Tochter – »sie ist so aufgeregt heute« – und nahm ihr den Mantel ab. »Deine Schuhe kannst du hierhin stellen.« Er deutete auf eine kleine Schuhablage unter der Garderobe.

Margarete bedankte sich höflich und erledigte alles flink und geflissentlich.

»Du bist die kleine Ungarin, nicht?«, fragte er. »Du sprichst aber gut Deutsch.«

Sie nickte und lächelte, auch wenn ihr der Kommentar einen kleinen Stich versetzte. Was hatte Elisabeth ihren Eltern erzählt? Welches Bild hatte der Vater, wenn er so überrascht von Margaretes Sprachkenntnissen war?

Sie folgte ihm ins Wohnzimmer, wo Elisabeth und ihre Klassenkameradinnen um eine festlich gedeckte Tafel herumsaßen. Elisabeths Mutter trug ein geblümtes Kleid und darüber eine weiße Schürze, sie hieß Margarete freundlich willkommen.

Sie behandelte ihre Tochter und ihre Freundinnen wie erwachsene Gäste, schenkte Apfelsaft und Kakao nach, servierte Sahnetorte, Kalte Schnauze sowie Geleebananen und regte zu kleinen Unterhaltungen an. Es war hinreißend! Eigentlich war Margarete schon nach der Torte ein wenig übel, so mächtig war sie, doch alle anderen Mädchen nahmen ein Stück von der Kalten Schnauze, diesem Schokoladenblock mit Butterkeksen, und eine Banane, also sagte Margarete auch nicht Nein, als Frau Zarke ihr davon anbot.

Nach dem Essen war ihr schlecht und schwindelig, aber sie wollte sich nichts anmerken lassen, schließlich schien es den anderen auch nichts auszumachen.

Elisabeths Vater schob den Tisch beiseite, und nun wurden Spiele gespielt. »Blinde Kuh« kannte Margarete schon aus der Schule, »Topfschlagen« war ihr neu. Man musste auf allen vieren mit verbundenen Augen einen versteckten Topf im Wohnzimmer suchen, darunter befand sich eine kleine Süßigkeit. Margarete schluckte das Bonbon widerwillig herunter, so voll hatte sie sich noch nie gefühlt.

Dann wollte Elisabeth rausgehen und auf der Straße »Wer hat Angst vorm schwarzen Mann?« spielen. Margarete fiel das Rennen schwer, aber sie gewann die zweite Runde. Die frische, kühle Luft tat gut.

Die Mädchen schlenderten zum Spielplatz, wippten und schaukelten. Margarete schwang sich so hoch, dass ihre Schuhspitzen den Himmel zu berühren schienen.

»Komm runter«, rief Elisabeth. »Ich weiß, was wir als Nächstes machen.«

Margarete ließ sich ausschaukeln und bremste mit den Füßen, als sie langsam genug war.

»Nun komm schon.« Die anderen Mädchen hatten sich um Elisabeth versammelt, offensichtlich ging es um irgendetwas Geheimes.

»Was haltet ihr von einer Mutprobe?«, flüsterte Elisabeth, als die sechs Mädchen ihre Köpfe zusammensteckten. »Wir klauen Kaugummi. Bei der Feuerlein.«

Die anderen kreischten begeistert.

»Du gehst rein«, entschied Elisabeth und zeigte auf Margarete.

Margaretes Herz machte einen Sprung. »Wieso ich?«

Elisabeth hob die Schultern. »Du bist neu.«

»Kann es nicht ein anderer Laden sein?«, wandte Margarete ein. »Die alte Frau Feuerlein ist doch immer so nett.«

»Traust du dich etwa nicht?«

Sofort beäugten die anderen sie. Wer sich nicht traute, war ein Hosenscheißer und konnte nicht dazugehören, das war klar.

Fieberhaft überlegte Margarete, welche Argumente sie vortragen könnte, die Elisabeth von ihrem teuflischen Plan abbringen würden. Sie wollte nicht stehlen, schon gar kein Kaugummi. Sie wusste noch nicht einmal, ob sie so etwas überhaupt mochte. Andererseits machten es doch alle mal, eine Kleinigkeit einstecken, was war schon dabei? Eine Mutprobe, wie Elisabeth sagte. Mehr nicht.

Auf dem Weg zu Frau Feuerleins Gemischtwarenladen war die Stimmung aufgekratzt, die Mädchen gaben Margarete Tipps, wie sie es am besten anstellen sollte – an der Auslage mit den Kaugummis vorbeigehen und eine Packung im Ärmel verschwinden lassen, die alte Feuerlein in ein Gespräch verwickeln und währenddessen unauffällig nach den Kaugummis greifen oder unbemerkt in den Laden schleichen. Margarete war kribbelig vor Aufregung, und es gefiel ihr, dass die anderen auf sie einredeten. Plötzlich stand sie im Mittelpunkt.

Als sie den Laden erreicht hatten, warteten sie noch einige Minuten, weil Elisabeth meinte, es wäre besser, wenn sich weitere Kundschaft im Laden befände, dann würde Margarete nicht so auffallen. Weil so kurz vor Ladenschluss aber niemand mehr kommen wollte, beschloss Margarete nach einigen Minuten, allein reinzugehen.

Beim Öffnen der Tür ertönte die vertraute Glocke, und sofort erschien Frau Feuerlein hinter dem großen Holztresen, der sich über die gesamte Rückseite ihres Ladens zog. Frau Feuerlein war klein und sehr korpulent, immer wenn Margarete sie sah, dachte sie, dass sie große Ähnlichkeit mit der Frau Holle aus ihrem Märchenbuch habe, mit ihren weißen Haaren, ihrer kleinen runden Brille, den roten Wangen und der Schürze, die unter ihrem mächtigen Busen gebunden war.

»Ach, du bist es, schönen guten Tag, Margarete. Was kann ich denn heute für dich tun?«

»Meine Mutter schickt mich, sie braucht einen neuen Fingerhut«, behauptete sie.

»Ob ich die noch habe …«

»Können Sie bitte nachsehen? Es ist sehr wichtig.«

Wenn Frau Feuerlein in einer der vielen Schubladen hinter dem Tresen kramen musste, gäbe das Margarete genügend Zeit, das Päckchen Kaugummi einzustecken.

Kaum hatte sie sich umgedreht, huschte Margarete zur Auslage mit den Kaugummipäckchen. Es gab zwei verschiedene Sorten, grüne Päckchen und rote. Sie hatte noch nie einen Kaugummi gegessen, geschweige denn gekauft, welches sollte sie nehmen? Sie entschied sich für das rote, griff danach, wollte es im Ärmel ihres Kleides verschwinden lassen, so wie Elisabeth es gesagt hatte. Doch der Ärmel hatte eine kleine Knopfreihe und schloss sehr eng um ihr schmales Handgelenk, sie bekam das Päckchen nicht rein.

»Was machst du da?«, fragte Frau Feuerlein.

»Nichts.« Erschrocken legte Margarete die Kaugummipackung zurück.

»Willst du die etwa stehlen?« Frau Feuerlein klappte den Durchgang an ihrem Tresen hoch und kam auf Margarete zugehumpelt. Sie war gar nicht ärgerlich, sah Margarete nur verständnislos an. »So eine bist du doch nicht, Margarete. Hier Kaugummis stehlen! Was würden deine Eltern dazu sagen?«

Margarete schluckte, das alles kam ihr auf einmal irrsinnig vor. Sie senkte den Blick und stammelte eine Entschuldigung.

»Hat es was mit denen da draußen zu tun?« Frau Feuerlein schaute grimmig in die Richtung der Mädchen, die sich kichernd und schubsend an der Litfaßsäule auf der anderen Straßenseite herumdrückten.

Margarete sah auf ihre Schuhspitzen und nickte.

»Das sind schlechte Kinder.«

»Aber wenn ich es nicht mache, gehöre ich nicht dazu.« Margarete klang jämmerlich.

Frau Feuerlein nickte gedankenverloren. »Dann nimm sie. Aber am Montag bringst du mir das Geld, verstanden?«

Margarete nickte eifrig.

»Warte.« Margarete erstarrte. Würde nun doch noch das Donnerwetter kommen? Oder gar eine Ohrfeige? »Jetzt müssen wir so tun, als hätte ich dich fast erwischt und du mich reingelegt.« Frau Feuerlein zwinkerte ihr zu, und als Margarete kurz darauf aus dem Laden rannte, sah es so aus, als ob die alte Frau Feuerlein wütend hinter ihr herkam.

Japsend und nach Luft ringend rannten die Mädchen zurück zum Spielplatz, wo Margarete das Diebesgut verteilte.

Ehrfurchtsvoll nahmen die Mädchen die Kaugummis entgegen. Dass Margarete erwischt worden war und es dennoch geschafft hatte zu fliehen, war einfach unglaublich.

»Und wenn sie dich jetzt bei deinen Eltern verpfeift?«, fragte Elisabeth aufgeregt.

Margarete hob die Schultern, als würde ihr das nichts ausmachen. »Wenn schon, meine Eltern glauben mir bestimmt mehr als ihr. Und ich werde schwören, dass ich nichts gestohlen habe.« Margarete konnte sehen, wie ihre Abgebrühtheit die anderen beeindruckte. Sie wickelte nun ebenfalls das Kaugummi aus dem silbrigen Papier, steckte es sich in den Mund, kaute ein paarmal, es schmeckte fruchtig nach Erdbeere und Kirsche. Beim Kauen schmatzte es zwischen ihren Zähnen und wurde zu einem kleinen Ball, den sie mit ihrer Zunge im Mund hin- und herbewegen konnte. Dann kaute sie wieder darauf und schluckte. Das Kaugummi war weg.

Elisabeth sah, was passiert war, zeigte mit dem Finger auf sie, lachte laut und rief: »Du Dummerchen! Du hast es runtergeschluckt. Weißt du denn nicht, dass es Kaugummi heißt, weil man es kauen soll?«

31. Kapitel

1963

Sie liegt in Aros Bett, seine Arme und Beine auf ihr, sein regelmäßiger Atem streicht ihren Hals. Margarete ist von einem Geräusch wach geworden, nach dem sie sich lange gesehnt hat. Ein feines Klopfen, Fingerspitzen spielen ein stummes Klavier.

Regen.

Endlich.

Sie weiß nicht, wie spät es ist. Oder früh. Es können nur ein paar Stunden gewesen sein, seit sie ins Bett gegangen sind. Die Fenster stehen weit offen, bald schon wird dieser unvergleichlich samtige Duft eines Sommerregens hinaufziehen. Die Vögel zwitschern aufgeregt, als begrüßten sie die nasse Abkühlung. Ein Lächeln legt sich auf Margaretes Gesicht. Wie großartig die kleinen Dinge sind.

Und so soll es jetzt weitergehen, Anikó?, fragt da eine altbekannte Stimme.

Margarete will sie verscheuchen, sie soll den Moment nicht ruinieren.

Was ist der Plan?

Willst du dich für immer in den Armen dieses dünnen Jungen verstecken und dem Regen lauschen?

Ist es das, was du dir für dein Leben vorgenommen hast?

Du hast einen Mann, den du betrügst.

Kinder, die du im Stich lässt.

Eltern, die du enttäuschst.

Anikó!

»Du bist ja wach«, sagt Aro. »Komm, lass uns noch ein bisschen schlafen.«

»Es regnet.« Sie streicht ihm durchs Haar.

»Wie schön,« murmelt er. »Wie schön.«

Sie lauscht weiter dem leisen Trommeln unten auf den Autodächern, dem Rauschen der Blätter, dem beruhigenden Strömen. Eine ganze Weile liegt sie da, spürt, wie sich Aros warmer Atem von der kühler werdenden Luft abhebt.

»Ich kann nicht bleiben«, flüstert Margarete, nachdem sie sicher ist, dass er wieder tief schläft.

Aro ist ein feiner Mann. Der im Moment lebt, ihr gezeigt hat, wie man ihn dehnt und genießt. Was alles in einem Moment steckt, wie viel man herausholen kann.

Aber der Moment ist vorbei.

Sie schlüpft aus dem Bett, zieht sich lautlos an, nimmt ihren Koffer mit Luft und einen Zwanzig-Mark-Schein aus seiner Geldbörse.

Draußen auf der Straße ist sie binnen Sekunden bis auf die Unterwäsche durchnässt. Ihre Bluse klebt an ihrem Körper, ihre Haare hängen strähnig ins Gesicht, und ihre Füße schmatzen bei jedem Schritt in den Schuhen.

Das Bahnhofscafé ist die einzige Lokalität, die ihr einfällt, die um diese Zeit schon geöffnet hat. Beim Betreten wirft ihr die Kellnerin einen bedauernden Blick zu und fragt, ob sie ein Handtuch brauche.

Margarete nimmt es dankend an und frottiert sich das Haar. Nun sieht sie aus wie Struwwelpeter, aber als die Kellnerin fragt: »Wollen Sie sich ein wenig frisch machen?« und auf die Toilettenräume verweist, sagt Margarete, dass das nicht nötig sei. Sie bestellt sich ein Brötchen mit Marmelade und ein Kännchen Kaffee, setzt sich ans Fenster und sieht nach draußen, wo die ersten Frühaufsteher mit hochgezogenen Schultern unter Regenschirmen vorbeieilen, einander umständlich ausweichen und sich höflich lächelnd den Weg frei machen.

Was die Mädchen mit diesem langersehnten Regenmorgen wohl anstellen? Wenn Hilda bei ihnen ist, lässt sie sie sicherlich im Nachthemd durch den Garten tanzen. Sind sie bei ihren Eltern, werden sie die Hühner rauslassen und sie dabei beobachten, wie sie Würmer aus der weichen, feuchten Erde ziehen. Und wenn nur Lenz bei ihnen ist? Margarete hat keine Idee, was er mit seinen Töchtern an einem warmen Sommerregenmorgen machen würde.

Sie würde schuldig geschieden werden. Das bedeutet: keine Alimente. Aber Lenz würde nicht wollen, dass die Mädchen und sie arm wären. Bestimmt würde er freiwillig zahlen. Obwohl: Ein in seinem Stolz verletzter Mann ist unberechenbar.

Sie wird nicht viel haben, aber auch nicht nichts. Sie will nicht mit ihm darüber verhandeln, wie viel ihr zusteht. Sie will ihr eigenes Geld verdienen. Und muss dann eben arbeiten gehen.

Sie steht auf und holt sich die Zeitung vom Ständer, das Café hat sich gefüllt, die Fenster fangen bereits an zu beschlagen, so nass und feucht ist die Luft hier drin.

Ob sie noch etwas möchte, fragt die Kellnerin.

Sie bestellt ein zweites Brötchen, fühlt sich ausgehungert, als hätte sie tagelang nichts gegessen.

Sie blättert durch die Zeitung, der Oberbefehlshaber der NATO tritt zurück, die Junge Union protestiert gegen die Einladung des britischen Oppositionsführers zum Deutschlandtag der Sozialdemokraten. Sie kommt zu den Stellenanzeigen und findet eine von Schmidt, dem Kaufhaus unten am Rathausmarkt. Verkäuferin gesucht. Monatsverdienst sind 220 Mark. Behutsam blättert sie nach ganz hinten zu den Wohnungsannoncen. Bevor sie zu lesen beginnt, hält sie inne. Es ist ungeheuerlich. Es macht ihr Angst. Und doch ist da noch etwas anderes: eine Neugier, eine Abenteuerlust, eine Stärke, von der sie nicht wusste, dass sie sie besitzt.

Sie erschrickt über die Mietpreise. 90 Mark, zentrale Lage. Ein Zimmer, Küche, Bad, mehr braucht sie nicht. Würde sie die Wohnung bekommen? Als getrennt lebende Frau? Und würde das Geld reichen? Vielleicht ginge es. Wenn sie eins von Ibolya gelernt hat, dann sparsam zu leben. Die letzten Jahre waren pure Verschwendung. Sie weiß doch, wie es geht: Preise vergleichen, vom Günstigen viel kaufen und gute Vorratshaltung. Aber die Mädchen wachsen schnell, ständig brauchen sie neue Schuhe, neue Mäntel, und dann erst die Schulsachen. Anja müsste zu Ibolya, wenn Margarete arbeitet. Ohne ihre Eltern ginge es nicht.

Ihre Eltern. Margaretes Magen zieht sich zusammen. Sie werden ihr Vorwürfe machen und kein Verständnis haben.

Sie hält diesen Gedanken fest, auch wenn er schmerzt. Will ihn aushalten, will sich daran gewöhnen. Muss. Und tatsächlich wird es besser. Langsam festigen sich die Möglichkeiten. Warum nicht? Die Vorstellung verliert ihre Unglaublichkeit.

Was die Nachbarn denken werden. Erstaunt stellt sie fest, dass es ihr egal ist. Auch Lenz' Kollegen, die wenigen Bekannten. Egal.

Hilda. Die wird sie vermissen. Aber sie können sich ja besuchen. Hilda hat das Auto, sie könnte in die Stadt zu den Mädchen und ihr kommen.

Sie muss es wenigstens versuchen. Wenn sie nur die Wohnung und die Stelle bekommt, dann wird es schon gehen. Irgendwie wird sie die Kinder händeln, sie wird sich weniger um den Haushalt kümmern, sie werden Kekse aus der Packung essen, Wasser aus der Leitung trinken, wie sie es in den letzten Tagen hier getan hat. Es ist möglich! Sie wird sich nicht mehr mit den falschen Dingen beschäftigen, es wird ihr egal sein, wie die Küche aussieht, ob die Fenster dreckig sind oder die Socken gestopft werden müssten. Nur sie und die Mädchen.

Als sie die Zeitung senkt, sitzt da ihr Vater. An ihrem Tisch, auf dem Platz gegenüber. Sie hat ihn nicht kommen hören.

»Was tust du hier?«, fragt sie erschrocken.

»Die Frage ist doch, Kind, was tust DU hier? Ich suche dich seit Tagen, deine Mutter kommt fast um vor Angst, deine Kinder fragen nach dir, dein Mann wird dich davonjagen, wenn du nicht bald wieder zu Hause bist.«

Ein Gewicht legt sich auf Margaretes Brustkorb, drückt die Luft aus ihrer Lunge, schnürt ihren Körper zusammen, viel zu fest, sie japst nach Luft. Dann schüttelt sie heftig den Kopf. »Apa, nem tudok …«

»Und ob du kannst, mein Kind. Deine Mutter und ich haben hart gearbeitet, damit du ein gutes Leben hast. Wir sind in dieses Land gekommen mit nichts. Haben geschuftet und geschuftet, damit wir hierbleiben können und du ein gutes Leben hast. Als die anderen zurück nach Ungarn gegangen sind, sind wir hiergeblieben, damit du weiter zur Schule gehen kannst und eine gute Ausbildung machst. Das war uns das Wichtigste. Dass du eine Chance hast. Und jetzt willst du alles wegwerfen? Ich glaube dir, dass es gerade schwierig ist. So ist das Leben manchmal, es zeigt sein hässliches Gesicht. Aber ein Mensch hat einen Platz im Leben, und deiner ist dort oben in diesem Haus bei deinem Mann und deinen Kindern.«

So viel hat sie ihn noch nie am Stück reden hören. »Selbst wenn ich wollte«, flüstert sie, »ich bin schon zu lange weg, das kann ich nicht wiedergutmachen. Wie soll ich Lenz je wieder ins Gesicht sehen? Wie den Mädchen?«

»Den Mädchen haben wir gesagt, du wärst verreist. Sie wissen nichts davon. Wie du dich deinem Ehemann erklärst, musst du selbst wissen. Aber es ist nie zu spät, das Richtige zu tun.« Er steht auf und hält ihr die Hand entgegen. Seine große, schwielige Hand, die sie schon als Säugling gehalten hat, an der sie ihre ersten Schritte gemacht hat, die sie aus Ungarn weg in die neue Heimat geführt hat, an der sie einst über die abgeernteten Kartoffelfelder hopste. »Komm mit«, sagt er. »Wenn du es schon nicht für dich tust, dann tue es für deine Mutter und mich.«

32. Kapitel

Der Regen hat nachgelassen und eine Luft wie in der Waschküche hinterlassen. Es ist unerträglicher als zuvor. Margarete sieht aus dem Fenster, spürt den Fahrtwind im Gesicht und in den Haaren, selbst der ist heiß und feucht und bietet kaum Abkühlung. Sie wird ihre Haare wieder zusammenstecken müssen. Und ein Mieder tragen, in dem sie weder frei atmen noch ausgiebig essen oder lachen kann. Röcke, die die Schritte kleinhalten. Schuhe, die nicht fürs Laufen gemacht sind.

Als sie vor dem Haus ankommen, das Margaretes Zuhause sein sollte, ist es Georg, der an der Tür klingelt, Margarete steht wie ein verlegener Gast hinter ihm.

Ibolya öffnet, sie hat Anja auf dem Arm und stößt eine Salve ungarischer Stoßgebete aus. »Anikó, da bist du wieder. Nagyon hálás vagyok.« Sie umarmt sie fest. Dann fasst sie nach Margaretes Kinn, dreht ihren Kopf von links nach rechts, begutachtet das Gesicht ihrer Tochter. »Geht es dir gut? Bist du unverletzt? Wo hast du nur gesteckt?«

Margarete lässt die Inspektion über sich ergehen, dann nimmt sie ihrer Mutter Anja ab und überhäuft ihre Tochter mit Küssen. Wie klein sie ist. Eigentlich noch immer ein Baby. Wie konnte sie nur dieses winzige Geschöpf allein lassen, wie konnte sie nur? Sie fühlt sich grauenhaft, die Scham raubt ihr den Atem.

»Mutti!«, ruft dann Karen, kommt den Flur entlanggesaust und umschlingt Margaretes Beine. Ihr großes, schönes Mädchen! Margarete lässt sich in die Hocke sinken und umarmt auch Karen. Die Mädchen jauchzen, freuen sich ganz ohne Vorbehalte oder Vorwürfe über die Rückkehr der Mutter. Margarete atmet ihren süßen Kinderduft ein und kämpft mit den Tränen.

Nachdem die drei sich eine Weile in den Armen lagen, fordert Ibolya Margarete auf, sich frisch zu machen. »Und frisiere dir die Haare«, ruft sie ihr auf dem Weg ins Bad hinterher.

Margarete gehorcht, braust sich ab und wäscht die Haare, legt sie um Wickler, die sie am Kopf befestigt. Dann sucht sie sich ein frisches Mieder, ein Kostüm, ein passendes Jackett zum Rock, und betrachtet sich im Spiegel.

Sie sieht aus wie immer. Nichts verrät, was sie getan hat.

Als sie aus dem Badezimmer kommt, duftet es nach Rakott Krumpli, Ibolya hat ihren leckeren Kartoffelauflauf gemacht.

Margarete fällt auf, wie ordentlich hier alles ist, wie sauber und gepflegt. Die Farben sind freundlich und dezent. Die Möbel makellos. Die Tischdeckchen passen zu den Vorhängen. Die Teppiche zu den Kissen. Es gibt viele freie Flächen auf Kommoden und Tischen, kein Staubkorn weit und breit, und alles atmet Klarheit und Ruhe. Selbst die Pflanzen sind makellos, kein gelbes Blatt, kein krummes Ästchen.

Nichts davon ist neu für sie. Schließlich war sie selbst

diejenige, die das alles ausgesucht und arrangiert hat. Es ist ihr Werk, das sie nun zum ersten Mal wirklich wahrnimmt.

Es gibt kein Problem, sagt jeder Gegenstand hier ganz unmissverständlich. *DU bist das Problem. Du und dein Anspruch, du Nimmersatt, du undankbare Frau, du gieriges Mädchen.*

Es gibt nichts am Haus auszusetzen, nichts an den Mädchen, nichts an ihrem Ehemann. Sie führt ein gutes Leben, ist umgeben von Raum und Liebe, ist satt, warm und sicher. Ihre Kinder sind es.

Und noch heute Morgen dachte sie über eine Scheidung nach? Wollte all das wegwerfen – wofür? Eine Trennung würde sie dahin zurückkatapultieren, wo sie herkommen. Armut und Ausgrenzung. Vielleicht würde sie den Weg zurück ein weiteres Mal schaffen, aber ist es die Anstrengung wert?

Dass sie diesen Gedanken überhaupt in Erwägung zog, kommt ihr vollkommen falsch vor. Eine Scheidung ist keine Option. Sie wird hierbleiben und sich arrangieren. Mit Lenz reden, eine Lösung finden. Es gibt nicht nur Schwarz und Weiß. Und ist es nicht genau das, was alle immer sagen? Es gibt gute und schlechte Zeiten in einer Ehe, im Leben. Sie wird bleiben und ihren Platz finden.

Sie muss.

Alles andere wäre Irrsinn.

Nach dem Essen packt Ibolya ihre Sachen, offensichtlich sind sie während Margaretes Abwesenheit hier eingezogen.

»Aber ihr bleibt doch noch, bis …?«, fragt Margarete

ängstlich. Die Vorstellung, Lenz zu sehen, bereitet ihr Bauchschmerzen.

Georg nickt.

Nach dem Abendessen, Ibolya hat eine Brotzeit mit selbst gemachter Rotwurst aufgetischt, baden sie die Mädchen und bringen sie ins Bett. Anja ist lieb und brav, keine Spur von dem überhitzten Trotzkopf, mit dem Margarete sich herumschlagen musste.

Karen lauscht gespannt dem Märchen vom Sterntaler, das Margarete ihr auf ihre Bitte hin vorliest. Mit ihren kleinen Fingern zeigt sie auf die Bilder, und Margarete fühlt wieder tiefe Stiche der Reue. Noch auf dem Sterbebett wird sie sich für ihre Flucht schämen.

Dann sitzt sie mit den Eltern im Wohnzimmer, die Balkontüren sind weit geöffnet. Ibolya strickt, Georg liest in der Zeitung, Margarete bangt. Wenn Lenz nun außer sich vor Wut ist? Er hat allen Grund dazu. Wenn er sie fortschickt? Wenn *er* die Scheidung will? Wenn sie all das verliert? Wenn er ihr die Mädchen wegnimmt? Wie konnte sie ihr Leben so leichtfertig aufs Spiel setzen?

Um kurz nach neun hört sie den Schlüssel. Augenblicklich setzt sich Margarete kerzengerade auf. Sie hört, wie er aus seinen Schuhen schlüpft, seinen Schlüsselbund an das kleine Brett neben der Haustür hängt, seinen Hut auf die Ablage legt. All die vertrauten Geräusche, die sein Nachhausekommen begleiten. Acht Schritte, dann steht er in der Wohnzimmertür.

Er erfasst die Situation, sein Blick ruht auf Margarete, doch seine Miene bleibt ausdruckslos. Unter seinen Augen liegen dunkle Schatten, seine Haare sind ein wenig zu lang. Ansonsten strahlt er Selbstbeherrschtheit aus, wie immer.

»Da bist du also wieder«, sagt er nach einigen unglaublich langen Sekunden.

Sie nickt und senkt den Blick.

»Wie haben sich die Mädchen benommen?«, fragt er Ibolya, die aufgestanden ist und ihm einen Weinbrand reicht.

Wortreich schildert ihre Mutter das Spiel der Kinder, Lenz nickt zustimmend, doch Margarete sieht, dass er es aus reiner Höflichkeit tut. »Schreiben sie über Amerika?«, fragt er Georg, der noch immer die Zeitung auf dem Schoß hat. Die Männer tauschen sich über die Proteste der Schwarzen aus, Ibolya bringt Lenz den Aschenbecher.

Nachdem sie noch eine Weile geplaudert haben, als wäre alles in schönster Ordnung, steht Georg auf und klopft Lenz auf die Schulter. »Gut, mein Sohn«, sagt er. »Für uns wird es Zeit.« Und an Margarete gerichtet: »Du hast einen sehr großzügigen Ehemann.«

Margarete schluckt. Lenz' Reaktion ist nicht großzügig. Seine Gleichgültigkeit ist die schlimmste aller Strafen. Sie zementiert ihr Unglück.

Georg nimmt die gepackten Koffer, doch sie verabschieden sich, als hätten sie nur einen gemütlichen Abend miteinander verbracht und hier nicht tagelang die Stellung gehalten.

Margarete verabschiedet sie an der Tür, es graut ihr davor, mit Lenz allein zu sein. Doch als sie zurück ins Wohnzimmer kommt, ist er weg. Aus dem Souterrain hört sie Musik.

Nein! Er kann doch nicht einfach gehen. Ohne ein Wort der Klärung.

Sie folgt ihm, klopft an die Tür seines Arbeitszimmers, wartet nicht, bis er sie hereinbittet. »Es tut mir leid«, sagt sie.

Er sitzt mit übereinandergeschlagenen Beinen auf seiner Pritsche, noch immer im Anzug, die Krawatte gelockert. Eine Zigarre im Mund, noch nicht entzündet, die er nun beiseitelegt. Er sieht sie lange an, Jazz walzt durch den Raum, schrille Saxofonklänge, die Margarete unangenehm sind. Dann greift er rüber zum Plattenspieler und hebt den Tonarm an. Die plötzliche Stille trifft sie wie ein Schlag.

»Ich will nicht wissen, wo du warst«, sagt er. »Ich will nicht wissen, was du getan hast. Ich will nicht wissen, mit wem du zusammen warst. Du bist wieder hier, und nun lass uns zur Normalität zurückkehren.« Er wirkt gefasst, ganz ruhig, nur die Bewegungen seiner Nasenflügel verraten ihn.

»Ich wollte nicht …«

»Ich will es nicht hören.«

»Aber ich will es erklären.«

»Nein!« Auf seiner Stirn steht eine tiefe Zornesfalte. »Du hast mich ausreichend gedemütigt. Zum Glück haben die Kollegen nicht mitbekommen, dass mir die Frau weggelaufen ist.«

»Deine Kollegen? Es geht dir nur um deine Kollegen?«

»Du hättest mich zum Gespött des ganzen Krankenhauses gemacht. Dabei tue ich weiß Gott alles, dass du es hier so einfach wie möglich hast. Willst du mehr? Bitte! Willst du eine Zugehfrau? Ist dir das Putzen zu viel? Dann bezahle ich eine, kein Problem. Möchtest du ein Kindermädchen? Auch das, gerne. Aber nie wieder wirst du verschwinden, hast du verstanden? DU verlässt mich nicht!« Er ringt um Beherrschung. »Und nun geh.«

Margarete möchte ihm entgegenschreien, dass es nicht um die anderen geht, sondern nur um sie beide. Dass sie mehr von dieser Ehe erwartet als ein schönes Haus und viel Geld. Dass sie mehr von ihrem Leben erwartet, als seine Ehefrau zu sein.

Doch die Wut blockiert ihre Wörter, und so dreht sie sich nur um und schmeißt die Tür hinter sich zu, mit einer solchen Wucht, dass die Bücher im Regal an der Wand daneben wackeln.

Sie macht sich bettfertig, schlüpft zittrig vor Ärger und Enttäuschung unter die Decke. Ihre Gedanken drehen sich im Kreis, führen zu nichts, kommen zu keinem Ergebnis. Es sind Spiralen, die das Gefühl der Verzweiflung vertiefen. Sie denkt an Aro, Gitte und Fritz, die nicht mehr sind als Lichtgestalten aus einem vagen Traum. Das ist die Strafe, ihre gerechte Strafe, weil sie so töricht war. Einfach weggelaufen ist wie ein trotziges Kind.

Von einer plötzlichen Sehnsucht gepackt, schleicht sie noch einmal ins Souterrain, um nach den Mädchen zu sehen. Aus Lenz' Arbeitszimmer ist nichts mehr zu hören, wahrscheinlich hat er sich schlafen gelegt, seine Zahnbürste und seinen Rasierer findet sie im kleinen Badezimmer unten. Sie teilen nun also weder Bett noch Bad.

Sie kauert sich vor Karens Bettchen und beobachtet ihre entspannten Züge, ganz still liegt sie da. Im Nebenzimmer schläft Anja tief und fest, sie sieht aus wie ein kleiner, schwarz gelockter Engel. Die Vorhänge bauschen sich leicht, kühle Nachtluft strömt in die Zimmer.

Sie liebt diese Kinder, wie sie nichts anderes in ihrem Leben je geliebt hat und je lieben wird. Sie will ihnen endlich eine gute Mutter sein. Und es muss doch eine Möglichkeit geben, dabei trotzdem noch sie selbst zu sein?

Ein Geräusch am Fenster lässt Margarete aufschrecken. Ein feines Klopfen. Augenblicklich fährt sie in die Höhe, ihr Herz rast. Ein Einbrecher? Soll sie Lenz Bescheid sagen? Sein Arbeitszimmer liegt zwei Zimmer weiter, vielleicht würde er sie hören, wenn sie ihn riefe.

Wieder dieses Geräusch. Jemand klopft ans Fenster. Jetzt sieht sie, wie sich eine Hand durch das gekippte Fenster schiebt. Ihr Herz setzt aus. Der Hand folgt ein Arm, eine Schulter, ein Kopf. Hildas Grinsen. »Endlich!«, sagt ihre Freundin viel zu laut.

»Du bist das?!«, zischt Margarete empört und aus tiefstem Herzen erleichtert. »Ich habe mir vor Angst fast in die Hose gemacht. Du kannst doch nicht einfach hier einsteigen.«

»Na, das ist ja mal eine Begrüßung«

»Mein Gott, ich dachte, hier bricht jemand ein. Und pst, die Mädchen schlafen.«

»Dann komm raus.« Hilda schlüpft wieder aus dem Fenster. »Ich werfe schon seit Minuten Steinchen, hab doch gesehen, wie du hier durchs Haus wandelst.«

Margarete folgt ihr, steigt ebenfalls aus dem Fenster. »Was willst du denn, um diese Uhrzeit?«, fragt sie flüsternd auf der Terrasse.

»Na, dich sehen. Ich warte schon, seitdem ich dich heute

Morgen aus Georgs Auto steigen sah, dass du vorbeikommst. Was glaubst du, wie viel Sorgen ich mir gemacht habe? Wo warst du, verdammt? Und warum hast du mir nicht Bescheid gesagt?«

Margarete atmet tief durch. »Komm«, sagt sie und führt Hilda zur Gartenbank, hinten am Grundstücksende. Hier sind sie ungestört und können in normaler Lautstärke miteinander sprechen. Das Gras ist feucht und kitzelt an den Zehen, die Grillen zirpen.

»Setzen wir uns.« Sie erzählt Hilda von den letzten Tagen. Kann ihre Worte selbst kaum fassen. Wer ist diese Frau, die sie da beschreibt? Die so furchtlos und abenteuerlustig ist, die liebt und lacht, allen Ballast von sich geworfen hat. War das wirklich sie?

Hilda hört schweigend zu, die Dunkelheit versteckt ihr Gesicht. Margarete weiß nicht, ob sie interessiert wirkt, missbilligend oder erschrocken. So redet sie einfach weiter, erzählt Hilda von Aros Küssen, von Gittes Meinungsstärke und dem Abend auf dem Uni-Innenhof. Als sie fertig ist, atmet sie tief aus und lehnt sich zurück.

»Na, darauf erst mal einen Sekt.« Hilda zieht eine Flasche aus ihrer Tasche und lässt den Korken knallen. Er schäumt über, sie kichert und trinkt ihn direkt aus der Flasche.

»Soll ich ein Glas holen?«

»Woschu?«, fragt Hilda mit vollem Mund und reicht Margarete den Sekt. Abwechselnd trinken sie aus der Flasche.

»Und?«, fragt Margarete nach einer Weile. »Was denkst du jetzt über mich?«

»Dass du eine hohle Nuss bist.«

»Weil ich meine Familie verlassen habe?«

»Weil du abhaust, um zurück an die *UNI* zu gehen! Das war deine Revolution? In muffigen, alten Räumen zu sitzen und langweilige Bücher zu lesen? Margarete, Schatz, du bist ein Lämmchen.«

Margarete muss schmunzeln. So wie Hilda es zusammenfasst, klingt es komisch.

»Was ist das für eine Freundin?«, fragt sie dann in ernsterem Ton. »Du hast nie von ihr erzählt.«

»Gitte. Wahrscheinlich sind wir jetzt wieder keine Freundinnen mehr. Sie hat sehr klare Prinzipien.«

»Welche denn?«

»Man darf sich nicht immer alles gefallen lassen, muss widerständig sein und provokant. Dass ich zurück zu meiner Familie gegangen bin, wird sie mir sicherlich nicht so leicht verzeihen.«

»Mein Gott, wie anstrengend.« Hilda lässt den Kopf in den Nacken fallen. »Schau, wie klar der Himmel ist. Wir könnten Sternschnuppen sehen.«

Margarete folgt ihrem Blick, tatsächlich ist der Himmel wolkenlos.

»Was würdest du dir wünschen?«, fragt sie Hilda.

»Weltfrieden, natürlich. Und einen nagelneuen Alfa Romeo Giulietta Spider in Knallrot.«

Sie lachen.

»Und du?«

Margarete seufzt. »Dass alles möglich ist. Dass ich mich nicht entscheiden muss. Und dass Lenz ein anderer wäre.«

Hilda reicht ihr die Flasche. »Mit Hugo ist es auch

nicht einfach. Wegen den Babys, die nicht kommen wollen.«

»Das tut mir leid.« Margarete nimmt Hildas Hand, und wieder meldet sich das schlechte Gewissen. Während sie einfach von ihren Kindern davonläuft, wünscht sich ihre Freundin nichts sehnlicher, als schwanger zu werden. Wie egoistisch und undankbar sie ist.

»Braucht es nicht. Ich weiß ja noch nicht mal, ob ich eine gute Mutter wäre. Wahrscheinlich nicht.«

»Bestimmt wärst du das! Du bist entspannt und lustig.«

»Als ob das genügen würde! Sie brauchen jemanden, der sich um sie kümmert, der zuverlässig ist, sich um sie sorgt. Wie du.«

»Das sagst du, nachdem ich meine Familie fast verlassen hätte?«

»Du bist doch zurück.« Sie hebt die Schultern.

Eine Weile sitzen sie schweigend da.

»Meinst du, Hugo wird sich wirklich scheiden lassen, wenn ihr keine Kinder bekommt?«, fragt Margarete dann.

»Ich denke nicht. Wenn er zu Hause ist, lese ich ihm jeden Wunsch von den Lippen ab. Ich bin eine gute Ehefrau, wirklich!«

»Das bist du.« Margarete lächelt sie an. Ihre kleine wilde Freundin. Eigentlich haben sie doch alle die gleichen Sorgen. Fragen sich, ob sie genug sind, ob sie richtig sind, ob sie liebenswert sind. Egal ob Hilda, Gitte oder Margarete. Egal, wie unterschiedlich ihre Leben verlaufen.

»Ich sollte schlafen gehen«, sagt Margarete. »In fünf Stunden muss ich Marmeladenbrote schmieren und Kaffee kochen. Vorbei die schöne Freiheit.«

Sie stehen auf, und Margarete begleitet Hilda durch den dunklen Garten. Noch immer zirpen die Grillen, und ein Waldkäuzchen ruft.

»Mach das nie wieder, hörst du?«, sagt Hilda zum Abschied und umarmt Margarete fest. »Ich habe mir solche Sorgen gemacht, ich dachte, du kommst nicht wieder. In Zukunft lässt du das bleiben, verstanden?«

»Verstanden.«

Margarete verschränkt die Arme vor dem Körper und wartet, bis Hilda die Straße überquert hat und bei ihrem Haus angekommen ist. Im Schein der Laterne dreht sich Hilda noch einmal um. »Und schön, dass du wieder hier bist«, ruft sie viel zu laut über die nachtstille Straße. »Die anderen hier sind so schrecklich LANGWEILIG!«

Dritter Teil

33. Kapitel

1967

»Ich bin da!«

Augenblicklich lassen die Mädchen ihre Puppen fallen, kreischen aufgeregt und rennen zur Haustür. Lenz fängt sie auf, eine links, eine rechts, und wirbelt sie im Kreis herum. »Was habe ich euch vermisst!«, ruft er und gibt jeder einen Kuss auf die Wange. »Meine Hübschen!«

Dann kommt er zu Margarete, die im Türrahmen der Küche steht und das Spektakel beobachtet. »Und dich erst, was habe ich dich vermisst!«

Er sieht wie immer makellos aus. Sein Hemd ist blütenweiß, das Haar perfekt gescheitelt, sein Blick klar und fest. Weder die langen Stunden am OP-Tisch noch die brütende Hitze konnten ihm etwas anhaben. Während Margarete sich durch einen zähen, schier endlos scheinenden Nachmittag mit den Mädchen schleppte – erst war ihnen langweilig, dann stritten sie sich die ganze Zeit –, wirkt Lenz frisch und voller Energie. Er beugt sich ihr entgegen und küsst sie leidenschaftlich, als seien sie nicht schon sieben Jahre verheiratet, sondern hätten sich gerade erst kennengelernt, als wären all ihre Küsse noch ein glaubwürdiges Versprechen.

Sie geht zum Servierwagen und schenkt ihm seinen Weinbrand ein, stellt den Aschenbecher neben seinen Teller.

Seufzend lässt er sich fallen, trinkt das Glas in einem Zug leer und zündet sich eine Zigarette an. »Was für ein Tag, ich sag's euch, dieses Krankenhaus ist verrückt geworden. Ach was, die ganze Welt ist verrückt geworden!«

»Hast du jemandem das Leben gerettet?«, will Karen wissen und klettert auf seinen Schoß.

»Und ob, mein Täubchen, das habe ich.« Er beißt etwas von dem Wurstbrot ab, streckt die langen Beine von sich, das Gürkchen knackt zwischen seinen Zähnen.

Margarete zieht sich in die Küche zurück und macht den Abwasch. Die Mädchen umlagern ihren Vater und wollen genau von ihm wissen, wen er operiert hat und warum. Margarete lauscht dem Klang der Stimmen, ohne auf den Inhalt zu achten. Es ist die vertraute Melodie ihrer Familie. Da ist Lenz' tiefer Bariton, der jedes Wort zu einer Tatsache macht. Karen, die zwitschernd lacht. Und schließlich Anja, die sich in hohen Frequenzen beschwert.

An Margaretes Fingern schäumt Seife, mit dem Handrücken wischt sie sich den Schweiß von der Stirn. Zwei Wochen dauert diese unsägliche Hitze schon an, der Rasen im Vorgarten färbt sich bereits gelb. Wie niemand sonst hofft Margarete auf Abkühlung, darauf, dass endlich wieder Normalität einkehrt, betet für Erlösung. Mit angehaltenem Atem lauscht sie dem Wetterbericht im Radio, verflucht die fröhliche Stimme des Moderators, der von einem weiteren schönen Sommertag spricht, als befände sich das ganze Land im Ferienlager.

Margarete fürchtet die Hitze. Fürchtet, sie könnte das

letzte bisschen Fassung schmelzen, das sie zusammenhält. Hätte ihr Vater sie nicht gefunden und zur Vernunft gebracht in diesen flirrenden Tagen vor vier Jahren, alles wäre verloren gewesen. Und trotzdem, während sie die Gläser trocknet und poliert, sie prüfend gegen die letzten, sattgoldenen Sonnenstrahlen dieses unsäglichen heißen Tages hält, um zu sehen, ob sie auch wirklich sauber sind, fragt sie sich: *Wäre ich heute glücklicher, hätte ich meine Familie damals verlassen?*

»Was mühst du dich ab?«, ruft Hilda aus dem Fenster, als Margarete am nächsten Tag mit den Einkäufen vom Markt die Straße entlangkommt. Noch immer geht sie dienstags und freitags in den Ort und kauft Gemüse und Obst auf dem Markt, weil es dort frischer und günstiger ist als im Laden.

Niemand hat Verständnis für ihre Sparsamkeit. Lenz lacht, wenn sie mit hochrotem Kopf den Berg hinaufgekraxelt kommt. »Mein tapferes Zigeunermädchen«, sagt er, umfasst ihre schmale Taille und küsst ihr die schweißnasse Stirn. Sie mag diese Küsse nicht, wischt sie sich mit dem Handrücken vom Gesicht.

Ihre Mutter baut ihr eigenes Gemüse an und drängt Margarete, ihren Garten zu nutzen, so viel freie Fläche und nur Büsche und Blumen, wo gibt's denn so etwas?

Und Hilda schwört auf Tiefkühlgemüse, das sie in großen Packungen im Supermarkt kauft und mit ihrem roten Käfer den Berg hinaufkutschiert. Ihr Wunsch von damals ist also fast in Erfüllung gegangen.

»Die Zeiten ändern sich«, lässt sie Margarete nun wissen. »Frische Bohnen gibt's auch im Dezember.« Sie zieht an ihrer Zigarette und pafft den Rauch in Margaretes Richtung. »Kommst du später rüber? Wir könnten mit den Mädchen zum See fahren.«

Margarete stellt die Taschen ab und schnauft. »Wenn Karen mit den Schularbeiten fertig ist.«

»Das kann sie doch am See erledigen.«

Margarete schirmt ihre Augen vor der Sonne ab, um Hilda da oben am Fenster besser sehen zu können. »Am See ist es viel zu laut. Und sie hat keinen Tisch, keinen Stuhl. Das geht nicht.«

Hilda verdreht die Augen. »Ja wohl, Frau Oberlehrerin. Dann um drei? Ich hole euch ab.«

Die Aussicht, zum See zu fahren, gibt Margarete neue Energie. Statt ein Mittagessen zu kochen, bereitet sie ein Picknick vor mit Obst, Käsewürfeln, hart gekochten Eiern und belegten Broten. Hilda isst fast jeden Tag bei ihr mit, verbringt die Vormittage hier, unterhält Margarete, wenn sie die Hausarbeit macht, spielt nachmittags mit den Mädchen, geht oft erst kurz vor dem Abendessen, wenn Lenz nach Hause kommt oder Hugo sich ankündigt.

Die Nachbarn rümpfen die Nase, weil Margarete und Hilda so viel zusammen sind. Hilda, die noch immer keine eigenen Kinder hat und sich dafür ständig um Karen und Anja kümmert. Vor allem Frau Brühns, die direkt neben Hilda wohnt und sich ohnehin ständig beschwert, weil Zweige aus Hildas Garten auf ihr Grundstück wachsen, Hilda das Radio zu laut aufdreht oder die Wäsche auch am Sonntag raushängt. Margarete ist das unangenehm. Sie würde lieber darauf achten, dass sie nicht so oft zusammen gesehen werden. Sie würde so tun, als ob sie eine ganz normale Mutter sei, die ihre Kinder versorgt, den Haushalt im Griff hat, hin und wieder mal ein nettes Wort mit anderen Hausfrauen wechselt.

Aber Hilda pfeift auf die Meinung von Patricia Brühns. Einmal, als sie missbilligend die Augenbrauen hob, weil sie Margarete, Hilda und die Mädchen zusammen sah, legte Hilda demonstrativ den Arm um Margaretes Hüfte und tat so, als würde sie sie küssen wollen. Oder einmal rief sie morgens, als Margarete aus dem Haus kam, so laut, dass es die ganze Straße hören konnte: »*Buongiorno bellissima*, du siehst heute wieder bezaubernd aus!« Margarete war das höchstpeinlich, augenblicklich lief sie rot an, doch das Schmunzeln begleitete sie durch den ganzen Vormittag.

Auch die Kinder lieben sie. »Hilda ist meine beste Freundin«, sagte Anja erst kürzlich.

Manchmal befürchtet Margarete, dass Hildas Einfluss auf ihre Jüngste nicht der beste ist. Anja ist empfänglich für jede Form von Provokation – und in Hilda hat sie ihre Lehrmeisterin gefunden.

Anja ist mit ihren vier Jahren so ganz anders als Karen, die tut, was man ihr sagt, sich benimmt und freundlich ist. Karen, die Lenz so ähnlich sieht mit ihren hellblauen Augen und honigblonden Haaren. Anja ist ein Abbild von Margarete mit Augen wie Kohlen und Haaren wie Zwirn.

»Es ist die Trotzphase«, ließ die Erzieherin, Frau Köttgen, Margarete wissen. Wenn Anja im Kindergarten nicht spurt, lässt Frau Köttgen sie in ihrem Spielkittel in der Ecke stehen, während die anderen Kinder gemeinsam das Morgenlied singen. Oder sie muss allein drinnen bleiben, wenn die anderen rausgehen.

Doch Anja macht sich nichts aus den Bestrafungen. »Ich hatte sowieso keine Lust, nach draußen zu gehen«, erzählt sie ihrer Mutter mittags dann schulterzuckend.

Margarete bewundert die Stärke ihrer jüngeren Tochter, bangt jedoch, welche Ausmaße die wohl noch annehmen wird. An eine Trotzphase glaubt sie nicht, schließlich haben Phasen einen Anfang und ein Ende. Anja aber trotzt, seitdem sie ein Säugling war. Und es ist ganz egal, ob man sie tröstet, ermahnt oder bestraft, dieses Kind hat einen glasklaren Willen, eine genaue Vorstellung davon, wie etwas zu funktionieren hat.

Erst gestern kamen sie zu spät in den Kindergarten, weil Anja unbedingt ihren Wintermantel anziehen wollte, den sie tags zuvor im Kellerschrank entdeckt hatte. Draußen war schönstes Sommerwetter, aber das Kind weigerte sich, das Haus ohne Wollmantel zu verlassen.

Eigentlich hatte Margarete vorgehabt, Karen zur Schule zu begleiten, schickte sie dann allein los, ein flüchtiger Kuss musste als Begleitung genügen. Unter dem Brüllen ihrer kleinen Schwester machte sich Karen auf den Weg. Margarete blieb in der Diele stehen, das sich windende Kind mit wutrotem Kopf zu ihren Füßen.

Schließlich brachte Margarete sie im Mantel in den Kindergarten und musste Frau Köttgens missbilligenden Blick über sich ergehen lassen. Ihre Vierjährige triumphierte, Margarete war übel vor Peinlichkeit.

Lenz würde kurzen Prozess machen. Eine saftige Ohrfeige, die das Kind zum Schweigen bringt.

Margarete kann sie nicht schlagen. Denn sie versteht sie viel zu gut. Ist der Grund für ihren Anfall auch lächerlich, ihre Wut ist es nicht. Und nie fühlt sich Margarete dem Kind näher als in diesen Momenten – wenn Anja wütet und schreit, die Welt verteufelt, alles und jeden hasst. Dann ist Margaretes Wut Anjas Wut, und sie wünscht sich: Wenn ich doch auch nur so schreien könnte.

Der Nachmittag am See verläuft friedlich, die Zeit plätschert dahin, und die Stimmen der spielenden Kinder verlieren sich auf der weiten Fläche.

Karen hat ihre Hausaufgaben zu Hause in Rekordzeit erledigt und trotzdem peinlich genau darauf geachtet, dass die Buchstaben die vorgezogenen Linien nicht überschreiten. Ihre Lehrerin zeigt gerne ihr Heft vor der ganzen Klasse.

Wie es in zwei Jahren mit Anja werden wird, darüber will sich Margarete lieber keine Gedanken machen. Sie befürchtet auch hier das genaue Gegenteil der Schwestern.

Als Anja und Karen mit blauen Lippen aus dem Wasser kommen, rubbelt Margarete sie mit dem Handtuch trocken und ordnet eine kurze Wasserpause an.

Sie sitzt im Halbschatten unter einem Baum, Hilda in ihrem gepunkteten Bikini einen Meter weiter in der prallen Sonne. Margaretes Buch hat sie sich aufgeschlagen aufs Gesicht gelegt, sie döst oder schläft.

»Wollen wir Schule spielen?«, schlägt Margarete den Mädchen vor.

Karen ist sofort einverstanden, Anja sagt erst Nein, aber Margarete weiß, dass sie diese Antwort nur ignorieren muss, und in ein paar Minuten wird sie ebenfalls eifrig dabei sein.

Die Mädchen dürfen Margarete unterrichten. Dabei wiederholen sie, was sie gerade gelernt haben. Margarete experimentiert mit dieser umgekehrten Perspektive, manchmal macht sie sich Notizen über den Lernfortschritt der Kinder und überlegt vormittags, wie sie den Unterricht am Nachmittag gestalten könnte.

Der Inhalt der heutigen Unterrichtsstunde: Rhetorik. Margarete will ihre Mädchen mit Wörtern und Sätzen wappnen. Denn wer reden kann, kann sich verteidigen. Und wer reden kann, hat fast immer schon gewonnen.

Anja, die zuerst die Rolle der Lehrerin übernimmt, unterrichtet ihre Mutter und Schwester in Aristoteles' Rhetorik und stellt die drei Redegattungen vor. Sie hat wenig Geduld mit ihren Schülerinnen, Margarete macht sich in Gedanken eine Notiz, daran müssen sie arbeiten.

Dann übernimmt Karen und führt souverän durch den Aufbau einer Rede. Anschließend motiviert Margarete sie, eine kleine Rede über ihren späteren Berufswunsch zu halten, wenn sie das Gelernte gleich anwendet, festigt sich das Wissen.

»Wenn ich groß bin, werde ich Lehrerin«, erklärt Karen und führt verschiedene Argumente auf, die ihre Eignung bestärken.

»Ich werde Baggerfahrer«, sagt Anja, nachdem Karen fertig ist. Ihre Konzentration hat nachgelassen, sie liegt bäuchlings auf dem sandigen Boden und zupft an ein paar Grashalmen herum.

»Das geht nicht«, sagt Karen. »Das können nur Männer.«

»Wieso?«

»Weil nur Männer so große Maschinen fahren können.«

»Wieso?«

»Überleg doch mal, hast du schon mal eine Frau in einem Bagger gesehen?«

Nun schaltet sich Margarete ein. »Nur weil es etwas noch nicht gibt, heißt es nicht, dass es nicht möglich ist, Karen. Und wenn ihr Baggerfahrerinnen oder Bundeskanzlerinnen werden wollt, dann könnt ihr das. Vielleicht ist der Weg beschwerlicher, aber es ist möglich.«

Ich klinge wie Gitte, denkt sie dabei.

Gitte, die wieder ganz aus ihrem Leben verschwunden ist. Margaretes Briefe an sie blieben unbeantwortet. Als würde sie Margarete für die Rückkehr in ihr bürgerliches Leben bestrafen wollen. Ach, Gitte! Mit ihrem ständigen Infragestellen, Tieferbohren, Besserwissen. Wie es ihr jetzt wohl geht?

In Gedanken debattiert Margarete oft mit ihrer alten Freundin und lässt Gittes pauschalen Opportunismus nicht gelten, muss sich selbst aber davor hüten, in die Rolle der immer Negativen, immer Pessimistischen zu verfallen.

So ist Gitte immer noch ein Teil von Margaretes Leben, sie ist zu einer inneren Stimme geworden, zu einem Fixpunkt, der Orientierung gibt, auch wenn Gitte selbst schon lange weitergezogen ist. Ihre Freundschaft ist vorbei, Margarete macht sich keine Hoffnung mehr. Sie hatten ihre Zeit und ihre gemeinsamen Träume. Doch am Ende müssen beide ihren eigenen Weg gehen.

Sie schaut zum Ufer, wo Anja jetzt im feuchten Sand sitzt und mit den Händen kleine Türme formt, Karen steht knietief im Wasser und beobachtet die anderen Kinder beim Spielen.

Ist es wirklich so, wie sie es ihre Töchter gerne glauben lassen will? Ist für alle Menschen alles möglich?

Vielleicht. Doch was Margarete sicher weiß: Das Leben ist ein unfaires Rennen, einige Läufer starten weit hinter der Startlinie, müssen bei »Los!« erst mal aufschließen zum Rest der Gruppe. Und die anderen warten nicht.

34. Kapitel

1968

»Nun komm schon!«, ruft Lenz und hupt zweimal kurz hintereinander. »Wir sind doch nur für eine Nacht weg.«

Margarete steht noch im Eingangsbereich und hält Hilda die Liste unter die Nase, die sie geschrieben hat. Was und wann die Mädchen essen, was sie anziehen sollen und was Karen noch für die Schule zu erledigen hat.

Lächelnd nimmt Hilda ihr den Zettel aus der Hand und legt ihn auf die Kommode im Flur. Margarete ahnt, dass er dort wahrscheinlich das ganze Wochenende liegen wird – ohne dass Hilda auch nur einen Blick darauf wirft.

»Es ist ja nicht das erste Mal«, sagt Hilda und schiebt Margarete sanft zur Tür. »Und sie sagen schon Bescheid, wenn sie etwas brauchen.«

Auf den ersten Kilometern geht Margarete im Kopf mögliche Katastrophen durch. So ist es immer, wenn sie die Mädchen für ein paar Tage allein lassen muss. Was alles passieren könnte: angefangen bei den ständigen Streitereien, Ungehorsam von Anja, über Erkrankungen bis hin zu schlimmer Sehnsucht. Die Mädchen könnten aber auch ersticken, sich verbrühen oder entführt werden. Wie lange würde es dauern, bis Margarete zuhause wäre?

Häufig begleitet Margarete Lenz nun auf kleine Reisen. Er hat den Aufstieg geschafft, ist Chefarzt der chirurgischen Abteilung der Universitätsklinik geworden. Seitdem vergeht kaum ein Monat, in dem er nicht zu irgendeinem Kongress, einer Fortbildung oder einem Seminar eingeladen wird. Und es gehört zum guten Ton, die Gattin mitzunehmen. Die Professoren und Doktoren mimen die treuen, fürsorglichen Ehemänner. Die herausgeputzten Frauen sind der soziale Kitt, der die Karrieren festigen soll.

Die Mädchen sind dann bei Ibolya und Georg, oder Hilda kümmert sich um sie, wie an diesem Wochenende. Sie geht mit den Kindern in den Zoo und ins Schwimmbad, kauft ihnen neue Kleider, einmal war sie sogar mit Anja beim Frisör. Immer haben sie Hildas volle Aufmerksamkeit, und Hilda macht nichts anderes, als sich um die Kinder zu kümmern. Wenn sie sie am Sonntagabend abgibt, sind alle glücklich. Die Kinder, weil sie so viele schöne Dinge erlebt haben. Hilda und Hugo, weil sie diese besonderen Familienzeiten genießen, und auch, weil sie sich auf die Ruhe freuen, die nun augenblicklich wieder einkehren wird.

Ja, so geht es, denkt Margarete. So könnte sie auch die Mutter sein, die sie gerne wäre.

Lächeln, nicken und schweigen. Mehr wird nicht von ihr erwartet. Anders als die meisten Wohlstandsgattinnen ist Margarete noch immer schlank, ihre Haltung grazil. Niemals trinkt sie mehr als ein Glas Wein, immer hört sie ihren Tischnachbarn zu, unterbricht niemanden, nickt anerkennend und lächelt wohlwollend. Es umgibt sie eine große

Sanftmut, gepaart mit einem Hauch Exotik, eine aparte Mischung.

Lenz hat die Wirkung seiner Frau auf seine Kollegen und Konkurrenten schnell entdeckt und nimmt sie fortan immer und überallhin mit. Und mittlerweile hat Margarete gelernt, diese Ausflüge zu genießen. Sie weiß jetzt, dass ihr Einsatz nur morgens zum Frühstück und abends zum Dinner gefragt ist. Dazwischen spannen sich Stunden der Freiheit. Während Lenz in muffigen Konferenzräumen Vorträge hört und an Diskussionen teilnimmt, erkundet Margarete die unbekannten Städte, zieht genüssliche Bahnen im Hotelpool, streift durch Parks, besucht Museen. Zwar gibt es auch ein Programm für die Frauen, davon hält sie sich aber fern, genießt es, ganz für sich zu sein.

Kaum sind sie angekommen, diesmal ist es ein Waldhotel, schön gelegen, aber weit weg von der nächsten Stadt, weiß Margarete, dass irgendwas mit der Kellnerin ist oder sein wird, ihr Radar schlägt sofort an. Sie sitzen draußen im Hotelgarten, Lenz lässt nach der langen Fahrt die Schultern kreisen, und die Kellnerin serviert ihnen Kaffee mit Erdbeerkuchen. Sie ist jung, blond und prall, immer sucht er sich Frauen, die so ganz anders sind als sie. Er will keine bessere Version von Margarete, er sehnt sich nach einer komplett anderen Frau. Wie sie sich nach einem anderen Leben. War es nicht auch das, was sie in Aro damals suchte und fand? Die Möglichkeit, eine ganz andere zu sein?

Immer öfter überlegt sie in letzter Zeit, ob sie Lenz gewählt hätte, wenn sie damals nicht schwanger gewesen wäre. Wenn eine Heirat nicht die einzige Lösung gewesen wäre, wenn sie Optionen gehabt hätte.

Margarete beobachtet die Kellnerin, wie sie Kaffee nachschenkt und Lenz anlächelt. Fragt sich, wie es sich anfühlen mag in diesem Körper. Der so rosig und gesund aussieht. Danach sehnt sich ihr Mann, mit diesem Körper wird er sie betrügen. In einer Wäschekammer, einer Toilettenkabine oder vielleicht sogar auf ihrem Zimmer, wenn er sich unter einem Vorwand von seinen Kollegen wegschleicht, die Kellnerin finden und verführen wird. Alles wird ganz schnell gehen.

Margarete rührt in ihrem Kaffee und sieht Lenz an, mit seinen fast vierzig ist er attraktiver als je zuvor. Eine Frechheit der Natur, dass das Alter den Männern schmeichelt, während es den Frauen zusetzt. Und eine Ungerechtigkeit, dass Männer bestimmen, was schön ist und was nicht.

Lenz schert sich nicht mal um sein Äußeres, weiß diesen Luxus gar nicht zu schätzen. Margarete kämpft täglich mit ihrer Garderobe – zu bieder, zu bunt, zu kurz, zu lang –, Lenz hingegen trägt immer einen seiner drei Anzüge mit weißem Hemd. Zu Hause, am Wochenende, ohne Krawatte und Sakko. Mehr Variationen gibt es nicht. Wie viel einfacher es ist, ein Mann zu sein.

»Sie gefällt dir«, sagt sie, ohne von ihrem Teller aufzusehen, auf dem sie die letzten Kuchenkrümel zusammenschiebt.

»Wer?«

»Sie.« Margarete schaut der Kellnerin hinterher.

Lenz dreht sich nicht um, haftet seinen Blick nur auf Margarete und lächelt. »Du gefällst mir.«

Sie nickt. Natürlich. Das kennt sie schon.

Am Nachmittag streift sie durch den Wald. Der Frühling lässt ihn bersten, überall drängen Blätter und Knospen, hellgrüne, zarte Triebe reibt sie zwischen ihren Fingern. Sie zupft einen Löwenzahn vom Wegesrand, pustet und lässt die unzähligen kleinen Fallschirme durch die Luft tanzen.

Ist das alles? Ist das ihr ganzes Leben? Aus Ungarn vertrieben, Ehefrau eines angesehenen Arztes geworden, zwei Kinder bekommen. Ist das die Bilanz ihres Lebens? Ist der Schlussstrich schon gezogen?

Beim Dinner findet sie sich an einem runden, edel eingedeckten Tisch mit zwei weiteren Paaren wieder. Es wird Weißwein serviert zu gedämpftem Fisch und Kartoffeln. Meist ist das Essen hervorragend an diesen Wochenenden, eine schöne Abwechslung zum Selberkochen.

Die Männer begrüßen sich, Margarete lächelt und nickt, merkt sich keinen der Namen oder Positionen, es interessiert sie nicht, wer Oberarzt oder Chefarzt ist, wer an welcher Universität lehrt oder in welchem Krankenhaus arbeitet.

»Ihr kennt euch«, sagt Lenz und nickt in die Richtung einer rothaarigen Frau, die zwei Plätze weiter neben Margarete sitzt.

Margarete hat sie gar nicht richtig angesehen, es geht immer nur um die Männer. Höflichkeiten werden erst mit den Frauen ausgetauscht, wenn sich die Männer in ihre Fachgespräche vertieft haben.

»Inge Eberle. Wir haben einmal zusammen Silvester gefeiert. Erinnerst du dich?«

Margarete ist erstaunt, aber tatsächlich, Inge Eberle, die

Frau, die an Heiligabend aus Einsamkeit eine ganze Flasche Rotwein trank, das ist sie.

»Guten Abend! Wie geht es Ihnen?« Sie muss sich vorbeugen, um mit ihr zu sprechen. Manfred Eberle, den sie jetzt auch wiedererkennt, sitzt neben ihr.

»Hervorragend«, antwortet Frau Eberle.

»Haben Sie inzwischen Kinder?«

»Ja, zwei. Einen Jungen und ein Mädchen. Zwillinge.« Sie zieht ein Foto aus ihrer Handtasche und reicht es Margarete.

»Entzückend. Wie alt sind sie jetzt?«

»Zwei Jahre. Sie halten mich ganz schön auf Trab.« Sie lacht.

»Das glaube ich gern«, pflichtet Margarete bei. Und sie plaudern ein wenig über die Tücken des Kleinkindalters. Immer geht es bei diesen Gesprächen um die Kinder und ihre Entwicklung. Und darüber, was normal ist und was nicht. Margarete weiß, dass fast alles gelogen ist, und erzählt selbst, wie schön und beglückend diese Zeit doch sei, wenn die Kinder noch klein sind. Wahre Engel! Und wie schnell die Zeit vergeht, das muss man wirklich genießen.

Zweijährige Zwillinge, Margarete möchte sich nicht mal vorstellen, wie es ihr ergangen wäre. Ein Albtraum.

»Vor allem die Abwechslung genieße ich sehr«, sagt Frau Eberle und reißt Margarete aus ihren Gedanken. Welche Abwechslung meint sie? Es gibt nichts Monotoneres als das Leben mit kleinen Kindern. Nichts Erschöpfenderes. Nichts Undankbareres. Margarete ist froh, diese harten Jahre hinter sich gelassen zu haben.

»Meine kleine Patisserie«, führt Inge Eberle aus. »Ich fertige französisches Gebäck und belgische Pralinen und versende deutschlandweit. Die Anfragen nehmen stetig zu.«

»Sie ist sehr erfolgreich damit«, schaltet sich nun auch ihr Mann ein. »Eine wahre Versandhändlerin.«

»Beeindruckend«, bestätigt Margarete.

»Es war immer mein großer Traum, und kurz vor der Geburt der Kinder bekam ich einen großen Auftrag von der Hannover-Messe, eintausendzweihundert Pralinés mit Nugatfüllung, ich wollte ihn unbedingt annehmen.«

Margarete nickt und versteht es so gut.

»Das war der Startschuss. Seitdem wächst das Geschäft stetig, mittlerweile habe ich sogar zwei Angestellte.«

»Und die Kinder?« Margarete hat noch nie gehört, dass eine Frau mit so kleinen Kindern arbeitet, noch dazu ihren eigenen Betrieb aufbaut.

Endlich bietet Manfred Eberle an, Plätze zu tauschen, damit Inge und Margarete sich besser unterhalten können.

»Eine Kinderfrau kommt jeden Vormittag für drei Stunden.«

»Zu Ihnen nach Hause?«

Inge Eberle nickt. »Anders geht es nicht. Ich kann ja schlecht Windeln wechseln, wenn ich gerade einen Millefeuille zubereite.«

Und Margarete stimmt ein. Natürlich, wie will man auch sonst einen Mille-feuille zubereiten. Oder überhaupt irgendetwas machen. Geschweige denn einen Versandhandel aufbauen.

»Sind Sie auch zurück im Beruf?«, fragt Inge Eberle.

»Sie sind doch Lehrerin, richtig? Ich erinnere mich gut an Ihre Rede zur Pädagogik. Sehr fortschrittlich, aber durchaus einleuchtend.«

»Noch nicht«, antwortet Margarete und fragt schnell, wo die Eberles denn nun wohnten. Wohl doch nicht mehr in der kleinen Wohnung in der Nähe des Krankenhauses? Ausführlich berichtet sie dann von den Vorzügen der eigenen Immobilie, ist sich mit Frau Eberle sehr einig, dass jedes Kind ein eigenes Zimmer haben sollte und wie wichtig es ist, den Rasen mit Hornmehl zu düngen. Das Haus bringt sie zurück auf sicheres Terrain, und als der Kellner kommt, um Wein nachzuschenken, legt sie diesmal nicht die Hand aufs Glas.

Am nächsten Tag wird Margarete von einer heftigen Migräne geplagt. Den Vormittag verbringt sie im Bett, und als sie am frühen Nachmittag aufbrechen, muss Lenz zweimal anhalten, weil sie sich am Straßenrand übergeben muss. Zu Hause angekommen legt sie sich sofort ins abgedunkelte Schlafzimmer, die Mädchen dürfen sie nur flüsternd begrüßen.

»Nun lasst eure Mutter in Ruhe«, scheucht Lenz sie aus dem Zimmer und stellt ein Glas Wasser auf den Nachttisch.

»Im Tiefkühler gibt es noch eine Hackfleischsoße, die kannst du aufwärmen und Nudeln dazu kochen. Weißt du, wie das geht?«

Er streicht ihr über die Stirn. »Mach dir keine Gedanken, wir werden schon nicht verhungern.«

»Vielleicht habe ich den Wein nicht vertragen. Morgen bin ich wieder auf den Beinen, versprochen.«

»Alles gut, ruh dich aus, mein Gretchen«, sagt er und schließt leise die Tür hinter sich.

Gretchen, lange hat er sie nicht mehr so genannt, und die Worte brennen ihr ein Loch ins Herz.

Um sich zu beruhigen, denkt Margarete an Ungarn. Das tut sie oft in letzter Zeit. Dann sieht sie die sanft hügelige Landschaft vor ihrem inneren Auge, spürt die milden Sommerwinde auf ihren Wangen, hat den Geruch von frisch gemähtem Gras in der Nase. Und sie ist umgeben von anderen. Teil einer Gemeinschaft. Wenn sie an Ungarn denkt, fühlt sie sich heil, geborgen und frei. Umsorgt von einer mütterlichen Kraft.

Ob ihr Hof in Ungarn noch steht? Und wer wohnt jetzt wohl darin? Ob es den Apfelbaum noch gibt? Sicherlich würde Anja höher klettern, als sie es sich je getraut hat. Und Karen würde die Kätzchen im Stall mit frischer Milch versorgen.

Ihre Mädchen in der ungarischen Tracht, sie muss lächeln bei dem Gedanken. Wie sie über den Dorfplatz tanzen, die Tellerröcke mit den bunten Mustern über den staubigen Boden wirbeln. »Dra di Madl umadum«, würde sie sie anfeuern, und die beiden würden sich immer wilder drehen.

Margarete kommen auch die Männer und Frauen in den Sinn, die damals aus dem Lager zurück in die Heimat flohen. Wie sie heimlich ihre eigenen Häuser wieder bezogen, unentdeckt bleiben mussten, weil die echten Ungarn sie nicht länger in ihrem Land duldeten. Einigen von ihnen gelang es, zu bleiben. Andere sind später, als es wieder möglich war, zurückgegangen.

Wäre ihr Vater nur mutiger gewesen, vieles hätte anders kommen können. Hätten sich ihre Eltern entschieden, in die Heimat zurückzukehren, ihr Leben hätte einen ganz anderen Weg nehmen können.

Und heute?, denkt sie. Gibt es noch Abzweigungen? Gibt es noch Trampelpfade irgendwo?

Was ist in ihrem Leben noch möglich, wäre sie nur mutiger?

35. Kapitel

Während sich alle Blicke auf Hilda richten, die etwas töpfert, das eine geradezu unerhörte Ähnlichkeit mit einem Penis hat, aber lautstark versichert, es werde eine Blumenvase, hält Margarete den grauen Klumpen Ton zwischen den Händen und wünscht sich, sie wäre wie Hilda. Oder wenigstens wie die anderen. Diese kichernden Frauen, sie sind so … heißt es *resolut*? Robust auf jeden Fall und laut und unerschütterlich. Sich ihrer so sicher. Sie kennen ihren Platz. Margarete muss ihn jedes Mal neu ausloten.

Zusammen mit Hilda hat sich Margarete für einen Kurs an der Volkshochschule eingeschrieben. Die Volkshochschule war Margaretes Idee, das Töpfern Hildas. Sinnlich wäre das, hatte sie Margarete erklärt, erdend und belebend. Margarete hätte mehr Lust auf einen Sprachkurs gehabt, Italienisch vielleicht, aber Hauptsache, sie würde irgendetwas tun, irgendetwas Neues erleben.

Doch während Hilda und die anderen Frauen die glitschigen Tonklumpen hingebungsvoll zu Vasen, Stifthaltern und Tassen formen, fragt Margarete sich, wozu das alles. Es macht ihr keine Freude, und von Nutzen sind die Dinge, die sie herstellt, auch nicht. Sie haben genug Vasen zu Hause, und schöner sind die allemal. Außerdem fühlt sie sich unwohl in dieser Gruppe plappernder Frauen.

Auf der Rückfahrt nach der ersten Stunde hat Hilda die Fensterscheibe hinuntergekurbelt, ihr Ellenbogen liegt auf dem Rahmen, zwischen den Fingern hält sie eine Zigarette. »Das macht so viel Spaß«, sagt sie. »Wir sollten viel häufiger solche Kurse belegen.«

»Ich gehe da nicht mehr hin«, erwidert Margarete, die auf dem Beifahrersitz sitzt und stur geradeaus schaut.

»Was? Wieso das denn?!« Entgeistert wendet Hilda den Blick zu ihr.

»Es schien dir nicht besonders wichtig zu sein, ob ich dabei bin oder nicht.«

»Du bist doch wohl nicht eifersüchtig auf diese Vogelscheuchen?« Hilda starrt Margarete noch immer an. So lange, dass Margarete sich gezwungen fühlt, irgendetwas zu sagen, damit Hilda nur wieder nach vorne auf die Straße schaut.

»Es ist einfach sinnlos. Warum soll ich dasitzen und Ton formen, den ich tagelang nicht unter meinen Fingernägeln herausbekomme? Und diese Vasen sind hässlich.«

»Natürlich sind sie hässlich. Und es ist sinnlos. Aber genau das ist es doch, was so viel Spaß macht.«

Margarete verschränkt die Arme vor der Brust.

»Puppe, du darfst nicht immer alles so ernst nehmen.« Hilda schnippt den Zigarettenstummel aus dem Fenster und hupt das Auto vor ihr grundlos an. »Wenn du nicht gehst, gehe ich auch nicht«, sagt sie schließlich. »Dann bleiben wir lieber zu Hause und trinken Eierlikör.«

Margarete sagt nichts dazu, weiß aber, dass Eierlikör nicht ausreicht. Er füllt ihre Tage nicht. Nicht das dumpfe, leere Gefühl in ihrem Inneren.

Vor ihrem Haus angekommen, stellt Hilda den Motor ab, bleibt aber noch einen Augenblick sitzen. »Hör mal zu«, sagt sie und beißt sich auf die Lippe. »Raste jetzt nicht aus, aber ich habe Lenz gesehen.«

»Wieso sollte ich ausrasten?«

»Er war nicht allein.«

Margarete zuckt mit den Schultern.

»Ich habe sie in der Stadt gesehen, im Ca…«

»Nein!«, ruft Margarete entschieden. »Ich will es nicht hören. Es ist nicht wichtig. Behalte es bitte für dich.«

»Ist ja gut, ist ja gut. Beruhige dich.« Sie hebt abwehrend die Hände. »Ich wollt dich nicht verärgern.«

»Schon gut.« Margarete ringt um Fassung, atmet tief durch, setzt dann ein frisches Lächeln auf und fragt: »Sehen wir uns später?«

»Also eigentlich … Kann ich nicht gleich mitkommen? Ich habe Hunger.«

Margarete seufzt. »Gut, es gibt Hühnerfrikassee.«

»Das klingt hervorragend!« Hilda strahlt. »Und zum Nachtisch Eierlikör.«

Weil die andere Frau aber doch wichtig ist, aus Gründen, die Margarete sich selbst nicht erklären kann, macht sie sich noch einmal die Mühe, ihrem Mann hinterherzuspionieren. Es ist absurd einfach. Eine Mittagspause, in der er vorgibt, arbeiten zu müssen. Am Morgen hat er auf den Henkelmann mit Kartoffelsalat verzichtet. Um kurz vor zwölf bringt Margarete sich vor dem Krankenhaus in Position, der kleine Kiosk gibt ihr Deckung. Mit dem Glockenschlag tritt Lenz auf die Straße, ohne sich umzusehen, eilt er am Kiosk vorbei. Sein Ziel ist dasselbe Café wie damals, Margarete kann es kaum glauben. Nicht einmal die Mühe eines neuen Treffpunkts hat er sich in all den Jahren gemacht?

Die Tische am Fenster sind alle besetzt, Lenz verschwindet im Dunkel des Raumes. Kurz wägt Margarete ab, dann betritt sie selbst das Café, und sofort finden ihre Augen das Paar. Sie wählt einen freien Platz drei Tische hinter ihnen, läuft direkt an ihrem Ehemann vorbei, doch er sieht sie nicht, sein Gesicht ist versunken in der Halsgrube der anderen Frau. Sie ist jung, so um die zwanzig, schätzt Margarete, rotblond, trägt Pony und die schulterlangen Haare offen, auf ihren Wangen tummeln sich unzählige Sommersprossen. Sie sieht nett aus, ein liebes, nettes Mädchen.

Margarete bestellt einen kleinen Kaffee, der sauer und bitter schmeckt, trinkt ihn in kleinen Schlucken und lässt ihren Mann und die andere Frau nicht aus den Augen. Überrascht stellt sie fest, dass es sie nicht verletzt, zu sehen, wie Lenz sie küsst und ihre Haarsträhne um seinen Zeigefinger wickelt.

Vor Jahren, als sie ihn das erste Mal mit einer anderen Frau sah, war sie atemlos vor Eifersucht. Jetzt aber weiß sie, dass Lenz' Verlangen nach diesen Berührungen, nach diesem Streicheln, Anfassen, Drücken, Kneten unstillbar ist.

Und da die Angst, ihn zu verlieren, verschwunden ist, fällt es ihr leichter, sie zu beobachten, sie zu verstehen. Margarete erkennt den Blick der anderen Frau, sieht die quälende Sehnsucht nach Bestätigung darin. Sie will, dass er ihr sagt, dass sie richtig, dass sie gut sei, dass alles an ihr genüge. Margarete kennt die Frage in ihrem Blick nur zu gut. Und die andere Frau tut ihr leid. Denn die Gesten ihres Mannes beantworten diese Frage nicht. Sie sprechen eine andere Sprache. Er braucht ihren Körper, ihre Nacktheit, ihre Haut und ihre Haare. Er muss sie spüren, sie atmen, sie schmecken, sie riechen, um sich zu vergewissern, dass er am Leben ist. Er braucht den Körper dieser anderen Frau, um sich seiner eigenen Existenz zu versichern. Er wird sich an ihr bedienen und dann weiterziehen. Ihre Frage wird umso größer sein. Ihre Unsicherheit noch stärker.

Lenz beantwortet keine Fragen. Auch Margaretes nicht. Er kann nichts reparieren, er kann nichts heilen. Die Antworten auf ihre drängendsten Fragen muss sie ganz allein finden.

36. Kapitel

»Lass uns noch ein Kind machen.«

Margarete lässt ihr Stickzeug sinken, bemüht, sich den Schreck nicht anmerken zu lassen.

Es ist Freitagabend, und seit Jahren gibt es dieses unausgesprochene Arrangement: Nachdem die Kinder gebadet sind, kommt Lenz hoch ins Wohnzimmer und sagt, es wäre Zeit, ins Bett zu gehen. Dann treffen sie sich im Schlafzimmer. Sie geht vor, entkleidet sich, wartet unter der Bettdecke, er kommt nach, legt seinen Bademantel auf den Stuhl neben dem Schrank und sich auf sie.

Doch heute schüttelt sie den Kopf und konzentriert sich wieder auf die kleinen Blumen, die sie im Kreuzstich auf die neue Tischdecke stickt. Rote Rosen und gelbe Tulpen, der Stiel ist ein wenig schief, den muss sie wohl wieder auftrennen. Es sind ihre fruchtbaren Tage, normalerweise versteht er ihr Kopfschütteln und verzieht sich wieder in sein Arbeitszimmer. Oder verlässt noch einmal das Haus und kommt erst spätabends zurück. Doch nun setzt er sich auf den kleinen Hocker vor sie und sagt, es wäre doch schön, wenn sie noch ein weiteres Kind hätten. Einen Jungen vielleicht, sie würden schließlich nicht jünger, jetzt wäre noch einmal eine gute Gelegenheit. Die Mädchen seien schon älter und machten kaum noch Mühe.

Er muss ausgiebig darüber nachgedacht haben, seine Argumente sind geordnet und überzeugend.

»Ich überlege es mir«, sagt sie und versucht, ihre Stimme ruhig klingen zu lassen. »Aber heute will ich nicht.«

»In Ordnung.«

Nun müsste er eigentlich aufstehen und gehen. Doch er bleibt. »Was stickst du da?«, will er wissen.

»Eine Tischdecke.«

»Wie schön.« Er sieht ihr dabei zu, wie sie den Tulpenstiel auftrennt und neu ansetzt.

»Stört es dich, wenn ich den Fernseher anschalte?«, fragt er dann. »Ich könnte auch deine Füße massieren? Oder uns ein Glas Wein einschenken?«

Schlaflos liegt sie im Bett, sein Vorschlag flattert durch ihren Kopf wie ein verirrter Spatz gegen eine Fensterscheibe. Noch ein Kind? Ein Kind, das ihre Leere füllt. Das diese Familie endlich vollständig macht. Und sie könnte einmal alles richtig machen, es wirklich genießen. Die Mädchen sind alt genug, da hat er recht, Margarete könnte sich einem neuen Baby in vollem Maße widmen, wiedergutmachen, was sie bei Anja falsch gemacht und bei Karen als selbstverständlich angesehen hat. Da wäre sie, ihre Aufgabe. Ein Junge wäre wirklich schön. Vielleicht einer, der ihr ähnlich sieht. Dunkle Haare, dunkle Augen, groß gewachsen. Ein Sohn, an den sie sich später anlehnen kann. Soll sie es noch einmal wagen?

Am nächsten Tag schlägt sie sich mit Hilda, Ibolya und den Mädchen durch die Hecken unweit der Siedlung und pflückt kleine, schwarz schimmernde Brombeeren. Margaretes Arme sind blutig gekratzt und ihre Fingerspitzen dunkelrot vom Saft der Beeren. Ibolya hat um Unterstützung gebeten, sie will Marmelade aus den Beeren kochen – die kann man doch nicht einfach da an der Hecke hängen lassen, eine Schande wäre das, was einem der liebe Gott vor die Nase setzt, das soll man auch nutzen. Und so hat Margarete Hilda und die Mädchen mitgenommen, viele Hände, schnelles Ende.

Dabei ist der kleine Kriechkeller im Haus ihrer Eltern bis zur Decke voll mit Konserven, Eingewecktem und Eingekochtem. Die alte Angst vorm Hunger hockt noch immer hier unten und hortet, was sie kriegen kann.

Ibolya und die Mädchen pflücken ein wenig entfernt, Margarete hört die Ermahnungen ihrer Mutter auf Ungarisch. »Ne nassolj annyit, Anja, meg fog fájdulni a hasad.« – »Nicht so viel naschen, Anja, du bekommst noch Bauchschmerzen.«

Hilda bleibt in Margaretes Nähe, Ausflüge in die Natur sind ihr nicht geheuer. Eine Spinne könnte aus den Büschen kriechen, eine Mücke sie stechen, ein Fuchs mit funkelnden Augen im Unterholz lauern.

Mit spitzen Fingern pflückt sie nur die schönsten Beeren, ihr Körbchen ist noch fast leer. Als Margarete sicher ist, dass ihre Mutter und die Mädchen weit genug weg sind, lenkt sie das Gespräch auf den letzten Abend.

»Lenz will ein drittes Kind«, erklärt sie und zieht sich einen Dorn aus dem Zeigefinger. »Einen Jungen, bestenfalls.«

»Und du?« Hilda stellt ihr Körbchen ab, lässt sich auf

den Boden sinken und fischt sich eine Zigarette aus der Handtasche.

Margarete zuckt mit den Schultern. Sie weiß es nicht. Doch wenn Lenz weiter so aufmerksam und freundlich bleiben würde, das wäre schön. Heute Morgen hat er den Kaffee gekocht und beim Gehen drei Gänseblümchen aus dem Vorgarten gepflückt und sie ihr überreicht.

»Du weißt, dass es … Möglichkeiten gibt?«, sagt Hilda.

Margarete setzt sich nun ebenfalls, streckt wie Hilda die Beine aus, die trockenen Halme piksen durch ihr Kleid.

»Also, wenn du kein Kind mehr willst«, führt Hilda aus. »Die Antibabypille, weißt du? Als verheiratete Frau mit zwei Kindern dürftest du kein Problem haben, sie zu bekommen. Offiziell natürlich zur Linderung deiner Menstruationsbeschwerden.«

»Pst.« Erschrocken sieht Margarete sich um. So etwas kann sie doch nicht einfach so herausposaunen. »Das ist eine Sünde«, zischt sie.

Hilda legt den Kopf schräg und atmet Rauch aus. »Ernsthaft? Eine Sünde?« Sie rollt mit den Augen.

»Schon«, insistiert Margarete, möchte die katholische Weltsicht jetzt aber nicht vertiefen. »Woher weißt du das alles?«, fragt sie flüsternd.

Hilda hebt nichtssagend die Schultern und zieht wieder an ihrer Zigarette.

»Und die Nebenwirkungen?«, fragt Margarete. »Man weiß doch noch gar nicht genau, was das mit dem Körper macht.«

»Na ja, man weiß auf jeden Fall sehr genau, dass sie Schwangerschaften verhindert. Und was die Nebenwirkungen angeht, guck mich an, sehe ich irgendwie seltsam aus?«

Margarete traut ihren Ohren nicht. »Du nimmst die Antibabypille?«, fragt sie fassungslos. »Aber warum? Ihr wollt doch Kinder!?«

Hilda pafft ein paar Rauchkringel, bevor sie antwortet. »Hugo wünscht sich Kinder, schon immer. Schon als wir uns im Tanzcafé kennengelernt haben, war das Thema. Aber ich … Es wollte sich lange nicht einstellen, und dann schien es mir nicht der richtige Zeitpunkt. Hugo war oft auf Reisen, und es waren unruhige Zeiten. Die Atombomben, man weiß ja nicht, wohin das alles führt. Und ich habe auch keine Großeltern in der Nähe, so wie du, ich müsste alles allein machen. Und jetzt kommen wir doch auch gut ohne Kinder zurecht, oder? Es fehlt uns an nichts. Im Gegenteil: Hätten wir Kinder, müssten wir uns einschränken, könnten uns kein zweites Auto leisten, keine Urlaube, keine Restaurantbesuche mehr.«

»Und er weiß es nicht?«

Sie hebt die Schultern.

»Er weiß nicht, dass du die Antibabypille nimmst? Hilda!«

»Mit so etwas will ich ihn nicht belasten.«

Ein Schrei ist zu hören. Margarete weiß sofort, dass es Anja ist, und schon kommt sie laut weinend angerannt, sie hat in Brennnesseln gefasst, ihr ganzer Unterarm ist von kleinen Pusteln übersät.

Margarete nimmt sie in den Arm und tupft ein wenig Spucke auf die Quaddeln, mehr kann sie nicht tun. Weil Anja sich aber gar nicht beruhigen will, erklärt Margarete: »Eigentlich hast du Glück. Jetzt brennt es zwar, aber wusstest du, dass Brennnesseln Zauberkräfte verleihen können? Manchmal machen sie Kinder unglaublich mutig und stark, du musst heute mal darauf achten, ob sich bei dir etwas verändert, vielleicht war es ja eine Zaubernessel.«

Anja schluchzt weniger, drückt ihr tränennasses Gesicht an Margaretes Brust. Gedankenverloren fährt sie ihrer Tochter durch das Haar, das nach einem Tag in den Brombeerbüschen vollkommen zerzaust ist.

»Hast du früher auch oft in Zaubernesseln gefasst?«, fragt Anja und zieht die Nase hoch.

»Nicht oft genug«, seufzt Margarete. »Offensichtlich nicht oft genug. Hilda aber. Ich glaube, sie hat sogar ein paar Schlucke vom Zaubernesseltrank gehabt«, flüstert sie bedeutungsvoll.

Später, im Haus ihrer Eltern, müssen die Beeren gewaschen und die fauligen oder verwurmten aussortiert werden. Dann werden sie in einem großen Topf mit etwas Wasser und reichlich Zucker eingekocht. Auf dem anderen Herd steht ein noch größerer Topf mit kochendem Wasser, Margarete legt nacheinander die Marmeladengläser hinein und lässt sie dann auf einem sauberen Leinentuch abtropfen.

Hilda sitzt mit übereinandergeschlagenen Beinen auf einem Küchenstuhl und sieht zu. Wie ein bunter Pfau wirkt sie in der einfachen Stube ihrer Eltern, mit ihrem pinkfarbenen Lippenstift, den sie vorhin im Auto noch schnell nachgezogen hat, den Absatzschuhen und dem viel zu kurzen Rock.

Wird sie es später bereuen?, überlegt Margarete. Wenn sie im Alter allein ist, keine Kinder hat, die sich um sie kümmern. Andererseits gibt es keine Garantien in Familien, das weiß Margarete doch nur zu gut.

Als Hilda sie am Abend nach Hause fährt, ist Margarete hundemüde und doch zufrieden und erfüllt von einem Arbeitstag an der frischen Luft, in Gesellschaft und mit einem schönen Resultat. Die Ernte war üppig, Ibolya hat ihnen fünf Gläser Brombeermarmelade mitgegeben, Hilda nimmt vier davon, Hugo wird sich freuen.

Früher muss es immer so gewesen sein, denkt Margarete. Früher auf dem Hof haben sie immer zusammengearbeitet, waren in Gemeinschaft, im Gleichklang mit den Jahreszeiten und der Natur. Haben sich einfach in etwas Großes und Selbstverständliches eingefügt, wie schon ihre Vorfahren.

Sie sitzt mit den Mädchen auf der Rückbank, Anja auf ihrem Schoß, ihr Kopf ruht an Margaretes Brust, und so schwer wie sie gerade wird, ist sie sicherlich eingeschlafen. Margarete küsst Anjas Schläfe, dort wo unter ihrer warmen Haut das Blut pulsiert, und greift nach Karens weicher Kinderhand. Verträumt schaut ihre Große aus dem Fenster, müde vom Tag in der Sonne.

»Leg dich ruhig hin«, sagt Margarete und rutscht ein Stück. Karen zieht die Knie an den Körper und bettet ihren Kopf auf das Bein ihrer Mutter. Margarete streichelt ihren schmalen Rücken, fährt mit ihren Fingerspitzen die Perlenkette ihrer zarten Wirbel nach.

Sie schließt die Augen und möchte sich dieses Gefühl einprägen. Ihr wohlig erschöpfter Körper, ihr Bauch voll mit Brombeermarmeladenbroten, ihr Herz überschäumend vor Liebe und Dankbarkeit.

Als sie die Augen wieder öffnet, ist es ganz klar. *Nein*, lautet die Antwort. Nein, Margarete wird sich nicht noch einmal in die Arena stellen und das Glück herausfordern. Alles hergeben für ein neues Kind, das so viel verändern wird, so viel zerstören kann. So wie es ist, ist es gut. So wie es ist, kann es bleiben.

Und sie will ihren Körper nicht noch einmal hergeben für Monate der Schwangerschaft und Stillzeit. Immer abrufbereit, ein Körper ohne Grenzen, der nährt und wärmt, stillt und tröstet, der nur dem Kind gehört. Und dann die durchwachten Nächte, Windeln wechseln, Zähnchen, die sich durchs Zahnfleisch bohren. Und die ständigen Krankheiten, die absolute Abhängigkeit. Nein, diese Zeiten sind vorbei. Sie will keine Säuglingsmutter mehr sein. Nein.

Am Montag ruft sie bei einem Gynäkologen an, der Sprechstundenhilfe sagt sie, sie leide unter starken Menstruationsbeschwerden.

»Verstehe«, heißt es bloß.

Einen Termin bekommt Margarete für die kommende Woche. Sie befürchtet, dass unangenehme, blamable Untersuchungen auf sie zukommen werden. Möchte Hilda aber nicht nach Details fragen, das wäre ihr mindestens genauso unangenehm. Margarete war noch nie bei einem Gynäkologen, nur im Krankenhaus sah einer nach den Geburten nach, ob alles in Ordnung war, untenrum.

Der Termin ist an einem Dienstag um halb zehn, sie fährt mit dem Autobus in die Stadt. Diese elenden Busfahrten, sie ist es so leid. Erst das Warten, dann das Geschaukel, das ständige Anhalten, Tür auf, Tür zu, die Gespräche der anderen. Hätte sie einen Führerschein und ein eigenes Auto, müsste sie das alles nicht ertragen.

Als sie angekommen ist, sieht sie sich verstohlen auf der Straße um, bevor sie die Tür aufdrückt und ins dunkle Treppenhaus schlüpft. Was sollte sie denn sagen, wenn sie jetzt jemand sehen würde? Wie erklären, was sie hier will?

Sie hat sich für ein sehr ordentliches Kostüm in Marineblau entschieden, dazu geschlossene Schuhe und einen passenden Hut. Auf keinen Fall darf sie aussehen wie ein leichtes Mädchen. Was er wohl denken wird über sie? Und ob sie Lenz' Einwilligung für das Rezept braucht? Sie könnte seine Unterschrift fälschen oder es ihm unterschmuggeln, sodass er gar nicht sieht, was er da unterschreibt, vielleicht mit Durchschlagpapier unter einer belanglosen Rechnung. Nur zu oft ginge das natürlich nicht, irgendwann würde es auffallen.

Im Wartezimmer sitzen vier weitere Patientinnen. Margarete grüßt leise und setzt sich, aus den Augenwinkeln mustert sie die anderen. Ob sie aus dem gleichen Grund hier sind? Eine ist noch sehr jung, vielleicht sechzehn oder siebzehn, schätzt Margarete. Sie scheint mit ihrer Mutter hier zu sein, sie wird doch wohl nicht auch …?

Margarete versucht, die Mienen derer zu lesen, die aus dem Behandlungszimmer kommen. Wie sehen sie aus? Erleichtert? Gedemütigt? Glücklich? Verheult?

Als sie ihren Namen hört, wird ihr kurz schwarz vor Augen, so schnell ist sie aufgestanden. Sie ermahnt sich zur Contenance, aufrechter Gang, freundliches Gesicht.

Der Raum ist weiß gefliest, der Arzt, ein kleiner drahtiger Mann mit runder Brille und kahlem Kopf, sitzt an einem mächtigen Holzschreibtisch, hinter ihm erhebt sich eine Schrankwand. Er deutet auf den Stuhl gegenüber, aus den Augenwinkeln sieht Margarete den Behandlungsstuhl in der anderen Ecke, er sieht weniger schlimm aus als befürchtet.

Sie setzt sich, streicht ihr Kostüm glatt und trägt ihr Anliegen vor.

Der Arzt nickt, stiert auf die Holzplatte vor sich und stellt noch ein paar Fragen zu ihren Beschwerden. Dann bittet er sie, sich untenrum zu entkleiden. Sie steigt auf den Stuhl, legt die Beine in die Stützen und hält ihren Blick auf die Stuckverzierung an der Decke gerichtet. Es ist unangenehm und tut weh, erst drückt er auf ihrem Unterleib herum, dann schiebt er einen flachen Metalllöffel in sie hinein, gefolgt von einem großen Wattestäbchen. Während er den Abstrich unter dem Mikroskop begutachtet, muss sie in der Haltung mit den gespreizten Beinen verharren, es ist demütigend. Sie beißt die Zähne zusammen und hofft, dass die Behandlung bald vorüber ist.

»Alles unauffällig«, sagt er. »Sie können sich wieder anziehen.«

Er lässt die Gummihandschuhe von seinen Fingern schnalzen, setzt sich an den Schreibtisch und notiert etwas. Als sie wieder angezogen ist, reicht er ihr, ohne sie anzusehen, einen Rezeptzettel über den Schreibtisch.

Margarete räuspert sich. »Und die Wirkung dieses Mittels?«, fragt sie unsicher. »Ist …?«

»Die Unterdrückung des Eisprungs hat als Nebenwirkung eine empfängnisverhütende Wirkung. Ist das ein Problem?«

»Nein, nein«, beeilt sich Margarete zu erklären. »Das ist in Ordnung. Vielen Dank.«

Keine fünf Minuten war sie im Behandlungsraum, und er hat ihr kein einziges Mal in die Augen geblickt.

Draußen auf der Straße starrt sie auf den Zettel in ihrer Hand, der alles verändert. Die Untersuchung war nicht schön, aber auch nicht wirklich schlimm. Es war erstaunlich einfach. Im Vergleich zu einer ungewollten Schwangerschaft, einem ungeplanten Kind, einem verlorenen Leben, lachhaft einfach. Ein bürokratischer Akt, mehr nicht, der so viel Kummer erspart.

Täglich drückt sie nun eine kleine weiße Tablette aus dem Silberstreifen und nimmt sie mit einem Schluck Wasser.

Und der Sohn, den Lenz sich so wünscht, der ihn so liebevoll und aufmerksam gegenüber Margarete macht, will sich einfach nicht einstellen.

37. Kapitel

Schaum knistert an ihren Fingern, sie wischt sich mit dem Handrücken über die Stirn, gleich hat sie es geschafft, nur noch die Teller und das Besteck. Nach dem Frühstück spült sie das Geschirr immer noch von Hand, um die Maschine zu schonen. Das Haus ist leer – Lenz ist im Krankenhaus, Karen in der Schule, Anja im Kindergarten, und Hilda scheint noch zu schlafen, die Vorhänge drüben in ihrer Küche sind zugezogen. Im Radio läuft Peter Alexander, Margarete wischt sich die Finger an der Schürze ab und dreht die Lautstärke auf. »Verbotene Träume« heißt das Lied.

Die Nachbarn schräg gegenüber haben einen neuen Gartenzaun. Am Wochenende hat Herr Brühns die Löcher gegraben und die Pfosten gesetzt, und nun läuft Frau Brühns schon seit Minuten wie eine aufgescheuchte Henne am Zaun entlang, erst innen auf der Grundstücksseite, dann außen auf der Straßenseite, und begutachtet jedes einzelne Loch und ruckelt an den Leisten. Immer zwei Streben bilden ein X, kniehoch ist der Zaun und schneeweiß lackiert. Vollkommener Blödsinn, sich so einen Zaun um den nutzlosen Vorgarten zu ziehen. Wen soll so ein Zaun aufhalten? Nicht einmal verirrte Fußbälle würde er abhalten.

Ich kann's nicht verstehen, warum hab ich dich nicht früher gesehen, du bist für mich verbotenes Glück, singt

Margarete nun mit, ihre Füße bewegen sich im Takt, ihr ganzer Körper kommt in Bewegung.

Drüben kommt jetzt auch der Junge aus dem Haus, er ist so alt wie Karen, sie gehen in die dieselbe Klasse. Wieso ist er nicht in der Schule? Krank vielleicht, er sieht ein wenig blass um die Nase aus. Seine Kniestrümpfe schlottern um die Knöchel, schon schimpft die Mutter und zieht sie beherzt nach oben, dann schickt sie ihn wieder ins Haus.

Das interessiert dich, Anikó?, fragt eine wohlbekannte innere Stimme. *Ein neuer Gartenzaun und rutschende Kniestrümpfe, damit beschäftigst du dich also?*

»Herrgott«, flucht Margarete und drückt den Schwamm wütend gegen den Frühstücksteller. Diese Siedlung ist so langweilig, alles ist vorherbestimmt, Lebenslinien wie in frischen Zement geritzt. Sie lässt den Schwamm ins Becken fallen, nimmt den Teller und schleudert ihn mit voller Wucht gegen den mintfarbenen Oberschrank hinter ihr. Als Porzellanregen prasselt der Teller zurück, die ganze Küche ist übersät von kleinsten Scherben. Ihre Wut kommt so plötzlich, dass sie selbst davon überrascht wird. Doch es fühlt sich gut an, und so nimmt sie auch die Tasse und schmeißt sie hinterher. Verdammt noch mal, es muss doch noch mehr in ihrem Leben geben als das?

Sie wollte Lehrerin werden, etwas bewirken, etwas verändern. Eine Inspiration für die Kinder sein, so wie Frau Vogel es einst für sie war. Doch stattdessen verharrt sie hier in diesem Haus, mit den langweiligen und immer gleichen Aufgaben einer Hausfrau und Mutter, wie ein träger, gut aufgehender Hefeteig bewegt sie sich nicht vom Fleck, und jede Delle, die ihr zugefügt wird, ist bald verschwunden. Nicht einmal ihren eigenen Töchtern ist sie so eine Inspiration.

Und was ist das für ein furchtbares Lied? *Verbotenes Glück!* Sie schaltet die Musik aus, muss sich zügeln, nicht auch das Radio durch die Küche zu pfeffern.

Sie will noch immer Lehrerin sein. Jetzt ist sie verheiratet, Mutter von zwei Kindern, und will es noch immer. Acht Jahre sind vergangen, und der Wunsch ist ungebrochen. Das kann sie doch nicht einfach ignorieren!

Sie schüttelt sich den Schaum von den Händen, lässt alles stehen und liegen, zieht die Schürze aus und läuft über die knirschenden Scherben in den Flur. Hier schnappt sie sich ihren Hut und die Handtasche und eilt zur Bushaltestelle. Jetzt oder nie.

Es könnte gehen, die Mädchen sind ab Herbst vormittags in der Schule, nachmittags könnte Hilda hin und wieder übernehmen oder ihre Eltern. Ihre Gedanken rasen. Noch zwei Semester, ein Jahr, dann könnte sie ihr Examen ablegen. Die Zwischenprüfung nach dem vierten Semester hat sie damals mit hervorragend bestanden. Mit achtundzwanzig Jahren wäre sie Junglehrerin, mit dreißig Beamtin auf Probe.

Kaum steht sie an der Haltestelle, kommt auch schon der Autobus, sie steigt ein, fühlt sich aufgekratzt wie frisch verliebt. Nicht schnell genug kann er ihr in die Stadt fahren, und als er endlich am Marktplatz ankommt, wartet sie schon ungeduldig an der Tür. Von hier aus eilt sie den vertrauten und doch so fremd gewordenen Weg entlang. Es ist derselbe wie im Sommer vor fünf Jahren, doch diesmal ist es keine Flucht, diesmal hat sie ein Ziel.

Als sie an der Pädagogischen Hochschule ankommt, will sie zum Immatrikulationsbüro, stoppt dann aber bei der Anschlagtafel und erfährt, dass in wenigen Minuten eine Germanistikvorlesung für Zweitsemester stattfindet, Phonologie, das hat sie immer geliebt, das kann kein Zufall sein, das ist ein Zeichen. Sie strömt mit den vielen Studentinnen ins Audimax, steigt die Treppen hoch bis in die vorletzte Bankreihe, die Wangen rosig vor Aufregung. Da kommt der Professor, sie kann es gar nicht glauben, sie kennt ihn noch. Er war ihr Lieblingsdozent, der Einzige, der für ihre progressiven Ideen offen war und sie sogar unterstützte. Bei ihm hat sie damals für ihre Hausarbeit zusammen mit Gitte die Bestnote bekommen, er hat ihre pädagogischen Ansätze gelobt und ihr Summerhill empfohlen.

Neben ihr sitzen zwei junge Frauen, Margarete fragt, ob sie ein Blatt Papier und einen Stift bekommen könne, sie habe heute leider alles vergessen. Sie versucht ein komplizenhaftes Lächeln, das kann doch jeder mal passieren.

Margarete notiert Datum und Thema der Vorlesung, erwartungsvoll wartet sie darauf, dass es losgeht.

Die beiden neben ihr tuscheln und kichern, Margarete versucht zu überhören, wie sie sagen: »Was will die hier?« Und: »Eine Mutti!« Sie tragen unerhört kurze Röcke, Margarete wagt nicht hinzuschauen, als sich die eine umdreht und sich zu einer Studentin beugt, die in der letzten Reihe sitzt.

Überhaupt sind alle hier sehr jung, achtzehn oder neunzehn Jahre, gerade erst fertig mit der Schule, viele wohnen sicherlich noch bei ihren Eltern. Und wie bunt sie gekleidet sind, Margarete sieht Blumen in den Haaren der anderen, weite Hosen, luftige Tuniken, deren Farben ineinander zu verlaufen scheinen. Und Männer, viel mehr Männer als damals.

Der Professor klopft auf das Pult, der Saal beruhigt sich.

Er beginnt mit seinem Vortrag, und sie schüttelt das ungute Gefühl ab, konzentriert sich ganz auf seine Worte.

»Deine Mitschriften könnte man abdrucken«, hat Gitte früher immer gesagt. Auch jetzt gibt sich Margarete Mühe, ordentlich zu schreiben und schon beim Zuhören das Wesentliche vom Unwesentlichen zu trennen.

Doch schon bald lässt sie den Stift sinken. Was waren Phoneme noch gleich? Was Grapheme? Wenn er von Phonem-Graphem-Korrespondenz spricht, was meint er dann? Die anderen scheinen keine Probleme zu haben, sie schreiben eifrig mit, die beiden Frauen in ihrer Bankreihe unterhalten sich sogar leise, als langweile der Dozent sie, als wüssten sie schon alles.

Dabei ist es doch eine Vorlesung für Zweitsemester, richtig? Margarete war im fünften, das sollte sie alles spielerisch beherrschen. Doch die Erinnerung ist wie weggewischt, hat nur ein staubgraues Gefühl hinterlassen.

Margarete lehnt sich zurück, schraubt die Kappe auf den Stift und wartet wie paralysiert auf das Ende der Vorlesung. Acht Jahre, in denen sie Windeln gewechselt, Fenster geputzt und Kuchen gebacken hat, und nichts ist geblieben. Bei allen Hindernissen und Unwägbarkeiten – nie hätte sie gedacht, dass ihr Plan daran scheitern könnte, dass sie es nicht mehr kann. Nicht mehr versteht. Ganz offensichtlich zu dumm ist. Wie konnte sie nur so verblendet sein, zu glauben, sie könnte einfach an dieses alte Leben anknüpfen? Dumme, alte Kuh.

Als die Vorlesung vorbei ist, wartet sie, bis sich der Saal etwas geleert hat, unauffällig will sie hinausschlüpfen und schnell nach Hause fahren, hoffentlich kommt bald der Bus.

Der Dozent packt seine Sachen zusammen, als sie mit eingezogenem Kopf sein Pult passiert, spricht er sie an. »Sind Sie Gasthörerin?«, will er wissen.

»Nicht ganz.« Sie versucht ein Lächeln. »Ich habe früher hier studiert.«

»Ah, eine Alumni. Herzlich willkommen, ist es nicht schön, zurück an seiner Alma Mater?«

Sie nickt und überlegt fieberhaft, wie sie die nächste Frage, die nun zwangsläufig kommen wird, beantworten soll.

»Und wohin hat es Sie verschlagen, wenn ich fragen darf?«, will er da auch schon wissen.

»Nirgendwohin.« Sie hat die Ausflüchte so satt. »Ich habe geheiratet, bin Mutter und Hausfrau.«

»Eine wichtige Aufgabe für unsere Gesellschaft«, bekräftigt der Professor. »Was macht Ihr Mann beruflich?«

Und schon ist ihr Ehemann, der Chirurg, das bestimmende Thema.

Ich würde gerne zurückkommen, will sie dem Professor sagen. *Erinnern Sie sich denn nicht an mich?* Doch stattdessen erklärt sie geduldig, in welchem Krankenhaus Lenz arbeitet und wie sich die Operationsmethoden doch verbessert haben.

Sie schleppt sich nach Hause, schließt die Tür auf, betritt das Haus und verliert ihre Sinne. Erst verschwimmen die Konturen der Möbel, dann verrauscht das Schlagen der Standuhr im Wohnzimmer, schließlich kann sie ihre rechte Körperhälfte nicht mehr spüren. Sie zieht sich zurück in ihr Schlafzimmer.

»Margarete?«, hört sie irgendwann Hildas besorgte Stimme vor dem Fenster. »Bist du da? Ist alles in Ordnung?«

»Eine Migräne«, ruft sie schwach durch das gekippte Fenster. »Kannst du dich um die Mädchen kümmern?«

»Natürlich. Brauchst du noch etwas?«

»Es geht schon. Später bin ich wieder auf den Beinen und koche etwas Vernünftiges. Jetzt mach ihnen ein Brot, ja?«

Gegen Abend verebben die Symptome, sie steht auf, wäscht sich und nimmt den Tag da wieder auf, wo sie ihn am Morgen verlassen hat. Kehrt die Scherben zusammen, macht den Rest des Abwaschs, kocht ein Abendessen.

»Wie war dein Tag?«, fragt Lenz später, während er auf seinem Kotelett kaut. »Irgendetwas Besonderes?«

»Nein, nichts Besonderes.« Sie schüttelt heftig den Kopf.

38. Kapitel

Ibolya rollt den Hefeteig dünn aus, dann schneidet sie ihn in fingerbreite Streifen, während Margarete am Ofen steht. Mit einem Eisenhaken stochert sie in der Glut, hin und wieder pustet sie auf die Kohlen, um das Feuer noch einmal zu entfachen, die Glutfläche muss schön einheitlich sein.

Es ist unerträglich heiß in der kleinen Küche, ihr steht der Schweiß auf der Stirn, die Haare hat sie mit einem Tuch zurückgebunden, über ihrem Rock trägt sie eine von Ibolyas bunten Schürzen. Eine Ungarin wie aus alten Zeiten gibt sie hier ab.

Wenn man Kürtöskalács bäckt, ein typisches ungarisches Hohlgebäck, braucht es mindestens zwei Frauen, besser sind drei oder vier. Eine, die den Teig in Streifen schneidet, eine, die die Teigstreifen um den gefetteten Holzzylinder legt, und eine, die das Feuer im Blick behält und die Baumstriezel, wie sie in Deutschland heißen, unter ständigem Drehen über der Glut ausbäckt.

Die Nachbarinnen hatten keine Zeit, und so bot sich Margarete an. Es ist lange her, dass sie Ibolya beim Backen von Kürtöskalács geholfen hat, zuletzt war sie ein kleines Mädchen.

»Hier, du musst den Teig halten«, weist ihre Mutter sie an. »Vorsichtig, damit er nicht reißt.«

Ibolya nimmt das Ende des Teigstreifens und wickelt ihn um einen gefetteten Holzkolben, den Georg eigens dafür angefertigt hat. Eine Weile arbeiten sie im stillen Einvernehmen nebeneinanderher, ihre Bewegungen stimmen sie aufeinander ab, Margarete reicht Teig nach, während Ibolya wickelt, so kommen sie gut voran, und bald ist der Kolben komplett ummantelt. Kleine Spalten schiebt Ibolya mit dem Finger zu. Nun gibt sie den Kolben auf einen Metallspieß, den sie auf Ziegel über die Glut legt und langsam und gleichmäßig dreht.

»Was hast du, mein Kind?«, fragt Ibolya nach einer Weile

»Es ist nichts.«

»Belüg deine alte Mutter nicht. Ich weiß doch, wenn es meiner Tochter nicht gut geht. Ist es Lenz?«

»Nein«, Margarete seufzt, »der ist es diesmal nicht.«

»Sondern? Red schon.«

»Ich war vor ein paar Tagen an der Hochschule.«

»Wozu?«

»Ich dachte wohl, ich könnte wieder anfangen zu studieren. Es war dumm. Ich kam mir uralt vor und habe nichts verstanden.«

Ibolya bestreicht den Teig, der bereits etwas Farbe bekommen hat, mit geschmolzener Butter, dann nimmt sie die Eisenstange vorsichtig vom Herd und walzt die Teigrolle in einer Mischung aus Zucker und gehackten Nüssen. Anschließend legt sie die Stange wieder über die Glut. Der Zucker wirft kleine Blasen, und Karamellduft breitet sich in der Küche aus. »Willst du denn immer noch Lehrerin werden?«, fragt sie, und Margarete ist überrascht über ihren sachlichen Ton. Sie hat mit Augenrollen und Stirnrunzeln gerechnet, mit bebenden Nasenflügeln und Zungenschnalzen.

»Ja, noch immer. Vielleicht sogar noch mehr als je zuvor.«

Ibolya klopft mit dem Finger auf den Teig, um zu prüfen, ob er schon durchgebacken ist. Es ist mittlerweile so heiß in der Küche, dass sich Margarete mit dem Handrücken den Schweiß von der Stirn wischt.

»Weißt du«, sagt Ibolya. »Ich träume noch immer von der Kirche in Ungarn. Kannst du das glauben, nach all den Jahren? Zweiundzwanzig Jahre sind wir hier, aber mein Herz schlägt noch immer für diesen Ort.«

»Ihr könntet zurückgehen, Annebärbel und Thorald haben es gemacht.«

Ibolya schüttelt den Kopf. »Noch einmal alles verlieren und von vorne anfangen? Nein. Dein Vater würde das nicht verkraften.«

»Und du?«

»Ich bin da zu Hause, wo dein Vater ist.« Sie bestreicht den Striezel wieder mit Butter. »Was dich betrifft, du hast alle Freiheiten. Deinem Mann ist es gleichgültig, womit du deine Zeit verbringst, er ist großzügig, die Mädchen sind nicht mehr ganz klein, genug Geld habt ihr auch – was hält dich?«

Margarete formt eine kleine Kugel aus Teig, die sie zwischen ihren Fingern dreht. »Ich hatte gedacht, ich kann mein Studium fortsetzen«, gesteht sie. »Die fehlenden Scheine nachholen und mein Examen machen.« Sie spricht schnell, einmal ausgesprochen, wird ihr die ganze Unglaublichkeit ihres überstürzten Ausflugs an die Hochschule deutlich.

»Was hindert dich?« Ibolya lässt Puderzucker auf den Striezel rieseln, und wieder verbreitet sich ein himmlischer Duft in der kleinen Küche.

»Ich müsste von ganz vorne beginnen. Drei Jahre Studium, zwei Jahre als Junglehrerin, mit Mitte dreißig wäre ich erst fertig.«

Ibolya zuckt mit den Schultern. »Du weißt, ich war nur vier Jahre auf der Schule, dann haben sie mich auf dem Feld gebraucht. Aber so viel habe ich von Mathematik verstanden: Fünf Jahre Ausbildung für dreißig Berufsjahre, in denen du tun kannst, was dir offensichtlich so viel bedeutet, das ist gut investiert.«

»Aber wenn ich dann nicht mehr genug Zeit für die Mädchen habe, für den Haushalt?«

»Ach.« Ibolya macht eine wegwischende Bewegung. »Ihr mit euren ganzen neumodischen Geräten müsst doch sowieso nichts mehr selber machen. Und im schlimmsten Fall dauert das Studieren einfach länger, du hast doch keine Eile. Einen Mann hast du schon, für ein Einkommen ist gesorgt.«

Margaretes Herz schlägt schneller. Bei ihrer Mutter klingt die Idee nicht abwegig.

»So, aber nun hör auf, deine Nägel zu kauen.« Ibolya gibt ihr einen Klaps auf die Finger.

»Ich gehöre da nicht hin.«

»Rede nicht so einen Quatsch. Für deine alte Mutter mag das stimmen, aber du bist jung und schön und erfolgreich, hast diesen gut verdienenden Mann, nun mach was draus. Sonst hört die Sehnsucht niemals auf. Begeh nur ja nicht die gleichen Fehler wie ich, mein Kind. Und jetzt hilf mir, der Kürtöskalács ist fertig, beim Abziehen vom Kolben muss man gut aufpassen. Wenn er bricht, war alles umsonst.«

Am Nachmittag kommt Hilda zum Kaffeetrinken. Sie trägt ein rotes Kleid mit weißen Punkten und tiefem Ausschnitt, dazu einen Strohhut und eine große Sonnenbrille. Ohne Probleme könnte sie als italienische Filmdiva durchgehen. Sie bricht sich kleine Stücke vom krossen, frisch gebackenen Striezel ab, den Margarete ihr anbietet. Genüsslich leckt sie sich den Zucker von den Fingerspitzen und seufzt. »Also, das muss man euch lassen, kochen könnt ihr ja.«

»Für einen einzigen Baumstriezel steht man fast eine Stunde in der Küche. Fürs Essen braucht man weniger als fünf Minuten, das ist doch Irrsinn!«

»Himmlischer Irrsinn.«

»Ich verstehe nicht, warum Ibolya immer noch so kocht und backt. Sie macht den ganzen Tag nichts anderes.«

Sie sitzen auf den Gartenstühlen im Schatten der überdachten Terrasse, die Mädchen spielen Fangen auf dem Rasen. Anja ist der Fänger, Karen wetzt wie ein Wiesel durch den Garten, schlägt Haken und macht waghalsige Ausweichmanöver.

»Was soll sie sonst machen?«, fragt Hilda und zuckt mit den Schultern. »Und sie hat doch Freude daran, oder nicht?«

Margarete nippt von ihrem Kaffee und nickt. »Ich glaube schon. Ich kann mich auf jeden Fall nicht daran erinnern, dass sie sich jemals beschwert hat.«

»Meine Mutter war auch so. Den ganzen Tag nur kochen, putzen, aufräumen, einkaufen und Löcher flicken. Für uns Kinder hatte sie kaum Zeit. Es ist einfach eine andere Generation. Anja, sofort aufhören!«, ruft sie durch den Garten.

Jetzt sieht es auch Margarete. Anja hat Karen offensichtlich erwischt, aber statt ihre große Schwester wieder laufen zu lassen und die Rollen zwischen Jägerin und Gejagtem zu wechseln, hat sie Karen in den Schwitzkasten genommen, die sofort anfängt, lautstark loszubrüllen. Kaum hat Hilda ein Machtwort gesprochen, lässt Anja los, und Karen beruhigt sich wieder.

»Ich möchte zurück an die Pädagogische Hochschule.« Je häufiger sie es ausspricht, umso weniger abwegig erscheint es ihr. »Was sagst du dazu?«, fragt Margarete, die Hildas Blick hinter der großen Sonnenbrille nicht lesen kann.

»Klingt anstrengend.« Hilda streckt sich und gähnt. »Und dann Lehrerin werden?«

»Genau. Wenn meine alten Scheine akzeptiert werden und ich den alten Stoff nachhole, könnte ich schon in einem Jahr Junglehrerin sein.«

»Dann bist du jeden Vormittag in der Schule?«

»Wenn alles gut geht.«

»Und was mache ich dann?« Sie setzt die Sonnenbrille ab und sucht Margaretes Blick.

»Du könntest auch wieder arbeiten gehen.«

»Gott bewahre! Und mich den ganzen Tag in der Apotheke von den Kunden umherscheuchen lassen und vom Chef betatschen? Nein danke! Was sagt Lenz denn zu deinen Plänen?«

»Der weiß es noch nicht.«

»Muss er doch auch nicht.« Sie setzt ihre Sonnenbrille wieder auf.

Margarete denkt darüber nach. »Nein«, urteilt sie dann. »Ich mag diese Geheimniskrämerei nicht. Er soll es wissen.«

»Du machst es dir aber auch immer kompliziert.«

Am Abend nimmt sie all ihren Mut zusammen, klopft an Lenz' Arbeitszimmertür und erklärt: »Ich möchte mein Studium fortsetzen. Ich will Lehrerin werden.«

Er sieht von einer Zeitschrift auf, sein Haar ist zerzaust, über seiner Hose trägt er nur ein Unterhemd. »Ich dachte, wir wollten noch ein Kind?«

Sie nickt schnell. »Wenn ich schwanger werde, kann ich sofort wieder aufhören. Aber wir versuchen es schon eine Weile, vielleicht soll es nicht sein.«

»Setz dich doch.« Er zeigt auf die kleine Pritsche, auf der er immer noch hin und wieder schläft.

Sie nimmt Platz und ärgert sich über ihre angespannte Haltung: gerader Rücken, Hände, die nervös über den Rock streichen, ihre Stimme, die ein wenig zu hoch klingt. Wenn sie schon Lenz nicht selbstbewusst gegenübertreten kann, wie soll es dann erst mit anderen werden? Den Nachbarn, den Freunden ihrer Eltern, Lenz' Kollegen, den Lehrern ihrer Töchter?

»Wenn meine Scheine anerkannt werden, kann ich gleich ins fünfte Semester. Nächsten Sommer mache ich mein Examen, in zwei Jahren könnte ich fertige Lehrerin sein.«

»Ich weiß nicht.«

»Ich aber. Ich habe es mir lange überlegt und gut abgewogen. Das ist es, was ich machen möchte.«

Er schlägt seine Zeitschrift zu. Sieht an ihr vorbei an die Wand. Dann fragt er: »Brauchst du meine Erlaubnis? Muss ich irgendwo unterschreiben?«

»Das ist nicht mehr nötig. Ich werde auch ein eigenes Konto eröffnen.«

»Was?« Sein Ton klingt schärfer. »Wofür? Du bekommst doch noch gar keinen Lohn?«

»Aber bald.«

»Gebe ich dir etwa nicht genug Geld? Bisher hast du dich noch nie beschwert.«

»Es geht mir nicht ums Geld. Ich möchte etwas tun, das mich erfüllt, das mich glücklich macht.«

»Und das hier macht dich nicht glücklich? Die Kinder? Das Haus?«

»Nein, Lenz. Das reicht mir nicht.«

Er schüttelt verständnislos den Kopf. »Keine der Frauen meiner Kollegen arbeitet, geschweige denn *studiert.*« Das letzte Wort betont er, als sei es etwas Anzügliches.

»Was ist mit Inge Eberle?«

»Ach.« Er macht eine wegwischende Handbewegung. »Bei ihr ist es etwas anderes, sie backt.«

»Und beruflich backen und kochen ist in Ordnung?«

»Herrgott, Margarete, du weißt genau, wie ich es meine.«

Margarete zuckt mit den Schultern. »Ich bleibe dabei. Ich will studieren. Ich habe das hier lange genug versucht. Jetzt muss sich etwas ändern.«

Seufzend schüttelt er den Kopf, als sei sie ein störrisches Kind, das nicht zur Vernunft zu bringen ist. »Dann versuch es. Wahrscheinlich wirst du bald merken, dass es dir zu viel wird, so ein Studium ist ja kein Pappenstiel. Und dann wird dir das komfortable Leben hier zu Hause fehlen.«

»Wir werden sehen.« Sie erhebt sich und geht zur Tür. Die Klinke schon in der Hand, fällt ihr noch etwas ein: »Ach, eins noch: Ich will den Führerschein. Und ein eigenes Auto.«

39. Kapitel

Jeden Vormittag, wenn die Kinder aus dem Haus sind, sitzt Margarete nun über ihren alten Studienunterlagen und gibt sich Mühe, nicht zu verzweifeln. Zum Glück hat sie alles aufbewahrt, zum Glück sind ihre Mitschriften so ordentlich und strukturiert, dass sie gut mit ihnen lernen kann.

Doch die Erinnerungen kommen nicht zurück. Sie muss alles neu lernen, nichts ist geblieben. Margarete fühlt sich von ihrem Gedächtnis im Stich gelassen, all die Stunden des Lernens, all die Mühe, alles vergebens. An guten Tagen ist sie davon überrascht, an schlechten macht es sie hoffnungslos – so viel Stoff ist nachzuholen. Wie soll sie das schaffen in den wenigen Wochen, die ihr bis zum Semesterbeginn bleiben?

Sobald die Mädchen aus dem Haus sind, räumt Margarete den Esstisch frei, stellt das benutzte Geschirr einfach in die Spüle und breitet ihre Unterlagen aus. Nachdem sie verstanden hat, dass sie *alles* nachholen muss, erstellt sie sich Listen und Lernpläne, um den Überblick zu behalten. Dann bleibt sie so lange über ihre Bücher und Mitschriften gebeugt am Esstisch sitzen, bis ihr irgendwann auffällt, dass es gleich mittags ist, die Mädchen nach Hause kommen, sie noch im Nachthemd ist, nichts gekocht, nichts eingekauft oder aufgeräumt hat.

In den letzten Tagen hat Hilda ein paarmal geklingelt, sie wollte mit Margarete Zeit verbringen und vielleicht ein Mittagessen abgreifen. Doch jedes Mal musste Margarete ihre Freundin wegschicken, denn jede Minute, die sie jetzt in Ruhe lernen kann, ist kostbar. Aufräumen kann sie zur Not später mit den Kindern zusammen, selbst kochen ist möglich, wenn die Mädchen ihr schon hungrig um die Beine schlichen – aber konzentriert arbeiten ging nur, wenn sie allein war.

Als Hilda heute Mittag wieder klingelt, hält sie zwischen zwei Topflappen eine dampfende Auflaufform. »Ein Kartoffelgratin«, erklärt sie. »Wahrscheinlich schmeckt es scheußlich, aber du musst doch was essen. Und für Karen und Anja reicht es auch.«

»Du bist ein Schatz.« Margarete ist gerührt. »Ich bin am Verhungern.«

Am Abend, nachdem sie die Mädchen ins Bett gebracht hat, ihnen die Haare gekämmt, die Zähne geputzt, die Gesichter und Hälse gewaschen, die Nachthemden rausgelegt und ihnen eine Gutenachtgeschichte vorgelesen hat, läuft sie murmelnd durchs Wohnzimmer, fünf Schritte in die eine Richtung, acht Schritte in die andere, und sagt sich das Gelernte auf. So überprüft sie, ob sie den Stoff vom Vormittag verstanden hat und erinnern kann. Je später der Abend, desto schwerer fällt es ihr, sich zu konzentrieren. Manchmal läuft sie mehrere Bahnen im Wohnzimmer hin und her, ohne überhaupt etwas gesagt zu haben.

Es ist schon dunkel, als sie Lenz nach Hause kommen hört.

»Du bist noch wach?«, fragt er überrascht.

»Ich muss lernen.«

Er lässt sich auf seinen Sessel sinken und löst seinen Krawattenknoten. »Es ist dir also ernst?«

»Natürlich ist es das.«

Er nickt stumm, dann streckt er seine Hand in ihre Richtung. »Gib her, ich frage dich ab.«

»Du willst ...?«

»Nun gib schon her.«

Sie reicht ihm ihre Mitschrift.

»Dieser Absatz hier?« Er zeigt auf das Papier.

»Die ganze Seite. Und die nächsten drei.«

Er atmet tief durch, lässt seine Schultern kreisen. »Nun gut, Frau Kron, dann legen Sie mal los. Oder soll ich Sie Fräulein Seier nennen?«

Sie schmunzelt. »Danke, das ist nicht nötig.«

»Darf ich mir vielleicht noch einen Weinbrand holen, bevor wir starten?«

»Ausnahmsweise.«

Ihre Müdigkeit ist wie weggeblasen. Sie will Lenz beweisen, dass sie es noch kann und ihre Absichten keine Hirngespinste sind. Und als er merkt, dass sie den besprochenen Stoff verstanden hat, wird er mutiger. Er springt zwischen den Kapiteln, verbindet verschiedene Themen und fordert sie mit gewagten Thesen heraus, zu denen sie Stellung beziehen soll.

Margarete beantwortet jede seiner Fragen, es fühlt sich an wie ein Tanz. Er führt, aber ihr gelingen die elegantesten Drehungen.

»Du bist gut«, sagt er später, als sie im Bett liegen und Margarete noch immer der Kopf surrt. »Richtig gut.«

»Ich weiß«, sagt sie selbstbewusst und verschränkt ihre Hände hinter dem Kopf. »Hast du etwa daran gezweifelt?«

»Ich wusste nicht, wie ernst es dir ist.«

»Jetzt weißt du es.«

Eine Weile sagt er nichts, und sie denkt schon, er ist eingeschlafen, da sagt er: »Ich helfe dir. Und du wirst das großartig machen.«

40. Kapitel

»In Ihrem Alter?«

Margarete atmet ruhig weiter, lächelt.

Sie hatte geahnt, dass dieser Kommentar kommen würde. Ob nun von der Sekretärin im Immatrikulationsbüro, Frau Brühns oder sonst irgendjemandem, der meint, über ihre Entscheidung urteilen zu dürfen. Aber sie hat diese Menschen nicht um Rat gefragt, also wird sie auch nichts auf ihre Meinung geben.

Dies hier ist nur eine Formalie. Lenz hat sie gebracht und wartet draußen im Auto. Margarete hat ihm gesagt, sie muss nur schnell etwas abgeben, und so wird es auch sein. Sie hat ihre Unterlagen zusammengesucht und wird dafür ihre Immatrikulationsbescheinigung erhalten. Vorab hat sie sich bereits gründlich informiert und die entsprechenden Scheine und Dokumente vorbereitet. Ohne der Frau zu antworten, schiebt sie die Papiere über den Tresen. Das Alter der anderen ist schwer zu schätzen, ihr verkniffenes Gesicht und das langweilige Kostüm hätten selbst aus einer Zwanzigjährigen eine alte Frau gemacht.

»Mir fehlen nur noch wenige Scheine, um für die Zwischenprüfung zugelassen zu werden«, erklärt Margarete. »Ich möchte dort weitermachen, wo ich damals aufgehört habe, also im fünften Semester.«

»Sind Sie wegen einer Schwangerschaft abgegangen?«

»Wegen einer Heirat.«

»Ah.« Die Sekretärin nickt, als wüsste sie nun über Margarete Bescheid.

Gewissenhaft sieht sie die Unterlagen durch und macht sich ein paar Notizen. Das alles dauert ewig. Margarete nestelt an der Mappe herum, in der sie die Unterlagen mitgebracht hat. Nun passiert es tatsächlich. Sie schreibt sich ein. Für das Herbst-/Wintersemester 1968. Und ab dann: Schritt für Schritt. Sie wird es schaffen.

»Den kann ich nicht akzeptieren«, sagt die Sekretärin und deutet auf einen Schein. »Als Leistungsnachweis des Proseminars ist neben der Klausur auch die schriftliche Ausarbeitung eines Kurzreferats nötig, Sie haben damals nur die Klausur bestanden. Wenn das Referat fehlt, kann ich den Schein leider nicht akzeptieren und Sie nicht im fünften Semester zulassen.«

Margarete starrt auf das Blatt.

»Aber ich habe ein Referat gehalten, da bin ich mir ganz sicher. Ich habe sogar noch den Handzettel.«

»Tja. Das hilft uns als Beleg nicht weiter.«

»Müssen Dozenten ihre Seminare denn nicht dokumentieren? Oder könnte der Dozent persönlich bezeugen, dass ich bei ihm war? Bestimmt erinnert er sich.«

»Also, das ist nun wirklich sehr unwahrscheinlich. 1960, das war vor über acht Jahren. Außerdem ist er gar nicht mehr an dieser Hochschule.« Sie schiebt die Blätter zusammen und legt sie zurück in die Mappe. »Da müssen Sie sich als Erstsemester immatrikulieren. Dafür benötigen wir dann aber ein anderes Formular.«

Margarete will die Mappe nicht nehmen, die ihr die Sekretärin entgegenhält. Wegen so einer kleinen Formalie wird sie um zwei Jahre zurückgeworfen?

»Tja«, sagt die Sekretärin noch einmal. »Aber Sie sind ja schon verheiratet.«

»Ich wüsste nicht, was das eine mit dem anderen zu tun hat«, zischt Margarete, greift nach den Unterlagen und verlässt das Büro. Verdammt, das kann doch nicht wahr sein!

Als sie bei Lenz ins Auto einsteigt, kocht sie vor Wut.

»Was hast du?«

»Es gibt ein Problem mit einem Schein. Ich muss wieder ganz von vorne beginnen.«

»Wieso?«

»Angeblich fehlt mir eine Prüfungsleistung.« Aufgebracht erzählt sie, was sie gerade erfahren hat.

Lenz schüttelt den Kopf. »Das wollen wir ja mal sehen. Komm mit.«

Er steigt aus, nimmt ihre Hand und geht energisch die Treppenstufen des alten Gebäudes hoch.

»Wohin?«

»Da.« Margarete deutet auf die Tür am Ende des Flures.

Ohne anzuklopfen, öffnet Lenz die Tür. »Meine Frau sagt, es gebe ein Problem mit ihrer Immatrikulation?«

Die Augen der Sekretärin weiten sich, sofort springt sie von ihrem Stuhl auf, auf dem sie gerade noch wie festgeklebt saß.

»Ein Schein, der nicht akzeptiert wird?«

»Tja, also, das tut mir wirklich sehr leid. Aber das Curriculum hat sich geändert, da sind mir leider die Hände gebunden.«

»Und deshalb soll meine Frau nicht zugelassen werden?«

»So sind nun mal die Vorschriften.« Die Stimme der Sekretärin ist um eine Oktave nach oben geschnellt.

»Und wer macht diese Vorschriften?«, will Lenz wissen.

»Der Dekan, nehme ich an.«

»Name?«

»Professor Dr. Stahl.«

»Ah.« Lenz lächelt breit. »Wir kennen uns. Richten Sie ihm bitte einen schönen Gruß aus von Dr. Lenz Kron, Chefarzt der chirurgischen Abteilung im Universitätskrankenhaus. Vielleicht wollen Sie sich meinen Namen notieren?«

Die Frau hat rote Flecken am Hals bekommen, nickt eifrig und schreibt.

Margarete ist das Machtgehabe ihres Ehemanns peinlich, doch es wirkt. Sie hört dem Gestammel der Sekretärin gar nicht mehr richtig zu, so sicher ist sie sich, dass die Immatrikulation kein Problem mehr sein wird.

»Bitte sehr«, sagt die Sekretärin schließlich und hält ihr ein Blatt Papier entgegen. »Die Leseliste.«

»Na, also«, sagt Lenz. »Haben wir alles?«

»Wir haben alles«, sagt sie erleichtert und nimmt die Liste. Untergehakt verlassen sie das Gebäude.

»Danke«, sagt sie draußen.

»So geht man schließlich nicht mit uns um, richtig?«

Sie nickt.

»Kommst du mit? Ich treffe gleich den Leiter der Chirurgischen aus München zum Mittagessen. Er ist mit seiner Frau in der Stadt.«

»Ich kann nicht«, sagt sie lächelnd. »Ich habe zu tun, ich muss mich vorbereiten.« Sie lässt die Leseliste durch die Luft flattern, küsst ihn flüchtig auf die Wange und eilt zur Bibliothek.

In elf Wochen fängt das Semester an. Elf Wochen, um fahren zu lernen und endlich nicht mehr auf den Autobus angewiesen zu sein. Elf Wochen, um den Stoff der ersten Semester zu wiederholen und die Leseliste durchzuarbeiten. Um sich über die Seminare und Vorlesungen zu informieren, herauszufinden, welche Veranstaltungen infrage kommen und welche nicht. Einfach wird es nicht. Wochenendveranstaltungen kommen nur im Ausnahmefall infrage, Seminare am Nachmittag ebenso. Hin und wieder werden sich Karen und Anja mittags selbst versorgen müssen, und Lenz kann nicht jeden Abend eine warme Mahlzeit erwarten. Auch mit den gebügelten Hemden wird es manchmal sicher knapp.

Bei der Planung und Vorbereitung gibt es immer wieder Momente, in denen sie niedergeschlagen innehält und sich fragt, ob es das wert ist. Ob sie ihrer Familie all das zumuten kann, nur um sich diesen Wunsch zu erfüllen.

Die Zumutbarkeit wird zu ihrem neuen Kompass. Ist es zumutbar, dass eine Sechs- und eine Achtjährige hin und wieder allein von der Schule nach Hause gehen? Ist es zumutbar, dass ein hart arbeitender Mann sowie seine zwei Kinder ein- oder zweimal in der Woche kein warmes Abendessen bekommen? Ist es zumutbar, dass die Fenster nicht geputzt werden?

Ja, zumutbar.

41. Kapitel

Am ersten Tag ihres neuen Lebens kommt sie zu spät.

Um kurz nach ein Uhr nachts wacht Margarete auf, weil Anja neben ihrem Bett steht und über Bauchschmerzen klagt. Margarete ist sofort alarmiert, kaum hat sie eine Schüssel geholt, muss sich Anja auch schon zum ersten Mal übergeben.

Margarete macht ihr eine Wärmflasche, bringt sie zurück ins Bett, streichelt ihr den Rücken und hofft, dass sie wieder einschläft. Dass sie einfach nur etwas Falsches gegessen hat. Dass es eine einmalige Sache war.

Margaretes Tasche ist gepackt, die Bleistifte sind gespitzt, sie hat alle Aufsätze und Lektüren vorbereitet. Es darf jetzt doch nicht an einem Magen-Darm-Infekt ihres Kindes scheitern! Bis drei Uhr nachts hofft Margarete noch, dass Anja zur Schule gehen kann. Vier, fünf Stunden Schlaf würden ja genügen, und mittags könnte Hilda sie schon abholen. Als ihre Sechsjährige aber um fünf Uhr morgens immer noch von Bauchkrämpfen und Übelkeit geplagt wird, muss Margarete sich eingestehen, dass es nicht geht.

An die Wand gelehnt sitzt sie in Anjas Bett, summt »Dat du min Leevsten büst« und kämpft gegen ihre Tränen an.

Warum kann nicht ein einziges Mal alles glattlaufen?

Irgendwann fallen ihr die Augen zu, und sie schläft sitzend noch eine Weile, bis Karen sie aufgeregt weckt.

»Mutti, du hast verschlafen, dein Wecker im Schlafzimmer klingelt die ganze Zeit.«

Benommen steht Margarete auf und schleicht aus dem Zimmer, damit Anja nicht aufwacht. Von Lenz keine Spur, offensichtlich war er nicht zu Hause.

Sie bereitet Karen ein notdürftiges Frühstück, das Pausenbrot hat sie schon tags zuvor geschmiert und in den Kühlschrank gelegt, als sie noch so optimistisch und gut organisiert gewesen war.

»Aber du wolltest doch heute auch zur Schule«, sagt Karen beim Abschied. »Und jetzt ist Anja krank.«

»In die Hochschule, mein Schatz.«

»Bist du traurig?«

»Nein«, versichert ihr Margarete. »Dann gehe ich eben morgen.« Sie lächelt zuversichtlich und wartet, bis Karen an der Straßenecke ankommt, wo sie sich immer noch einmal umdreht und winkt. »Bis später, mein Schatz«, ruft sie.

Sie will gerade reingehen, da kommt Hilda über die Straße gesaust, im Bademantel und noch mit Lockenwicklern, und fragt, was los sei, die halbe Nacht hätte bei ihnen das Licht gebrannt.

Und als Margarete ihr mit stockender Stimme von Anjas Zustand berichtet, insistiert sie: »Nichts da, du gehst.« Sie marschiert in Margaretes Küche. »Ich mache dir einen starken Kaffee, du hübschst dich ein bisschen auf. Und dann los!«

»Aber wenn es dich dann auch erwischt?«

Sie zuckt mit den Schultern. »Dann ist es eben so.«

Bis sie dann aber tatsächlich loskommt, ist es schon kurz vor neun, das Seminar soll um neun Uhr c. t. beginnen. Angespannt sitzt sie am Steuer ihres kleinen blauen Wagens, das Fahren ist ihr immer noch nicht ganz geheuer, manchmal trifft sie die Gänge nicht, dann heult der Motor laut auf, und die Leute gucken. Als sie dann nicht sofort einen Parkplatz findet, überlegt sie, ob sie nicht einfach aufgeben soll.

So wird es ab jetzt immer sein.

Jeden Tag aufs Neue wird sie sich entscheiden müssen, zwischen ihren Kindern und ihrem Beruf. Es wird immer ein Abwägen bleiben, mal wird sie sich für Zuhause entscheiden, mal für das Studium. Sie kann es nicht mehr richtig machen, die Zeiten sind vorbei. Ab jetzt wird sie Fehler machen, vorpreschen oder zurückfallen, jonglieren, abwägen, mal dem einen den Vorzug geben und ein schlechtes Gewissen haben. Mal dem anderen und ebenfalls ein schlechtes Gewissen haben.

So wird es sein, und immer wird sie prüfen müssen, ob ihr Traum das schlechte Gewissen noch aufwiegt. Das ist sie, Margarete Kron, geborene Anikó Szájer, Ungarndeutsche, Mutter, Ehefrau und Studentin. Dies ist ihr Weg, dafür hat sie sich entschieden.

Sie betritt das Hochschulgebäude mit acht Minuten Verspätung um 9.23 Uhr und eilt zum Seminarraum.

Sie legt sich Entschuldigungen zurecht und Versprechungen, dass es sich nicht wiederholen wird. Der Dozent wird einen schlechten ersten Eindruck von ihr haben. Dass ihr Kind krank ist, die nachvollziehbarste und einzige Erklärung, die auch stimmt, wird sie verschweigen. Stattdessen erfindet sie Baustellen und erhöhtes Verkehrsaufkommen. Sie will nicht gleich als Mutter abgestempelt werden, als Studentin mit Makel.

Als sie sich dem Raum nähert, sieht sie, dass die Tür zum Seminar offen steht, sie haben offensichtlich noch nicht begonnen. Laute Stimmen dringen aus dem Raum, eine Gruppe von vier oder fünf Studentinnen steht vorne, sie halten eine leidenschaftliche Rede, deren Inhalt sich Margarete im ersten Moment nicht erschließt, der Dozent sitzt in der ersten Reihe und sieht erschöpft aus.

Margarete schlüpft in den Raum, dass sie zu spät ist, scheint niemanden zu stören. Sie findet einen freien Platz und setzt sich. Tatsächlich ist sie mit Abstand die Älteste hier, aber bei allem, was sie in den letzten Stunden durchlebt hat, ist ihr Alter eine Nebensächlichkeit. Wie einfach haben es diese Fräulein hier, wahrscheinlich sitzt die Hälfte noch morgens mit ihren Eltern am Frühstückstisch, sie bedienen sich am vollen Kühlschrank, lassen verschwitzte Blusen einfach in Wäschekörbe fallen, und auf wundersame Weise finden sie ihren Weg, gewaschen, gebügelt und gestärkt, zurück in die Kleiderschränke.

Und nun wettern sie da vorne, dass man die alten Strukturen aufbrechen müsse.

Die Studentinnen sprechen vom Vietnamkrieg, den Notstandsgesetzen, von Wiederbewaffnung und atomarem Wettrüsten.

Margarete wird ungeduldig, wann geht es denn nun endlich los? Sie wollte hier etwas über Didaktik lernen, nicht über die Lage der Nation.

»Jetzt könnten sie aber langsam mal zum Punkt kommen, oder?«, flüstert Margaretes Sitznachbarin und rollt mit den Augen.

»Ich verstehe gar nicht, worauf sie eigentlich hinauswollen«, pflichtet Margarete ihr bei.

»So geht das schon die ganzen Semesterferien. Im Wohnheim bekomme ich keine ruhige Minute mehr, ständig gibt es Versammlungen und Debatten, und im Philosophischen Seminar haben sie wohl sogar eine Vorlesung blockiert, weil der Dozent im Zweiten Weltkrieg ein Oberleutnant war oder so. Die haben sich einfach alle auf den Fußboden gesetzt und die Mitarbeit verweigert.«

»Wollen die denn nichts lernen?«

»Die wollen vor allem provozieren.« Sie seufzt. »Ich bin übrigens Moni«, stellt sie sich vor und reicht ihr die Hand.

Margarete mustert ihr rundes, freundliches Gesicht, die hohen Wangen und grauen Augen.

»Margarete«, stellt sie sich vor, hält dann kurz inne und sagt: »Eigentlich heiße ich Anikó. Mein ungarischer Name ist Anikó.«

»Ein schöner Name.« Moni lächelt. »In welchem Semester bist du? Ich habe dich noch nie hier gesehen.«

»Im fünften. Zuletzt war ich aber vor acht Jahren an der Hochschule. In der Zwischenzeit habe ich geheiratet und zwei Kinder bekommen.«

»Und jetzt bist du zurück?«

»Und jetzt bin ich zurück.« Anikó lächelt und lehnt sich nach hinten.

Sie ist zurück.

Epilog

Viele Jahre später

»Lass uns nach Ungarn fahren. Du zeigst mir, wo du gelebt hast. Ich möchte den Hof sehen, vielleicht gibt es den Garten noch, von dem du immer erzählst.«

Anikó geht gar nicht erst auf Anjas Vorschlag ein. Die Möglichkeit, in die alte Heimat zu fahren, kommt ihr so absurd vor wie ein Ausflug zum Mond. »Da, schau, die Pfingstrosen kommen«, sagt sie. »Und die Levkojen.« Sie geht in die Hocke und legt die zarten Triebe unter dem Mulch frei. »Und Heckenrosen, da drüben.« Das Hochkommen fällt ihr schwer. Ihr Körper wird alt, fällt aus, versteift, vergisst.

Die Inspektion des Gartens ist zu einem wichtigen Ritual von Anjas Besuchen geworden. Sobald Anja angekommen ist, gehen sie nach draußen, und Margarete zeigt ihr, was wiederkommt, was sich verändert hat, was verschwunden ist, was verschwunden bleibt.

»Mama?«

»Die Triebe der Kirsche, hast du die schon gesehen? Dieses Jahr werden es wieder viele.«

Anja fasst nach Anikós Arm. »Ich meine es ernst. Lass uns nach Ungarn fahren. Jetzt gleich. Wir nehmen einen

Mietwagen, wenn du nicht fliegen willst. Machen eine Übernachtung in Österreich. Komm, das wird toll. Im Internet habe ich gesehen, dass sie einen Gedenkstein für die Vertriebenen aufgestellt haben: *Nie soll dieses Land schlechtere Staatsbürger bekommen, als wir es waren*, steht da. Willst du das nicht sehen?«

Einmal im Jahr kommt Anja aus London und bleibt übers Wochenende. Meist im Frühjahr, wenn Lenz auf der Hauptversammlung des chirurgischen Verbands ist. Mit seinen fast neunzig wird er hofiert wie ein König. Er hat es weit gebracht, ist noch immer eine Koryphäe. Ein Fahrer bringt ihn zum Kongress, er logiert in den teuersten Hotels, nimmt sich Pausen, wenn er sie braucht.

Anja und Lenz können nicht besonders gut miteinander, Anja kritisiert den Vater, wo sie nur kann, immer gibt es Streit zwischen ihnen. Schon seit Anjas Pubertät geht das so, sie scheut keine Konflikte, bietet Lenz die Stirn. Auch jetzt im Alter lässt sie keine Gnade walten. Sie wirft ihm seinen Egoismus vor, die Selbstverständlichkeit, mit der er sich nimmt, was er will. Und seine Affären.

Als Anja dreizehn war, sah sie den Vater mit einer anderen Frau in einem Restaurant in der Stadt. In unmissverständlicher Pose. Doch statt erschrocken davonzulaufen, baute sie sich vor dem eng umschlungenen Pärchen auf und stellte den Vater in aller Öffentlichkeit zur Rede.

Für Anikó waren diese Jahre schwer auszuhalten, das offene Geheimnis von Lenz' Untreue demütigte sie. Ihre Kollegen und ihre Arbeit waren es, die ihr in dieser Zeit Halt gaben.

Bis zuletzt hat sie das Unterrichten geliebt, und mit einigen Schülern pflegt sie noch heute Briefkontakt. Es ist schön, zu erfahren, was aus ihnen geworden ist. Gerade bei denjenigen, für die sich Anikó besonders einsetzte. Clevere Schüler, die einen schwierigen Start ins Leben hatten und mit einem Rucksack voller Probleme in der ersten Klasse auftauchten. Die behielt Anikó immer besonders gut im Blick und versuchte herauszufinden, wie sie jedes einzelne Kind am besten fördern konnte. Und wenn am Ende der Grundschulzeit eins von ihnen den Sprung aufs Gymnasium schaffte, vielleicht auch weil Anikó es unter ihre Fittiche genommen hatte, fühlte sie eine Zufriedenheit und Sinnhaftigkeit, von der sie lange zehrte.

»Du magst deine Problemschüler viel lieber als uns«, hatte ihr Anja einmal an den Kopf geworfen, als sie nachmittags noch mal in die Schule zu einem Elterngespräch musste, obwohl sie Anja eigentlich versprochen hatte, mit ihr an den See zu fahren.

»Weil diese Kinder sonst niemanden haben, der an sie glaubt, Anja. Du hast Eltern, deine Großeltern und Hilda, wir alle kümmern uns um dich. Aber diese Kinder haben niemanden.«

So ist Anja bis heute, fordernd und konfrontativ. Doch Anikó kommt mit ihr gut zurecht, weil sie klare Worte füreinander finden und es keine Unsicherheiten zwischen ihnen gibt. Mit Karen ist es ganz anders, sie telefonieren fast täglich und sehen sich mindestens einmal in der Woche. Karen, die mit ihren fast sechzig Jahren selbst schon eine alte Frau, sogar schon Oma ist, und doch noch immer Kind, das um Anikós Liebe und Anerkennung buhlt.

Während Anja die großen Fragen des Lebens bewegen,

erzählt Karen meist davon, was andere erlebt haben oder ihnen widerfahren ist. Kleine, unterhaltsame Anekdoten, und dabei immer der Blick zu Anikó: Wie reagiert sie darauf? Heißt sie es gut? Schlecht? Was sagt sie dazu?

Margarete erkennt sich in beiden wieder. Karen, die darauf bedacht ist, freundlich und angepasst zu sein. Anja, die verändern und verbessern will. Und sie ist froh, dass keine ihrer Töchter beide Eigenschaften in sich vereint. So ist es es einfacher.

Anikó liebt ihre Enkel und Urenkel, ihre kindliche Fröhlichkeit überträgt sich bei jedem Besuch auf Anikó. Sie fühlt sich jünger, vergisst ihren alten Körper in den Stunden, in denen sie mit ihnen zusammen ist. Verwöhnt sie und bestaunt ihre Entwicklung. Sie ist geduldig, fröhlich und freundlich. Es spielt keine Rolle mehr, wie schwach sie sich gefühlt hat, was vorher passiert ist oder was noch ansteht: Wenn die Kinder kommen, gelingt es ihr, die beste Version ihrer selbst zu sein. Was für ein Geschenk.

Anja ist kinderlos geblieben. Sie hat einen Mann, der sie liebt, seit vielen Jahren schon, doch sie wünschen sich keine Kinder. Anja sieht sich nicht in der Rolle der Mutter, sagt sie. Und möchte nicht verantwortlich sein für ein anderes Leben.

Anikó bewundert diese Klarheit. Ein glückliches Leben ohne Kinder erscheint ihr heute mehr denn je vorstellbar. Auch wenn sie ihre eigenen nicht missen möchte, keine einzelne Sekunde mit ihnen. Nicht die Verzweiflung, nicht ihre Fehler. Nicht die Unsicherheit oder die Tränen. Es war ihr Weg, und er hat sie zu der gemacht, die sie heute ist. Sie möchte keine andere sein.

Auch das Verhältnis zu Lenz hat sich verbessert. Je älter er wurde, umso mehr ließ sein Verlangen nach anderen Frauen nach. Es gab noch lange kurze Flirts mit Verkäuferinnen, Kellnerinnen, der Postbotin. Aber es sind nur Fingerübungen, er bleibt ihr treu.

Die neue Einigkeit kam schleichend. Momente, in denen Lenz länger am Frühstückstisch sitzen blieb. Minuten, in denen er an der Arbeitsfläche in der Küche lehnte und erzählte, was er in der Zeitung gelesen hatte. Erst waren es zufällige Begegnungen in ihrem gemeinsamen Haus, dann suchte er immer häufiger ihre Nähe. Ihre Tage schwingen jetzt synchron. Sie bewegt sich, wo sie früher verharrte. Er kommt zur Ruhe, wo er immer flüchtete. Ein neuer Frieden, den Margarete manchmal wehmütig genießt. Schade nur, dass sie dafür erst so alt werden mussten. Wie anders wäre ihr Leben wohl verlaufen, wenn all das schon früher möglich gewesen wäre.

»Gehen wir rein?«, fragt Anja. »Es ist noch ganz schön kühl, finde ich.«

»Gern, machen wir uns einen Tee.«

Sie sitzen am Esstisch, wärmen ihre Hände an den dampfenden Teebechern, da fängt Anja wieder davon an. Eine Freundin von ihr habe mit der achtundachtzigjährigen Mutter, einer vertriebenen Sudetendeutschen, eine Reise in die alte Heimat gemacht, so bereichernd wäre das für die beiden gewesen. »Ich kümmere mich um alles, du sitzt nur im Auto neben mir«, verspricht Anja. »Und wenn es dir zu anstrengend wird, machen wir eine Pause.«

Margarete ahnt, warum Anja auf diese Reise drängt. Die

guten Tage werden weniger. Die verbleibende Zeit nutzen, Abschied nehmen, auf ein letztes Mal. Sie wünscht es sich doch selbst. Nichts wünscht sie sich sehnlicher, ihr Heimweh hält ein Leben lang.

Noch einmal durch ihr Dorf laufen, dem Wetterhahn auf der Kirchturmspitze zuzwinkern, die alten Straßenzüge wiedererkennen, ihr Elternhaus sehen, in der guten Stube stehen. *Anya* in der Küche, den Duft von frisch gebackenen Flomenküchlein in der Nase, der durchs Haus schwebt. Den steifen Stoff der Tracht auf der Haut spüren. Die schwingenden Röcke. Die Unbeschwertheit, die Leichtigkeit, alles ist richtig, alles ist gut. Alles soll genau so sein. Rausgehen in die trockene Morgenhitze. Den Geruch des frisch eingefahrenen Heus in der Nase. Laufen, hopsen, rennen, der Schultornister scheppert auf dem Rücken. Die schwere Holztür öffnen, die Kühle des Schulgebäudes heißt sie schon willkommen.

Anmerkungen

Die Dialekte des Ungarndeutschen sind vielfältig. Die im Roman vorkommenden Passagen und Wörter kommen aus der Region von Törökbálint in der Nähe von Budapest, ehemals Großturwall.

Anikós Traum einer ungarndeutschen Hochzeit orientiert sich an den Bräuchen der Ungarndeutschen in der Gemeinde Bawaz (Babarc). Das Dorf und die Schilderung ihrer Vertreibung hat kein realistisches Vorbild, hier habe ich mich an verschiedenen Zeitzeugenberichten orientiert und sie fiktionalisiert.

Für mehr Informationen zur Geschichte und der Kultur der Ungarndeutschen in Deutschland sowie in Ungarn empfehle ich den Kontakt zur Landsmannschaft der Ungarndeutschen ldu-online.de sowie einen Besuch im Donauschwäbischen Zentralmuseum in Ulm.

Danksagung

Von ganzem Herzen danke ich den drei Lisas, ohne die es dieses Buch nicht geben würde:

Meiner Agentin Lisa Volpp für ihre Margarete-Begeisterung und ihr Engagement ab der ersten Fassung. Ich bin so froh, dich und das Copywrite-Team an meiner Seite zu wissen.

Meiner Lektorin Lisa Krämer, die mit mir unermüdlich an diesem Text gearbeitet hat und in Margarete die starke und emanzipierte Frau gesehen hat, die sie letztendlich geworden ist.

Und meiner Außenlektorin Lisa Wolf, die dem Text mit ihren klugen und wertvollen Hinweisen den letzten Schliff gegeben hat.

Darüber hinaus danke ich dem engagierten und versierten Team bei Goldmann, allen voran Elke Kreil und ihren Pressekolleginnen, für die tolle Begleitung.

Ich möchte mich auch bei den Buch-Bloggern bedanken, den Vertreterinnen und Buchhändlern, die es braucht, damit eine Geschichte ihre Leserschaft findet.

Und ich danke Ihnen, die oder der Sie das Buch gerade in den Händen halten. Dass Sie Margaretes Geschichte gefolgt sind und nun mit mir teilen, bedeutet mir unglaublich viel.

Ein großer Dank geht an Violetta Bleck sowie Georg und Markus Czinszky von der Landsmannschaft der Ungarndeutschen, die mich an ihren Erinnerungen an die Vertreibung und den Neuanfang in Deutschland teilhaben ließen und mir in vielen vertrauensvollen Gesprächen das Leid der Vertriebenen nähergebracht haben.

Dr. Mathias Beer vom Institut für donauschwäbische Geschichte und Landeskunde, Ibolya Hock-Englender von der Landesselbstverwaltung der Ungarndeutschen sowie Henrike Hampe vom Donauschwäbischen Zentralmuseum in Ulm danke ich aufs Herzlichste für die wertvollen historischen Informationen über die Ungarndeutschen, die diese Geschichte bereichern.

Professor Dr. Heiner Pohl, Uta Körby, Ulrich Jordan und Karin Quentin für die Informationen über die Studienbedingungen in der 1960er-Jahren.

Jochen Haß danke ich für die Übersetzungen ins Plattdeutsche, Markus Czinszky für die Übersetzungen ins Ungarndeutsche, Krisztina Kottmayer für die Übersetzungen ins Ungarische.

Hans Haß für die Informationen über die Arbeitsbedingungen von Ärzten in den 1960er-Jahren.

Hanni Müller für die Gespräche über damalige Säuglingspflege.

Luana Lang für die agrarwissenschaftlichen Ratschläge.

Sowie Beate und Uwe Müller-Czerwonka für die Vermittlung von geeigneten Interviewpartnern.

Ich danke meinen Eltern für ihre spontanen Eingebungen sowie meinen Testleserinnen Anne Bentkamp, Anna Commentz und Anne Höft für ihr wertvolles und motivierendes Feedback. Darüber hinaus danke ich Veronika Merz für ihre frühe Förderung (ich wünsche meinen Kindern Lehrer:innen wie Sie).

Johannes, dir danke ich für deine fortwährende Unterstützung und deinen Zuspruch. Diese Geschichte ist in einer turbulenten Zeit entstanden – dass du nie an ihr oder mir gezweifelt hast, bedeutet mir mehr, als du dir vorstellen kannst.

Dieses Buch ist für euch, E., M. und M., auf dass ihr es irgendwann vielleicht versteht. In Liebe.